生活安全課0係《ゼロ》

ヘッドゲーム

富樫倫太郎

祥伝社文庫

目次

プロローグ

平成二一年八月二〇日（木曜日）

丸《まる》ノ内《うち》線・新高円寺《しんこうえんじ》駅から徒歩七分、梅里《うめざと》中央公園のそばに「レガーロ梅里」という一四階建てのマンションがある。

その屋上に制服姿の少女が立っている。年齢は一六、七というところだろう。夏にはめずらしい冷たい風にさらされて体温が低下しているのか、顔には血の気がなく、真っ青だ。

屋上の周囲には、高さ一メートルの鉄製の柵が巡《めぐ》らされているが、その柵の向こう側、空中に突き出た幅四〇センチほどの外縁に少女は立っている。かなり強い風が吹いており、少女の髪が風になびき、制服のスカートもめくり上がりそうになっている。

だが、少女は気にしない。焦点の定まらない視線を虚空《こくう》にさまよわせている。見下ろせば足がすくんでしまうほどの高さに立ち、突風が吹いてバランスを崩《くず》せば転落するかもしれないのに、少しも怖れている様子がない。真下は煉瓦《れんが》が敷き詰められた通路になっていて、通路の脇は屋根付きの駐輪場になっている。転落すれば、まず助からないだろう。

駐輪場の向こうは、あまり広くもない中庭だ。

その中庭の木立の陰にロングヘアーの少女が立って、じっと屋上を見上げている。屋上にいる少女と同じ制服を着ているから同じ学校に通っているのであろう。まったく無表情で、屋上にいる少女を心配している様子はない。事の成り行きを他人事《ひとごと》として見つめているという感じだ。

屋上にいる少女の体が揺れ始める。風のせいではなく、少女自身が揺れている。そこに、

「何をしているんだ。こっちに戻ってきなさい。危ないぞ！」

地上から少女の姿を目撃した住人の通報を受けて、マンションの管理人二人が外付け階段を駆け上がってくる。

「おーい、こっちに……」

「……」

少女が肩越しに振り返る。白目を剝《む》いている。口許《くちもと》が歪《ゆが》み、その少女が微笑んだように見える。次の瞬間、少女の体がぐらりと大きく揺れ、外縁の向こうに消えた。その直後、ドサッと音がする。

えっ、嘘だろう、と叫びながら、管理人たちが鉄製の柵を乗り越え、怖々と外縁から首だけ出して下を見る。真下は煉瓦の通路である。そこに少女が横たわっている。管理人たちが見下ろしている間にも真っ黒な染みが広がっていく。

「大変だ」

管理人たちがあたふたと非常口に向かっていく。

中庭の木立の陰にロングヘアーの少女が立っている。ずっと屋上を見上げていたが、少女が落ちるのを見届けると、その場を離れて、ゆっくり歩き始める。ハッとするほど美しい顔をしているが、同時に、ゾッとするほど冷酷な目をしている。

杉並《すぎなみ》中央警察署生活安全課総務補助係「何でも相談室」、通称「0係」に所属する小早川冬彦《こばやかわふゆひこ》は、中央線《ちゅうおう》で荻窪《おぎくぼ》に向かっている。杉並中央署の最寄り駅は丸ノ内線の南阿佐ケ谷《みなみあさがや》だから、荻窪で乗り換える必要がある。

日野《ひの》から荻窪まで快速電車で三〇分少々。

くたびれたジーンズに汚れたスニーカー、白いTシャツに薄手のウインドブレーカーを着て、黒っぽいリュックサックを背負うといういつものスタイルだ。髪はぼさぼさで、寝癖も直していない。

冬彦は、電車の中では本も新聞も読まない。音楽を聴いたりもしない。席が空いていても坐《すわ》らずに立っている。ドア付近に立って、さりげなく車両内を観察する。どの電車に乗るか、厳密に決めているわけではないが、大体の時間帯は決まっているし、乗り込む車両もほとんど同じだから、自然と乗客も似たような顔触れになりがちだ。それでなくても人の顔を覚えるのが得意だから、同じ電車に乗っている人間の顔など簡単に覚えてしまう。彼らの表情や仕草を観察して、その日の体調や気分を推し量るのが冬彦の密かな楽しみである。

シートの真ん中に坐って経済新聞を読んでいる中年男性は、表情が冴《さ》えず、冷房が効いていても暑いのか、ネクタイを緩《ゆる》めている。いつもに比べて顔色が悪く、汗っぽい感じだ。ゆうべ、飲み過ぎて二日酔いなのだろうと冬彦は判断する。

しかも、それが原因で奥さんと喧嘩《けんか》したな、ということもわかる。なぜなら、ネクタイこそ昨日とは違うものを締めているものの、シャツとスーツが昨日と同じだからだ。奥さんが腹を立てて出してくれなかったのだろうな、と思う。見るからに不機嫌そうな顔をしているのも、二日酔いで頭が痛いせいだけでなく、奥さんと喧嘩したからに違いない。

その横に坐っている二〇代後半の会社員風の女性もよく見かける顔だ。いつもに比べると化粧が濃い。よく見ると、目許《めもと》が腫《は》れぼったい。

(かなり泣いたらしい)

と容易にわかるし、左手にはめていた指輪がなくなっているから、

(恋人と別れたんだな)

と想像がつく。

その女性会社員の前に立ち、吊革にぶら下がっている若い女性もよく見る顔だ。童顔のせいもあって、見た目は二〇歳前後、ラフな格好をしていれば女子大生だと思うだろうが、地味な色合いの渋いスーツを着ているから、堅めの企業、恐らくは金融関係に勤めて

いるのだろうと冬彦は推測している。

冬彦が立っている位置からは横顔しか見えないが、電車が大きく揺れたとき、その女性がバランスを崩して、冬彦に顔を向けた。

（え）

思わず声を上げそうになる。

ほんの一瞬だったので、もしかすると見間違いかもしれないと思い、冬彦は周囲の人たちに、すいません、すいません、と小声で謝りながら場所を移動する。改めて、その女性の顔を正面から見つめる。

（ひどいな……）

顔の左右のバランスが大きく崩れている。

人間の顔というのは、左右非対称が当たり前だが、それも程度問題である。非対称がひどすぎる場合には何らかの原因があり、多くの場合、その原因はストレスである。短期間に非対称の度合いが急激に悪化しているとすれば、過度のストレスにさらされていて、肉体が悲鳴を上げている状態といっていい。

しかも、その女性は無意識のうちに自分の髪を引っ張ったり、爪で頭皮を掻《か》いたりしている。毛髪を引っ張るのは自分への攻撃で、自分自身に苛立《いらだ》っている証拠だ。それが悪化すると髪を抜くようになる。そうなると、明白な自傷行為である。頭皮を掻くのは不安や緊張の表れだ。

冬彦は更《さら》に移動して、その女性のそばに立った。すると、足を小刻みに動かしていることに気が付いた。貧乏揺すりの一種だ。体を動かすことで、ストレスを発散しているのだ。電車が荻窪駅に着く。この女性が降りないことはわかっている。どうしようかと迷ったが、冬彦は、そのまま電車に乗り続けることにした。見ず知らずの他人だが、このまま放っておけない気がした。

阿佐ケ谷、高円寺と快速電車は走り、中野《なかの》駅に着いたとき、その女性が出口に向かって動き出した。冬彦も一緒に電車を降り、階段の近くで、

「あの～、すいません」

と声をかけるが、自分に声をかけられたと気が付かないのか、その女性は足を止めようとしない。冬彦は小走りに追いかけて、肩をぽんぽんと叩《たた》く。

「え？」

振り返る。

「突然ですけど、どうか驚かないで下さい。あなた、何かに悩んでますよね？　並大抵の悩みじゃないだろうと思います。ものすごく苦しんでいる」

「は？」

怪訝《けげん》な顔で冬彦を凝視したかと思うと、警戒心を露《あら》わにして周囲に視線を走らせる。助

けを呼ぼうかどうか迷っている様子だ。

「ぼくは怪しい者じゃありません。これでも警察官ですから」

「おまわりさん？」

「杉並中央署生活安全課の小早川といいます。これを……」

冬彦が相手の手に名刺を押しつける。

「誰にも相談できずに苦しむことってあると思うし、一人で悩んでいると、どうしていいかわからなくなって自暴自棄《じぼうじき》になることもあります。そういうとき、人間は発作的に早まった決断を下しやすいんですよ。もし、あなたが、もうイヤだ、どうでもいい、何もかも面倒臭い……そんな投げやりな気持ちになったら、ぼくに電話してくれませんか。通勤途中に見知らぬ男から、こんなことを言われて面食らうのはわかるんですが……」

「……」

不気味なものに遭遇《そうぐう》してしまったとでもいうような気味悪そうな表情を冬彦に向けながら、その女性は少しずつ後退《あとずさ》りすると、いきなり背を向けて階段を駆け下りていく。

「やっぱり、そうなるか……」

冬彦は追いかけようとはしなかった。そんなことをすれば、更に警戒させることになるとわかっているからだ。少なくとも、手渡した名刺を捨てていったりはしなかった。そのことに満足した。

第一部　自殺高校

一

「あ〜、まずいなあ。遅刻しちゃうな」

小走りに改札を抜けると、冬彦はそのまま駅前に飛び出す。

「こんにちは！」

茶髪の小柄な少女が冬彦の前に飛び出してくる。派手な化粧をして、耳にピアスをしているが、二〇歳にはなっていないであろう。

「あ！」

急いで止まろうとしたが間に合わず、少女にぶつかってしまう。少女が尻餅《しりもち》をつく。

「大丈夫ですか？」

冬彦が少女の傍《かたわ》らにしゃがみ込む。

「あの〜」

「何？」

「わたし、手相の勉強をしてるんです。見せてもらえませんか？」

「ぼくの手相を見たいの？」

「はい！」

「だけど、急いでいるから、そんな時間は……」

「すぐに済みますよ！」

少女が冬彦の右手をぐいっと強い力でつかむ。

「あら、頭脳線は長いですね。だけど、結婚線と仕事線が滅茶苦茶……いや、不思議な感じ。金銭運は、いいのか悪いのか、よくわかんないな。生命線は、どこにあるのかなあ……。う～ん、見当たらない。お兄さん、とても変わった手相をしてますね。ちょうど、わたしたちの先生が来てるんです。ラッキーですね！　もう少し詳《くわ》しく見てもらいましょうよ」

「悪いけど、仕事に行く途中だから……」

「仕事も大事だけど、手相は一生の問題ですよ！」

「遅刻しそうだから……」

冬彦が立ち去ろうとすると、

「あ、痛い！」

少女が苦しげな顔になり、腰に手を当てる。

「すごく痛い。一人じゃ歩けない。すぐそこに事務所があるんです。連れて行ってもらえませんか」

「それなら仕方ない。ぼくにつかまって」

「ありがとう!」

少女が冬彦の手につかまって立ち上がり、にこりと笑う。

古ぼけたビルの一室に入ると、

「ここでいいかな?」

「ありがとうございます!」

少女は冬彦の肩から手を離すと、ぺこりと頭を下げる。腰が痛くて一人で歩けないと訴《うった》え、冬彦の肩につかまって、ここまでやって来たのだ。

「それじゃ、ぼくはこれで……」

「あっ! ダメですよ、そんなの。ちゃんとお礼をしたいから、ここに坐って下さい」

部屋の中は、衝立《ついたて》でいくつものスペースに区切られており、それぞれに机と椅子《いす》が置かれている。机は安物だし、椅子もパイプ椅子だ。それ以外には家具も装飾品もない。観葉植物もなく、壁にはカレンダーすらかかっていない。殺風景な部屋である。

冬彦が素早くパーティションで区切られたスペースに視線を走らせると、冬彦と同年輩の若者や白髪頭の老女が椅子に坐り、その反対側にはスーツ姿の男たちが坐って相手の手相を見ている。空のスペースに引っ張っていかれると、

「はい、ここですよ！　どうぞ」

少女が強引に冬彦を椅子に坐らせる。

「あ、お名前を教えてもらってもいいですか？」

「小早川冬彦といいますが……」

「ふうん、小早川さんか、カッコイイ名前ですね！　すぐに戻るから待ってて下さいね」

「悪いけど、ぼくは本当に急いでて……」

「お茶、持ってきますから！」

少女が床を踏み鳴らしてどこかに消える。

「弱ったなあ。これじゃ、遅刻しちゃうよ」

お茶なんかいらないから黙って帰っちゃおうかなあ……椅子から腰を浮かせかけると、
隣から話し声が聞こえてきた。一人は老女のようだ。

「富永《とみなが》さん、最近、身近な人が亡くなられたようですね？」

「え、いや、そんなことは……」

「ご主人ですか？」

「主人は二〇年前に亡くなりましたけど……」

「お子さん、いらっしゃいますよね？」

「息子が一人」

「お孫さんもいらっしゃいますね？」

「はい、二人おりますけど」

「男の子……」

「男と女です」

「なるほど、そうか。亡くなったのではなく、これから悪いことが起こるのかもしれませんね」

「え、そうなんですか？」

次第に老女の声が不安そうになっていく。

（おいおい、まずいじゃないか……）

冬彦が立ち上がってそのスペースから出ようとしたとき、

「あら、どこに行くんですか？」

さっきの少女が戻ってきて、どんと冬彦の胸を押す。また椅子に坐り込んでしまう。

「小早川さん、運がいいですよ～。たまたま、荒船《あらふね》先生が空いてました。滅多にないことなんですよ」

「いやあ、どうも、どうも。荒船義法《ぎほう》です」

和服姿の恰幅《かっぷく》のいい中年男が入ってきて、冬彦の向かい側に坐る。

「早速だが、手相を拝見しましょう」

「ぼくは、そんなつもりで来たわけでは……」

「見てもらった方がいいですよ！」

少女がぐいっと冬彦の右手をつかみ、荒船の前に差し出す。その手を荒船もつかむ。二人に押さえられてしまえば、体力のない冬彦は逆らいようがない。

「ほう、変わった手相ですなあ。ん？」

荒船が冬彦の手に顔を近付ける。その顔をあげると、

「伊藤《いとう》くん、これは大変だぞ」

少女に呼びかける。この少女は伊藤というらしい。

「何がですか？」

「生命線、切れている」

「え！」

伊藤が大袈裟《おおげさ》に仰《の》け反《ぞ》る。

「切れてるって……。それは死ぬってことじゃないですか」

「そうだ。死ぬ。かわいそうになあ。まだ若いというのに……」

「小早川さん！」

伊藤が冬彦の肩に手を置く。

「びっくりしないでね！　あのね……あなた、このままだと死ぬわよ」

「……」

「驚くのはわかる。だけど、心配しないで。わたしも荒船先生も小早川さんの味方だからね。小早川さんの魂を悪魔に渡したりしないから」

「悪魔ですか？」

「さよう」

荒船が重々しくうなずく。

「この世には邪悪な心を持つ悪魔の僕《しもべ》が満ちている。隙《すき》あらば、善良な心を地獄に引きずり込もうとしているのだよ。小早川さんといったな、あなたは運がいい。伊藤くんに巡り会うことができたのは、神のお導きでしょうな」

「駅前でぶつかっただけなんですけどね」

「それを偶然と思うかね？」

荒船がぐいっと身を乗り出して、大きな顔を冬彦に近付ける。

「今にして思うと偶然じゃなかった気がします」

「うむ、その通り」

「伊藤さんがわざとぶつかってきたような……」

「このままでは死にますぞ！」

「そうよ、小早川さん、死ぬわよ」

伊藤が大きくうなずく。

「悪霊を祓《はら》わなければならないが、それには準備が必要でな。今すぐには無理だ。しかし、このまま、あなたを外に出すのは忍びない」

「生きて、ここに戻れないかもしれないもんね」

うんうん、と伊藤がうなずく。

「お守りを持って行きなさい」

「絶対に持って行った方がいい。命を守るためだもんね！」

「伊藤くん」

荒船が目配《めくば》せすると、伊藤がポケットから細長いケースを取り出して冬彦の前に置く。

「お守りよ」

ケースを開くと、緑色の玉を繋《つな》いだ数珠《じゅず》が現れる。

「誰にでも渡せるものじゃないの。とても価値があるし、珍しいものだから。小早川さんだけに特別に譲《ゆず》ってあげるのよ。だって、このままだと死ぬかもしれないから！」

「しつこいようだが、あなた、このままだと死にますぞ」

荒船が念押しするように言う。

「これね、一〇〇万円するの」

「へえ、高いんですね」

冬彦がじろじろ数珠を見る。

「伊藤くん、この人の命がかかってるんだよ。お金よりも命が大切だ」

「そうですね。小早川さん、特別に三〇万にしてあげる。特別よ、本当に特別！」

「はあ、三〇万ですか……」

「そんな大金、持ち歩いてないわよね。だけど、心配ないの。クレジットカードで払えるし、カードがなければローンを組めるから。毎月三〇〇〇円でも五〇〇〇円でも大丈夫だから支払いだって楽チンよ。こっちは儲《もう》けるつもりで数珠を譲るわけじゃないから」

「カードなら持ってますが……。それより、こっちを見てもらった方がいいかな」

冬彦がポケットから警察手帳を取り出して、荒船と伊藤に示す。

「それは何？」

伊藤が目を細めて、顔を手帳に近付ける。

「警察手帳だよ。ぼく、警察官だから」

「うっそーっ！」

伊藤が素頓狂《すっとんきょう》な声を発する。

「本物？」

「ほら」

手帳を開き、自分の写真を見せる。

「さて、と……」

荒船が咳払《せきばら》いしながら立ち上がる。

「あら、先生、どうなさったんですか？」

「忙しいとおっしゃっている。帰っていただいた方がいいんじゃないのかね」

「でも、数珠が……」

「どうするかは、小早川さんが決めることだよ。わたしたちが強要すべきことではない。では、失礼」

荒船がそそくさと出て行く。

「ひど〜い」

伊藤が口をへの字に曲げる。

「残念だね。ぼくが数珠を買えば、かなりの歩合が手に入ったんだろうけど」

「大したことないよ、二割だもん。あ……」

大慌てで口を手で隠す。

「心配しなくてもいいよ。今は、どうこうするつもりはないから。ひとつだけ正直に答えてほしい。君、いくつ？」

「一七だけど」

伊藤が口を尖《とが》らせる。

「お説教なんかするつもりはないけど、まだ若いんだから、もっと他に君にふさわしい仕事があるんじゃないかな。この仕事、一歩間違えると、手が後ろに回るよ」

冬彦は名刺を差し出しながら諭《さと》すように言う。

「よく考えて」

「うん」

伊藤は名刺を受け取りながら、素直にうなずく。それじゃ、と冬彦はスペースを出る。そのまま出口に向かおうとして、ふと足を止め、隣のスペースを覗《のぞ》き込む。テーブルの上には、数珠や水晶玉、印鑑などが所狭しと並べられている。スーツ姿の中年男が機関銃のような勢いで商品説明をしている。説明の合間合間に、これを買わないと身内に不幸が起こるかもしれませんよ、と強調することを忘れない。背中を丸めた老婦人が困惑した様子で溜息《ためいき》をついている。その肩をとんとんと叩いて、

「ぼくと一緒に行きましょう」

と、冬彦が誘う。

「あなた、何ですか?」

中年男が肩を怒らせて冬彦を睨《にら》む。

「ぼくは警察官ですよ」

警察手帳を見せる。中年男が黙り込んだ隙に、さあ、行きましょう、と冬彦は老婦人を連れ出す。老婦人はホッとした顔で椅子から立ち上がる。

その部屋を出るとき、肩越しに振り返ると、いくつかのスペースから話し声が洩《も》れていた。

若い女の子が駅前でカモを物色し、手相を勉強させてくれ、と話しかけて近付く。言葉巧《たく》みにビルの一室に連れ込むと、荒船のようなベテラン詐欺師が現れ、相手の弱みにつけ込んで高額な数珠や水晶を売りつける……典型的なイカサマ商売だが、だからこそ、細かいところまで神経が行き届いており、言葉遣《づか》いにも注意している。相手の恐怖心を煽《あお》りはするものの、法に抵触するようなことは決して口にしないのだ。自動車のショールームで、営業マンが客にセールスするのと変わらない。限りなく押し売りに近いものの、最終的に客の口から「買います」という言葉を引き出すまで辛抱強くセールスを続ける。客が根負けするのを待つ。

この部屋に連れ込まれたカモを哀れだと思うものの、実害が発生するまで、警察も手出しできないのだ。この老婦人を連れ出す権限もないのだが、このまま放っておけば、高額商品を買わされるのは目に見えているので、半ば強引に連れ出した。

ビルの外に出ると、

「わたくし富永千代子《ちよこ》と申します。ありがとうございました」

老婦人が丁寧に頭を下げる。

「こんなところに来ない方がいいですよ」

「そんなつもりはなかったんですが、どうしても来てほしいと頼まれて……」

「いいことを教えましょうか。また同じようなことがあったら、そのときは目を瞑《つむ》って、『ダルマさんが転んだ』と繰り返すんです」

「ダルマさんが転んだ？」

「それを目を瞑ったまま一〇〇回くらい繰り返します。それで目を開けて、まだ目の前に変な奴がいたら、また目を瞑って、次は二〇〇回繰り返します。とにかく、目の前から変な奴がいなくなるまで、『ダルマさんが転んだ』を繰り返すんです」

「でも、手を引っ張られたりしたら……」

「手をつかまれて、無理矢理、このビルに連れてこられましたか？」

「違ったかしら……」

「手をつかむとか、手を引っ張るとか、そういう強引なことはしないはずですよ。犯罪になりますから。もし、そんなことをされたら地面に坐って下さい」

「地面に？」

「そうです。地面に坐って、『ダルマさんが転んだ』を繰り返すんです。何か困ったことがあれば、電話して下さい。生活安全課の小早川です」

冬彦は名刺を差し出して、にこりと笑う。

二

「参ったな。完全な遅刻だ」

冬彦は、杉並中央署の正面玄関からロビーに駆け込んだ。そこで足を止める。息が上がり、顔から汗が滴《したた》り落ちている。建物の中に入ると、空気がひんやりしており、生き返ったような気がした。

タオルで汗を拭《ぬぐ》い、呼吸を整えながら非常階段に向かう。四階の「何でも相談室」に上がるのにエレベーターを使わないのは、冬彦の習慣だ。健康のために、なるべく、エレベーターやエスカレーターを利用せず、階段を使うことを心懸《こころが》けている。

「だから、ちゃんと調べてほしいのよ！　何度もそう言ってるじゃないの！　誰に話せばいいのよ！」

女性の怒鳴り声が聞こえて、思わず冬彦は足を止める。受付に半袖の白いブラウスにジーンズ姿の女性がいる。年齢は三〇代後半から四〇代前半というところ。化粧っ気がなく、髪を無造作に後ろで束《たば》ねている。

「うちの娘は、陽子《ようこ》は自殺なんかしない！　そんなはずがないんだから、警察がきちんと調べなさいよ！　誰かに殺されたのよ！」

受付のカウンターに両手をつき、身を乗り出すようにして、その女性は喚《わめ》き散らしている。

（あ……まずいな）

その女性が極度の緊張状態にあり、興奮が限界点に達しようとしていることを冬彦は察した。このまま放置すれば、彼女は失神するか、パニックを起こすだろうと思い、宥《なだ》めて興奮を鎮《しず》めるために歩み寄ろうとする。そのときカウンターの奥から女性警察官が現れ、こちらにどうぞ、お話を伺《うかが》いますから、と女性を応接室に案内した。それを見て、冬彦はまた非常階段に向かう。その女性がどういう理由で興奮しているのか詳しい事情はわからないが、黙って話を聞いてやれば、いくらか興奮は治まるものだ。応接室に案内されたということは、恐らく、案内した女性警察官が話を聞くことになるだろうから自分が出しゃばる必要はないだろうと判断したのだ。

「おはようございます！　遅れて申し訳ありません」

大きな声を発しながら、冬彦が「何でも相談室」に入る。

「珍しいですね、警部殿が遅刻だなんて」

椅子をくるりと回転させて安智理沙子《あんちりさこ》が言う。

樋村勇作《ひむらゆうさく》は、せっせと報告書を作成しており、顔も上げない。

「遅刻の罰金は一〇〇〇〇円ですよ」

スポーツ新聞を広げながら、寺田《てらだ》高虎《たかとら》が言う。

「何で罰金なんですか？　そんな話、聞いてませんよ」

「警部殿が遅刻したおかげで、朝礼の始まりも遅くなったし、相棒がいないせいで、おれの仕事も進まないからですよ」

それを聞いて、樋村がぷっと吹き出す。

「何で笑うんだよ？」

高虎が樋村を睨む。

「朝礼なんか三分で終わったじゃないですか。それに寺田さん、出勤してから、ずっと競《けい》馬《ば》欄を読んでいて、仕事をする素振《そぶ》りなんかないのに」

「うるせえ！　警部殿が来ないから、仕方なく時間を潰《つぶ》してたんだよ」

「そもそも、遅刻で罰金なんか取ることにしたら、寺田さん自身が墓穴を掘ることになりますよ。遅刻ばかりしてるんだから」

理沙子も笑う。

「軽く一〇〇万は行くね。遅刻で罰金なんか払ったら高虎はすぐに破産だよ」

ぷぷぷっ、と三浦靖子《みうらやすこ》がバカにしたように言う。

「あ〜っ、冗談の通じない奴らだよ、まったく」

高虎はつまらなそうに首を振ると、また競馬欄を読み始める。

「さあ、警部殿、行きますか?」

理沙子が椅子から腰を浮かしかける。

「え」

「忘れたとは言わせませんよ」

「いや、そうじゃなくて……。ええっと、まずはトイレに行ってきます」

冬彦が、そそくさと部屋を出る。

トイレには個室が三つ並んでいる。右端の個室が塞《ふさ》がっており、その中から鼻唄が聞こえている。

冬彦は左端の個室に入り、リュックをドアのフックに引っ掛けて便座に腰を下ろした。

「どうしたんですか、朝から上機嫌ですね」

「わかるかい?」

亀山《かめやま》係長の明るい声がトイレの中で反響する。

「今の曲、森高千里《もりたかちさと》の『17才』ですよね? 子供の頃、テレビで観たことがありますよ」

「ふふふっ、若いねえ。わたしの世代で『17才』と言えば、やっぱり、南沙織《みなみさおり》なんだよねえ。シンシアね。中学生時代には、吉田拓郎の作った『シンシア』をギターで弾いたもんだよ」

「へえ、係長にも青春があったんですね」

「当たり前じゃないか、子供の頃から、おっさんだったわけじゃない。髪の毛だって、ふさふさだったんだよ」

ははは、と亀山係長が明るく笑う。

（よっぽど、いいことがあったんだな……）

と、冬彦は推察する。亀山係長がトイレに籠《こ》もっているときは、大抵、溜息をついていることが多いからだ。笑い声など滅多に聞くことはできない。

トイレから「何でも相談室」に戻ると、中から賑《にぎ》やかな笑い声が洩れている。

（ああ、藤崎《ふじさき》さんと中島《なかじま》さんがいるのか）

生活安全課保安係の藤崎慎司《しんじ》巡査部長と刑事課の中島敦夫《あつお》巡査部長は理沙子の同期というだけでなく、親衛隊のような存在だ。少しでも暇があると「何でも相談室」にやって来て、油を売っている。もっとも、理沙子からは露骨《ろこつ》に煙《けむ》たがられている。

「お、警部殿。今朝は重役出勤だったそうじゃないですか。さすが大物ですね～」

藤崎がにやにやしながら言う。

「そんな皮肉を言わないで下さいよ」

冬彦が肩をすくめながら自分の席につく。

「皮肉のひとつやふたつ言わせて下さいよ。こっちは相も変わらず、不法就労のホステスいじめばかりしてるっていうのに、中島は薬物事件の捜査をするっていうんですよ。刑事としては、明らかにこっちの方が優秀なのに、何で、中島みたいな地味な奴が日の当たる事件ばかり担当するんですかね？　これって不公平じゃないですか」

藤崎が口を尖らせる。

「刑事課に異動させてもらえばいいじゃない。だるまにゴマをすれば、いいのよ。コバンザメが逮捕されちゃったから腰巾着募集中じゃないのかな」

理沙子が言うと、

「安智さん、そんなことを大きな声で言っていいんですか」

樋村が慌てる。

だるまというのは副署長・谷本敬三《たにもとけいぞう》のあだ名である。だるま体型だから、そう呼ばれているのだが、もちろん、面と向かって、それを口にするような度胸のある者はいない。以前は、生活安全課の課長・杉内義久《すぎうちよしひさ》がコバンザメと呼ばれるほど谷本副署長にべったりだったが、捜査情報を暴力団に洩らしていたことが発覚して逮捕された。

「あんたに心配してもらおうとは思ってないよ」

「そうだ、黙ってろ、デブ」

中島が樋村の後頭部をばしっと叩く。

「人をデブと罵《ののし》って、平気で暴力を振るうなんて……。あり得ない！　これは立派なパワハラですよ、パワハラ！　ここにいる全員が証人です」

樋村がぐるりと部屋の中を見回すが、誰一人として樋村のことなど見ていない。また無視かよ、と舌打ちしながら、樋村が報告書の作成に戻る。

「中島さん、薬物事件の捜査中なんですか？」

冬彦が訊く。

「薬物といっても覚醒剤《かくせいざい》とかヘロインとか、そんな大袈裟なものじゃないんですよ。ハーブですからね。薬物取り締まりの対象になっていない成分を使ったドラッグです」

「ああ、なるほど、新成分が取り締まりの対象になるまでの空白期間を狙って販売するというやり方をするわけですよね？」

「鼬《いたち》ごっこみたいなもので切りがないんですが、ひとつずつ潰していくしかないですからね」

「杉並で薬物がらみの捜査をするなんて珍しいんじゃないですか？　やっぱり、渋谷《しぶや》や新《しん》宿《じゅく》が本場でしょうから」

冬彦が訊く。

「上野《うえの》もな」

スポーツ新聞に顔を埋めながら、高虎がつぶやく。

「上野の薬物を仕切ってるのはイラン人ですよ。奴らはハーブやマッシュルームなんか扱いませんよ。リスクが大きい割には高く売れませんからね。ストレートに覚醒剤やヘロインを売る方がずっと儲《もう》かります」

刑事課の古河祐介《ふるかわゆうすけ》主任が部屋に入ってくる。

「同じ理由で暴力団もあまりハーブなんかには手を出しませんね。逆に言うと、ハーブやマッシュルームには素人が手を出しやすい。いくら取り締まっても切りがない……というか、規制されていない成分が使われていれば、そもそも取り締まりもできませんけどね」

「本庁が薬物乱用撲滅キャンペーンをして、渋谷や新宿で売人をがんがん逮捕したり、脱法ハーブの販売店を摘発したら、大量に買い込んでる客が何人かいて、それが杉並にも流れ込んでる可能性があるとわかったらしいんですよ。それで本庁から捜査依頼が来たんですけど、何か見付かったところで、本庁に手柄を持って行かれるだけですからね」

中島が肩をすくめる。

「それだって不法就労のホステスをいじめるよりいいじゃねえか！　こっちは天井からゴキブリが降ってくるような薄汚いアパートに踏み込んで……」

「わかった、わかった」

興奮気味にまくし立てる藤崎を古河が制し、

「これから聞き込みだ。悪いが、油を売ってる暇はないんだよ」

おい、行くぞ、と中島の背中をぽんと叩いて部屋から出て行く。

「いいよなあ。いかにも警察の仕事っていう感じがするもんなあ……」

藤崎が羨《うらや》ましそうに溜息をつく。

「さあ、警部殿、そろそろ行きましょうか」

理沙子が立ち上がる。

「二人でどこに行くんですか？　いいなあ。チクショー！　おれも行きたいよ」

「あら、あんたも一緒に来てもいいわよ。でも、不法就労の取り締まりなんでしょう？」

「あと一時間くらいなら大丈夫なんだよ。ね、本当に一緒に行ってもいいの？」

「ええ、大歓迎」

理沙子がにこりと笑う。

三

六階の道場から、ぎゃーっ、ひぇーっ、という悲鳴が洩れている。

「二人とも、しっかりしろ！　起きろ！　もう一度、かかってきなさい！」

道場に響き渡っているのは理沙子の声だ。

「藤崎、あんただって黒帯でしょう。歯応《はごた》えがなさすぎる。ほら、来い！」

「勘弁してくれって。アンジーは怖いよ。趣味が格闘技だもんなあ……」

ぶつくさ言いながら、藤崎が立ち上がり、気の進まない様子で理沙子に向かっていく。

理沙子は、藤崎の袖《そで》と襟《えり》をがっちりつかむと、くるりと半回転し、藤崎を自分の腰に乗せて、えいっ、と放り投げる。藤崎は背中から畳に落ちる。強く打ったせいか、息が苦しくなったらしく、うげっ、うげっ、と呻《うめ》き声を発する。

理沙子は藤崎から冬彦に視線を転じると、

「警部殿、まだ音を上げるのは早いですよ。もう少し鍛《きた》えないと現場に出られませんからね。捜査中、どんな危険な目に遭《あ》うかわからないんですから、せめて自分の身を守れるくらいの護身術を身に付けておかないと殉職《じゅんしょく》することになります。さあ、かかってきて！」

「ちょっと待って下さい。腰が痛くて……」

冬彦が腰をさすりながら、ゆっくり立ち上がろうとする。

「甘ったれないで下さい！　犯人と格闘になったとき、犯人は待ってくれませんよ」

「それはそうですが……」

「言い訳しない！」

理沙子は、冬彦の襟をつかんで強引に立ち上がらせると、

「わたしを投げて下さい！」

「え、安智さんをですか？」

「早く！」

「はい！」

冬彦は理沙子の袖を取って、一本背負いの体勢を取ろうとする。しかし、体勢が不十分なので、理沙子はびくともしない。

「腰が入ってません！　袖のつかみも甘い！　そんなふにゃふにゃしていたら小学生にも勝てませんよ！」

理沙子は背後から冬彦の体をつかむと、返し技で冬彦を後方に投げ飛ばす。冬彦は藤崎の隣に大の字にひっくり返る。

「だらしないなあ、二人とも……。いつまでも寝てないで早く起きて下さい」

理沙子が腰に手を当てて、二人を見下ろす。

「何だか、アンジーが悪魔に見えてきた」

「ぼくもです」

冬彦が溜息をつく。

そこに、

「警部殿、安智さん、相談室に戻って下さい。仕事ですよ」

樋村が呼びに来た。

「ああ、デブウンチの顔が天使に見える」

藤崎がほっと安堵《あんど》の息を吐く。

冬彦が「何でも相談室」に戻ると、

「ひ弱なモヤシ警部君、アマゾネスに鍛えてもらって少しは逞《たくま》しくなったかね！」

三浦靖子が大きな声を張り上げる。

「何という言い方をするの、三浦さん！」

靖子の発言に仰天したのは亀山係長だ。この「何でも相談室」という小さな部署においては冬彦の上司だが、階級は冬彦より下の警部補に過ぎない。しかも、冬彦はキャリアだ。亀山係長の冬彦への気の遣い方は半端ではない。

「あら、何がですか？」

「ひ、ひ、ひ……」

「ひ弱なモヤシ？」

「そ、それ」

「だって、本当のことじゃないですか。小早川君と戦えば、きっと、わたしが勝ちますよ。だって、ひ弱な……」

「小早川君、寺田君が相談を受けてるから一緒に話を聞いてきてくれるかな。確か、一番だったよね、三浦さん？」

これ以上、靖子に無礼な発言をさせないように、亀山係長が強引に話題を変える。

「そうで～す」

「じゃあ、小早川君、よろしく」

「急いだ方がいいよ。高虎じゃ対応しきれないような気がするんだよね」

靖子がにやりと笑う。


警察に何か相談が持ち込まれた場合、まずは一階の受付で対応する。話が込み入っているときは受付の奥にある応接室で詳しい話を聞き、その内容によって地域課、刑事課、生活安全課などの部署に引き継ぐことになる。相談者が生活安全課に案内されれば、課内にある応接室で改めて話を聞くことになるが、応接室は個室ではなく、仕切りで区切られているだけなので相談内容が外に洩れ聞こえてしまう。それを嫌がる相談者もいるし、興奮して大声を出す相談者もいるので、そういうときは廊下の小部屋に案内して話を聞くことになる。

四階の廊下には、一番から三番まで三つの小部屋が並んでいる。テーブルと椅子が置かれているだけの殺風景な小部屋で、広さは四畳ほどである。

警察に相談にやって来る者が、いきなり、「何でも相談室」を名指しすることはない。一階の受付で話を聞いた警察官が、どこの課でも対応するのが難しいと判断したときに、苦し紛れに「何でも相談室」に押しつける場合がほとんどだ。

冬彦が一番相談室に向かっていくと、テーブルをどんと叩く大きな音が聞こえた。

（まさか、寺田さん……）

下らない相談内容に腹を立てた高虎がテーブルに拳《こぶし》を叩きつける姿が冬彦の脳裏に浮かんだ。足を速めると、

「どうして調べてくれないんですか！」

という女の金切り声が相談室から聞こえてきた。それを聞いて、どうやら相談者はひどく興奮しており、さっき、テーブルを叩いたのも高虎ではなく、その女性相談者らしいと見当を付ける。高虎では対応しきれない気がする、という靖子の言葉を思い出す。高虎は、相手が興奮すると自分もつられて頭に血が上るタイプなので、興奮した女性の対応など苦手だろうな、と冬彦は考える。

「失礼します」

声をかけて、相談室のドアを開ける。うんざりして途方に暮れたような高虎の顔が目に留まる。相談内容をメモするノートを手許に広げ、右手で鉛筆をくるくる回しながら、小さな溜息をついている。

「生活安全課の小早川と申します。寺田と一緒にお話を聞かせていただきます」

高虎の隣に坐りながら、冬彦が挨拶《あいさつ》する。

（あ）

相談者の顔に見覚えがある。

今朝、冬彦が出勤してきたとき、一階の受付で喚き散らしていた女性だ。半袖の白いブラウスにジーンズ、年齢は四〇前後、化粧っ気がなく、髪を無造作に後ろで束ねている。

高虎が被害届の用紙とノートを冬彦の方に押しやる。被害届には、相談者の住所や氏名、年齢などが記載されているが、それ以外は空白のままだ。被害の内容については、まず相談者からよく話を聞いた上で、あとから要領よくまとめて記載するのが基本だから空欄が多いこと自体は不思議ではない。

（唐沢繁子《からさわしげこ》、四一歳か……）

冬彦がノートにもざっと目を通す。

相談内容は、自殺した娘の事件を捜査してくれという訴えだった。朝方、受付で叫んでいたのは、このことだったのかと冬彦は合点する。

「ちゃんと調べてほしいのよ！　何度もそう言ってるじゃないの！　誰に話せばいいのよ！　うちの娘は、陽子は自殺なんかしない！　そんなはずがないんだから、警察がきちんと調べなさいよ！　誰かに殺されたのよ！」

そんなことを叫んでいた。

「少し確認させてもらってもいいでしょうか？」

冬彦が高虎と唐沢繁子を順繰りに見る。

高虎は無言で小さくうなずく。唐沢繁子の相手をすることにうんざりした、という顔をしている。唐沢繁子の方は、また同じ話を繰り返させた揚げ句、結局は何もしないつもりなのではないか、という疑いの眼で冬彦を睨む。

唐沢繁子の訴えは、二ヶ月前に一人娘の陽子が死んだのは自殺ではない。誰かに殺されたに違いないから、警察が捜査して犯人を逮捕しなければならない、というものだ。

「遺書があったわけですね？」

「ええ」

「マンションの屋上から飛び降りたんですね？」

「そうです」

「管理人や住民がそれを目撃していたそうですが、つまり、誰かに突き落とされたとか、そういうことではないわけですね？」

「ああ……」

唐沢繁子が大袈裟に溜息をつく。

「あんたも他の人と同じなんだわ。何が何でも陽子を自殺だと決めつけたいわけね。同じ高円寺学園高校で、今年だけで二人も女子生徒が死んでいるのに、どうして警察は何も疑わないの？　二人ともマンションの屋上から飛び降りているのに、それが偶然だっていう
んですか？」

「え、二人も死んでるんですか？　しかも、死に方まで同じなんですか」

「ええ、同じですよ」

「それは、おかしいな……」

冬彦が難しい顔になる。

「何がおかしいんですか？」

高虎が訊く。

「寺田さん、高校生の年間自殺者数をご存じですか？」

「さあ、知りませんけどね」

「ここ数年、高校生の自殺は増加傾向にあるんです。それでも二〇〇人を少し超えるぐらいです。これは男女合計の数ですから、女子高校生の自殺者数は一〇〇人前後なんですよ。日本全国の年間の自殺者数がそれだけなのに、わずか八ヶ月で、同じ高校で、女子生徒が二人も自殺するということは確率的にあり得ないわけですよ。統計的に異常ですからね。これは何を意味するか、わかりますよね、寺田さん？」

「いや、わかりませんね。それに、その続きを聞きたいとも思いません」

高虎が首を振る。

「刑事さん、どういうことなんですか？」

唐沢繁子が身を乗り出す。

「つまり、統計学的に異常な数値が示される場合、それは偶然の出来事とは言えない。必然的に引き起こされた出来事だということになります。これを犯罪学に当てはめれば、偶然の事故というのは存在しても、必然の事故は存在しない。なぜなら、それは犯罪だからです。陽子さんの自殺が何らかの外部的な要因によって引き起こされた必然的な出来事だったとすれば、それは自殺ではなく、他殺ということになります」

「ちょっと待て！　おかしなことを言うな！」

高虎が慌てて冬彦の口を封じようとするが、もう手遅れだ。

「じゃあ、警察が調べてくれるんですね？　陽子は自殺なんかじゃない。誰かに殺されたんだと証明してくれるんですね。犯人を捕まえてくれますね」

唐沢繁子がすがるような眼差《まなざ》しで冬彦を見つめる。

「もちろんです。それが警察の仕事ですから」

冬彦が胸を張ってうなずく。その横で高虎が頭を抱えている。

四

「では、明日の午前中にご自宅に伺わせていただきます」

冬彦が言うと、

「お待ちしています」

唐沢繁子が穏《おだ》やかな表情でうなずく。

今朝、受付で目尻を吊り上げ、金切り声を上げていた女とは別人のようだな、自分の主張がようやく聞き入れられ、娘の自殺について調べると約束されて安心したせいだろうな、と冬彦は思う。

冬彦、高虎、唐沢繁子の三人は立ち上がって一番相談室を出た。

「早速、捜査を進めます。何かわかり次第、ご連絡するようにしますので」

「よろしくお願いします」

唐沢繁子は丁寧に腰を屈《かが》めて挨拶し、二人に背を向けてエレベーターホールの方に歩いて行く。

「ああっ……またまた、やってくれちゃったなあ、警部殿」

高虎が溜息をつく。

「何のことですか?」

「火のないところに煙を立てるってことですよ。おれたちは確かに『何でも相談室』には違いないけど、別に暇を持て余してるわけじゃない。何でもかんでも引き受けるわけにはいかないでしょうが。しかも、あんな安請け合いをして……。あの人が今まで誰にも相手にされなかったのは、警察が怠《なま》けてるからじゃなく、事件として受理できない理由があるからだとは考えられなかったんですかね?」

「逆にぼくの方が訊きたいんですが、受理できない理由って何ですか?」

「遺書が残されていて、一人でマンションから飛び降りたんだ。自殺でしょうが。どうして、それが殺人なんですかね? 誰かに突き落とされたわけじゃないんですよ」

「自殺せざるを得ないほど精神的に追い詰められていたかもしれないじゃないですか」

「ひょっとして、いじめを疑ってるんですか?」

高虎が小声で訊く。

「確かなことは言えませんが、それはないんじゃないですかね。いじめが原因で自殺したのなら、お母さんがそう言ったでしょうけど、それらしいことを何も言ってませんでしたからね。遺書にいじめに関する記述があれば、学校や警察の対応も違っていたはずです」

「それもそうだよなあ。今は世の中全体がいじめに敏感だから、いじめが原因で自殺したと母親が訴えれば、少なくとも門前払いされることはないな。マスコミだって飛びつくだろうしな。けど、それなら、どうして捜査の約束なんかしたんですか？」

「さっきも言ったじゃないですか。わずか八ヶ月で、同じ高校で、女子生徒が二人も続けて自殺するなんてあり得ないからですよ。たまたまそういうことになった、ただの偶然に過ぎない……そう片付けるには統計的に異常ですからね。何らかの外部的な要因によって自殺が引き起こされたと考える方が納得できるんですよ」

「外部的な要因ねえ……」

　また高虎が溜息をつく。

　そのとき、三番相談室のドアが開いて、安智理沙子、樋村勇作、それに小柄な若い女性が出てきた。

「お願いします」

　その女性は理沙子と樋村にぺこりと頭を下げると、視線を足許に落としたまま、冬彦と高虎の前を通り過ぎていく。

（ん？）

　冬彦が怪訝な顔になる。しばらく、その女性の後ろ姿を見送っていたが、

「警部殿、いつまで、そこにいるんですか？」

　高虎の声にハッと我に返る。他の三人は、もう「何でも相談室」に戻るところだ。冬彦一人が廊下に突っ立っている。

部屋に戻ると、

「さっき三番相談室から出てきた女性だけど、どういう相談だったの？」

冬彦が樋村に訊く。

「ストーカー被害の相談です」

「何でうちが担当するんだよ。ストーカー事件なんて生活安全課の通常業務じゃねえか」

高虎が口を挟《はさ》む。

「ストーカー被害といっても、さっきの相談者……遠山《とおやま》桜子《さくらこ》さんというんですが、彼女の言葉以外に被害を証明することができないんです。待ち伏せされているとか、付きまとわれていると言うけど、その証拠が何もありません」

「電話とかメールは？」

「それはあります」

樋村がうなずく。

「だけど、電話は個人の携帯や固定電話からではなく、すべて公衆電話からなんですよ。しかも、無言電話なので誰がかけてきたのかわかりません。メールもたくさん送られてきていて、かなり物騒《ぶっそう》なことも書いてあるんですけど、複数のサーバーを経由させて送信元が割り出せないように工夫されてます」

「頭のいいストーカー野郎なんだな」

高虎がうなずく。

「ただの嫌がらせではなく、ストーカー被害というからには、大体の目星がついているわけだよね？」

冬彦が訊く。

「ええ、今年の春、大学を卒業して就職した先輩、村井道彦《むらいみちひこ》の仕業に違いないと遠山さんは言ってます。在学中から、しつこく交際を迫られていたそうですから」

樋村が答える。

「目星はついていても、その先輩がストーカーだという証拠は何もないというわけか。だから、他の係では被害届を受理できず、うちに回されてきたわけだね」

冬彦がうなずく。

「何だかわけのわからない事件ですよね。曖昧すぎて、どこから手をつければいいかわからない。遠山さんが疑っている大学の先輩から調べるべきなんでしょうけど、その先輩が自分は何も知らない、何もやっていないと言えば、そこで行き止まりですからね」

理沙子が首を振る。

「いいじゃねえか。加害者の特定ができないだけで、それは立派な事件だろう。こっちは違うぞ。女子高校生が自殺したのを、うちの警部殿は殺人として捜査するっていうんだからな。自殺がいきなり殺人になっちまうんだぞ、殺人事件にな！　まあ、驚くようなことでもないか。警部殿が担当すると、どんなちっぽけで些細《ささい》な出来事でも前代未聞の大事件になっちまうんだからなあ。そのうちに世界を飛び回ってテロリストと戦うようになるのかもな。ジャック・バウアーみたいにな」

　冬彦を横目で睨みながら、高虎が馬鹿にしたように笑う。

「ありがとうございます」

　冬彦が高虎に向かって軽くうなずく。

「は？　何で、おれが礼を言われるの」

「だって、誉《ほ》めてくれたじゃないですか」

「おれとしては皮肉のつもりだったんだけどね」

「皮肉にしては何のエスプリも利《き》いてませんね。寺田さんの場合、持って回った言い方をしないで、何でもストレートに口に出した方がいいですよ」

「おい、樋村、エスプリって何だ？」

「ぼくに聞かないで下さいよ」

「知らねえのか、頭の悪い奴だ」

「エスプリというのはフランス語で、『才気』や『機知』という意味です。ウィットと表現してもいいかな。ちなみに、ウィットというのは『知的な洒落《しやれ》』のことですけど、寺田さんも樋村君も知的と言うには程遠いから、ちょっと理解は難しいかもしれませんね」

「すいません、ぼく、警部殿が何を言ってるのかよくわからないんですけど」

樋村が首を捻《ひね》っている。

「要するに、おれたちはバカでノータリンで偏差値も低いってこと。頭のいいのは自分だけだと自慢してるわけだよ、警部殿は」

「自慢はしてません。だって、本当のことですから。誰が見ても当たり前のことを自慢する理由なんかありませんよ」

「わかった、わかった、もういいよ」

高虎が自分の席に坐って、タバコを吸い始める。

「警部殿がストーカー事件に興味を持つなんて、何か気になることでもあるんですか？」

理沙子が冬彦に訊く。

「気になると言えば、気になりますね。明確な根拠があって気になるわけじゃないんですよ。遠山桜子さんという相談者ですけど、さっき三番相談室から出てきたとき、ちらりと横顔を見たんです。彼女、笑ってましたね」

「え。笑ってた？」

理沙子と樋村が顔を見合わせる。

「それは、ないでしょう。だって、三番相談室では、ぶるぶる震えながら涙ながらに被害を訴えてましたよ。そうですよね、安智さん？」

樋村が理沙子に水を向ける。

「ええ、よほど恐ろしい思いをしたんだなという気がしましたね。あの様子を見て、ストーカーの訴えは本当だろうと確信しました。それなのに笑っていたなんて……相談室を出る直前まで泣いていたんですよ」

「警部殿は目に見えないものが見えるような人だから、泣いてる女が笑ってる女に見えるくらいのことは普通なんだよ。あ……これは別に皮肉でも何でもありませんからね。正直に思ったことを口に出しただけなんで」

高虎が肩をすくめる。

「すいません。ぼくの言ったことは、あまり気にしないで下さい。相談者と直《じか》に言葉を交わしたわけでもありませんし、ほんの一瞬、横顔を見たに過ぎませんから。ぼくの勘違いである可能性もなきにしもあらずです」

「インテリってのは素直じゃないよなあ。何だかんだと理屈ばかりこねたがる」

高虎がドーナツ型の煙を吐き出しながら首を振る。

それから三〇分ほど、パソコンを使って何か調べていたが、不意に冬彦は、

「寺田さん、行きましょう」

リュックを手にして立ち上がる。

「どこに行くんですか?」

「高校ですよ。まずは唐沢陽子さんが通っていた高校に出向いて、先生たちの話を聞いてみましょう。それが捜査の基本じゃないですか?」

「……」

高虎は、じっと冬彦を見つめ、何か言おうとして口を開きかけるが、

「どうせ何を言っても丸め込まれるしな」

と、つぶやくとタバコを消して、諦めたように立ち上がる。

五

「行き先は、どこでしたかねえ」

シートベルトを締めると、高虎がわざとらしく欠伸《あくび》をする。

「高円寺南一丁目ですよ」

「はいはい、高円寺南一丁目ね……」

エンジンをかけ、車を発進させる。

「運転が下手くそなのは仕方ないとしても、頭はいいんだから、せめて、ナビゲーターでもやってくれたらどうですかねえ」

「うふ」

冬彦が口をすぼめて小さく笑う。

「何か変なことを言いましたかね？」

高虎がムッとする。

「だって、ナビなんか必要ないじゃないですか。青梅《おうめ》街道を中野方面に走るだけですよ。そもそも、寺田さんは地元の人なんですから、ぼくが説明するまでもなく高円寺学園高校のことは、よくご存じのはずでしょう。違いますか？」

「入学金も学費もバカ高い、お坊ちゃん、お嬢ちゃん学校だってことくらいは知ってますよ。おつむの出来は知りませんけどね」

「都内の私立は、どこも学費が高いですが、それにしても、ここは高いですね。さっき、ネットで調べたんですが、学費だけなら、間違いなく都内でもトップクラスの高校でしょう。伝統のある私立高校ですから、寄付金の額もかなりのものだと思います。進学実績は、そんなに悪くありませんよ。毎年、東大に一人か二人は受かっているし、早慶《そうけい》にも二〇人前後の合格者を出してますから、進学校としては、そう悪くもないと思います。もちろん、特待生クラスで実績を出してるんでしょうけどね。学費面でも成績面でも寺田さんには手の届かない学校だったことだけは確かですね」

「……」

「あれ、怒ったんですか？」

「こんなことくらいで怒ってたら、とっくの昔に血管が切れて、おれはお陀仏《だぶつ》ですよ。そうじゃなくて……あの相談者、唐沢さんと言いましたっけ」

「唐沢繁子さんです」

「身なりで人を判断するのはよくないとわかってますが、金持ちには見えませんでしたよね？　着古したブラウスにジーンズ……セレブって感じじゃなかった。それに母子家庭だと話してましたよね」

「パート勤めだと言ってましたし、普通に考えれば、そんなに生活は楽じゃないでしょうね。寺田さんが疑問に感じているのは、そんなに裕福には見えないのに、どうして娘さんを学費の高い私立高校に通わせていたのか、通わせることができたのか、ということですね？」

「おれの言ってること、変ですかね？」

「そんなことはないと思います。子供を少しでもいい学校に通わせたいという親は多いでしょうが、経済的な理由が壁となって、学校を選択する幅が狭《せま》くなっているのが現実ですからね。将来、寺田さんが美香《みか》ちゃんを高円寺学園高校に通わせたいと思っても、今の収入では無理です。美香ちゃんは三年生だから、高校受験は六年後か……。せめて副署長クラスに出世していれば学費を払えるでしょうが、巡査部長への昇進試験も通らない寺田さんが、あと六年で副署長になるのは不可能です。あり得ません」

「怒るだけ無駄だとわかっているけど、無性に腹が立つなあ。停職覚悟で警部殿をぶん殴《なぐ》れば、少しはすっきりするんですかね？」

「寺田さんが腹を立てる理由がわかりませんね。寺田さんを誹謗《ひぼう》中傷してるわけじゃないんです。ありのままの事実を述べているに過ぎません。寺田さんも事実を事実として受け入れるようにすれば納得できるんじゃないですか？」

「もういいです。警部殿に腹を立てないようにするには、警部殿と口を利かないのが一番だってことを思い出しました。申し訳ないですが、向こうに着くまで黙っていてもらえますか？　絶対にひと言も口を利かないで下さい」

「ぼくがしゃべったらどうなるんですか？」

「殴ります」

「……」

冬彦は口を閉ざした。高虎の殺気を感じ取ったのだ。

青梅街道を中野方面に走り、環七《かんなな》通りを過ぎて、しばらくすると、高虎は車を左折させて高円寺南一丁目に入った。住宅街の中を走る道幅の狭い道路をくねくねと進んでいくと、前方に白壁の大きな建物が見えてきた。四階建てで、敷地内には緑が多い。高円寺学園高校である。付属の幼稚園、小学校、中学校も敷地内に併設《へいせつ》されている。

門扉《もんぴ》が閉じられていたので、その手前で車を停める。

「ぼくが行ってきます」

助手席の冬彦が車を降り、門扉に近付く。インターホンがあり、それを押すと、警備員室と繋《つな》がるようになっている。インターホンを押して、身分と用件を名乗り、相手の求めに応じて、防犯カメラに向かって警察手帳を示す。お待ち下さい、という声がして、一分ほどすると制服姿の警備員が現れ、門扉を開けてくれた。警備員が駐車場まで先導し、指示された場所に高虎が車を停める。

「校長室にご案内します」

警備員が先になって歩き出す。

「何だか物々しいなあ」

高虎がつぶやくと、

「最近、学校を狙う犯罪も増えてますから、外部の人間が簡単に入れないようにしてあるんでしょうね。ちょっと厳重すぎる気もしますが」

六

校長室では二人の男が待っていた。校長の山田正義《やまだまさよし》と教頭の平山俊三《ひらやましゅんぞう》の二人だ。冬彦

と高虎が挨拶すると、

「わたしたちも連絡を受けたばかりで事情がよくわからないんです。担任の黒岩《くろいわ》先生が病院に向かいましたが、まだ連絡がありませんし……」

平山教頭が険《けわ》しい表情で言う。

「担任が病院に？」

冬彦と高虎が顔を見合わせる。冬彦がインターホンで告げた用件は「自殺した生徒のことでお話を伺いたい」ということだったが、何か誤解が生じているらしかった。

「二ヶ月前に自殺した唐沢陽子さんのお話を伺いに来たんですが……」

「え、唐沢陽子？　今泉《いまいずみ》淳子《じゅんこ》の件でいらしたのではないんですか」

今度は山田校長と平山教頭が困惑した様子で顔を見合わせる。

「ひょっとして、また誰かが自殺したんですか？」

冬彦が訊く。

「は、はい……」

山田校長がハンカチで額の汗を拭う。

「地域課に確認してみますよ」

高虎が携帯電話を取り出し、杉並中央署の地域課に電話をかける。メモを取りながら相手と話す。その間、他の三人は黙りこくっていた。山田校長と平山教頭は気まずそうに視線を落とし、冬彦は、そんな二人の様子を無遠慮にじろじろ眺《なが》めて観察する。

「今朝、梅里二丁目にあるレガーロ梅里という一四階建てマンションの屋上から女子高校生が飛び降り自殺し、所持品から、こちらの学校に通っている今泉淳子さんと確認されたそうです」

電話を切って、高虎が冬彦に言う。

「なるほど、今泉さんのことで訪ねてきたと思ったわけですね？」

冬彦が平山教頭に訊く。

「なぜ、今頃、唐沢さんのことを調べにいらしたんですか？」

「捜査に関して詳しいことはお話しできないことになっているんです」

「捜査？」

平山教頭がぎょっとしたように顔を引き攣《つ》らせる。

「唐沢さんの自殺について捜査なさっておられるんですか？」

「いやいや、捜査などという大袈裟なものではなく、ただの確認ですよ、確認」

高虎がふふふっ、と嘘臭い笑みを口許に浮かべる。

「えぇっと、三月七日に蒲原好美《かんばらよしみ》さんが自殺、六月一五日に唐沢陽子さんが自殺、そして、今日、今泉淳子さんが自殺……わずか半年足らずで、この学校に通う三人の女子生徒が自殺したことについて、校長先生と教頭先生は、どうお考えですか？」

手帳を開いて、メモを確認しながら冬彦が訊く。

「どうと言われても……大変悲しい出来事であると胸を痛めております。そうですよね、校長?」

平山教頭が同意を求めるように山田校長の顔を見る。

「その通りです。尊《とうと》い若い命が失われたわけですから……」

「ああ、違うんですよ。そんな紋切り型のきれいごとを伺いたいわけじゃないんです。さっき言いましたよね。半年足らずで三人も自殺した、と。これって確率的に考えるとあり得ない数字なんです。ぼくは疑い深い性格なので、彼女たちを自殺に追いやる原因があったんじゃないのかなあ、と勘繰《かんぐ》ってしまうんですよね」

「原因と言われても……」

「いじめですか?」

「……」

山田校長と平山教頭が絶句する。顔から血の気が引いて真っ青だ。

「い、いじめなどありません!」

平山教頭が激しく首を振る。

「別に悪気はないんですが、昨今、中学生や高校生が自殺すると、まず、いじめを疑いますからね。いじめは自殺の原因じゃないわけですね?」

「今泉さんのことはまだ何もわかりませんが、蒲原さんと唐沢さんについては自殺した後、保護者の皆さんからもいじめが原因ではないのか、という指摘があり、わたしどもも真剣に調査しました。彼女たちがいじめを受けていたとか、いじめに悩んでいたことを示す証拠は何ひとつとして見付かりませんでした」

「証拠がないから、いじめがなかったとは断定できないでしょうが……。いじめが原因でないとすると、何が原因だと思いますか？」

「見当もつきません」

「誰かに殺されたとは思いませんか？」

「こ、ころされた……」

平山教頭の顔色が更に悪くなる。

「あ……気にしないで下さい。小早川警部は何でも大袈裟に言う癖がありましてねえ、言葉の綾《あや》ですから、言葉の綾」

高虎が慌ててフォローしようとするが、あまり効果はない。

「屋上から誰かが彼女たちを突き落とせば、それは疑いもなく殺人ですが、そうじゃなくても、自殺せざるを得ないほど精神的に追い込んだとすれば、やはり、何者かに殺されたのだと考えるべきです。学校生活では様々なことが起こりますから、いじめ以外にも精神的に追い詰められてしまう理由なんかいくらでもありますよね？　自殺した三人ですが、友達だったんですか？」

「ど、ど、どうなのかな、教頭先生？」

山田校長が平山教頭に訊く。よほど慌てているらしく、言葉がうまく出てこなかった。

「三人ともクラスは違っていたはずですが、学年は同じですから顔見知りだったでしょうが、どれくらい親しかったかまでは把握しておりません」

「三人とも学年が同じなんですか？」

「厳密に言えば、蒲原さんは春休み中に亡くなったので、まだ二年生になっていませんでしたが」

「ますます不自然だなあ。これは絶対に偶然なんかじゃありません。何かしら、三人に共通する理由があって自殺したに違いない」

「決めつけるのは早いんじゃないですかねえ」

高虎がやんわりと注意するが、冬彦は高虎の言葉など聞いていない。自分の思いつきに興奮気味だ。

「今泉さんの担任は病院に向かったとおっしゃいましたね。では、蒲原さんと唐沢さんを担任していた先生にお話を伺えますか？　授業中なら、授業が終わるまで待ちます」

「唐沢さんの担任だった石原登紀子《いしはらときこ》先生は、昨日から校外の教育研修に参加しておりまして、本日は学校に戻りません」

「明日は、いらっしゃいますか？」

「出勤予定です」

「では、蒲原さんの担任の先生は？」

「蒲原さんを担任していた英語の花村《はなむら》詩織《しおり》先生は、五月の連休明けに退職いたしました」

「え、辞めたんですか？」

「なぜ、辞めたんです？」

高虎も興味を引かれたらしく、ぐいっと身を乗り出して質問する。

「一身上の都合ということですが、退職なさる前、体調を崩されて休みがちでしたから、それも関係しているかもしれません」

「花村先生の退職と蒲原さんの自殺には何か関係があるんですか？」

冬彦が訊く。

「まさか、そんな！」

山田校長が大きな声を出す。

「ないんですか？」

「刑事さん、関係なんかあるはずないでしょう」

平山教頭が怒ったように言う。

「唐沢陽子さんのお母さんをご存じですか？」

「ええ、何度かお目にかかったことがあります」

「会ったのは、陽子さんが自殺した後ですか？」

「そうです」

「罵《ののし》られましたか？」

「は？」

「お母さんは、陽子さんが殺されたと思っているようなんです」

「殺されたって……自殺でしょう」

「自殺せざるを得ないほど誰かに精神的に追い詰められたということなんじゃないですかね？　心当たりはありませんか」

「刑事さんの言うことが正しいのなら、唐沢さんが自殺したときに警察が調べたはずでしょう。なぜ、二ヶ月も経ってから調べるんですか？」

「確かに、おっしゃる通りです。でも、真実を暴《あば》くのに遅すぎることはありませんからね。お願いがあるんですが、校内を見学させていただけませんか」

「何のためにですか？」

「自殺した三人がどんな学校に通っていたのか興味があるからです。それとも何か見られるとまずいものでもありますか？」

「小早川さんとおっしゃいましたね。あなたの言い方は、さっきから失礼じゃないですか。まるで、わたしたちのことを……何と言うか……」

「犯人扱い？　そう言いたいんですか」

「そうですよ。わたしや校長が何か隠し事をしているかのような言い方ばかりして」

「何も後ろめたいことがないのなら気にしなくても大丈夫ですよ。教頭先生、あなたが三人を自殺に追い込んだんですか？」

「な、なにを……」

平山教頭が口をぽかんと開ける。

「ふうん、そうではないらしいですね。それなら、校長先生ですか？」

冬彦が山田校長を睨む。

「失敬な」

山田校長が顔を真っ赤にして憤慨《ふんがい》する。

「あなたも違うようですね。寺田さん、校内を見学させてもらいましょう」

冬彦はソファから立ち上がると、軽い足取りで校長室を出て行く。それを見て、平山教頭が慌てて追いかける。

「校内見学といっても大した意味はありませんから。参考程度に、ざっと見て回るだけなんで」

表情を強張《こわば》らせている山田校長に笑いかけながら、高虎が取って付けたような言い訳をして校長室を出る。

七

「おれが通った木造のボロ校舎とは大違いだ。まるで高級ホテルみたいだな」

「ふうん、立派な校舎ですねえ……」

冬彦の言葉に、高虎がうなずく。

学生食堂は、洒落たレストランのような造りだし、その横にある売店は、コンビニ並みの品揃《ぞろ》えだ。

広い中庭の一角には日本庭園があり、池もあれば浮き橋もある。竹藪《たけやぶ》の中に茶室まである。校舎の地下一階には温水プールがあるし、屋外にも観客席が設置されたプールがある。どちらも五〇メートルプールで、八つのレーンが取れるようになっている。

ナイター設備のある野球場やテニスコートもある。

コンピュータールームには最新式のパソコンが何十台もずらりと並んでいるし、視聴覚ルームでは一度に二〇〇人が映画を観られる。

二人が盛《さか》んに感心するので、平山教頭の鼻息も荒くなり、この校舎がいかに生徒のためを考えて設計されており、最高の教育環境を兼ね備えているかを得意気に説明する。

「トイレをお借りしていいですか？」

「ええ、どうぞ」

「それじゃ、おれも一緒に」

冬彦と高虎がトイレに入る。高虎はすぐに用を足し始めたが、冬彦は掃除道具をしまってあるロッカーを開けたり、個室を覗いたりしている。

「何をしてるんですか？　うんこがしたいのなら恥ずかしがらずにすればいいじゃないですか。おれは、すぐに出ますよ」

「トイレを使いたかったわけじゃないんです。トイレを見学したかったんです」

「なるほどね。警部殿と亀山係長はトイレフェチだもんな。暇さえあれば、トイレに籠もってる。やっぱり、トイレが好きなんですねえ」

「それは正確な表現ではないし、寺田さんらしい浅はかな嫌味が込められていることもわかりますが、今は時間がないのでスルーしておきます。ぼくがトイレに入ったのは、トイレを観察すると、いろいろなことがわかるからですよ」

「どんなことが？」

「普通、学校のトイレって、あまりきれいじゃないでしょう？　そう思いませんか」

「確かに、汚いトイレが多いよな」

「昔は生徒に掃除させたりもしましたが、最近は、そんなこともありません。清掃員が掃除をします。公立学校は予算が限られているから掃除の回数が少なくて、だから、トイレも汚れやすいんですよ。私立学校の場合は、その学校が独自に予算を決めることができます。この学校は清掃にもお金をかけてますね。ここにあるチェック表を見ると、一日に二回、清掃が入ってます。それだけじゃありません、これを見て下さい」

冬彦は洗面台を指差す。

「水も跳《は》ねてないし、とてもきれいに使われています。生徒に対する指導が行き届いているんでしょうね。言い方を変えると、かなり厳しい学校なんだろうと思います」

「ふざけてトイレを汚したら、ただじゃ済まないってことですかね？」

「どれくらい厳しく処罰されるのかはわかりませんけどね」

「何だか、息苦しい感じの学校だなあ。高い学費を払ってんのに、ぎゅうぎゅう締め付けられたらたまったもんじゃないな」

「生徒たちの休み時間の過ごし方を見れば、いろいろわかるはずです」

トイレを出ると、平山教頭が、

「次は、我が校自慢の図書館をお目にかけましょうか」

「図書館？　図書室じゃないんですか」

冬彦が訊く。

「違うんです。我が校には図書館があります」

中庭に出て、日本庭園の前を通り過ぎると、正面に図書館が見えてきた。地上三階、地下一階のモダンな建物だ。理事会が中心になって行った募金活動によって、昨年、竣功《しゅんこう》したばかりの真新しい図書館である。下手な公立図書館を凌駕《りょうが》する蔵書数を誇《ほこ》り、稀覯本《きこうぼん》の類も所蔵している、と平山教頭は誇らしげに説明した。

「どんな稀覯本があるんですか？」

「近代日本文学中心ですね。二葉亭四迷《ふたばていしめい》と樋口一葉《ひぐちいちよう》の初版本は、ほとんど揃《そろ》っています。あとは田山花袋《たやまかたい》や尾崎紅葉《おざきこうよう》の初版本も何冊かあるはずです」

「よく知らない名前ばかりだけど、それって、すごいんですかね、警部殿？」

「もちろん、有名な人たちばかりですよ。日本の近代文学史には欠かせない文学者ばかりですね。ただなあ……」

冬彦が思わせぶりに小首を傾《かし》げる。

「何か？」

平山教頭が訊く。

「いくら明治時代の初版本といっても、所詮は印刷物に過ぎませんからね。漱石《そうせき》クラスの自筆原稿なら、その質や量にもよりますが、数千万円の値段がつくかもしれませんが、初版本の類だと桁《けた》がひとつ下がりますよね。モノによっては、ふたつ下がるかな。この建物全体が、これという明確なコンセプトに欠けた成金趣味のごった煮のような印象ですが、稀覯本ではケチりましたね。想像ですが、建設費が余ったので、少しでも図書館に箔《はく》の付きそうなものを適当に選んだんじゃないんですかね？　田山花袋のような自然主義文学者と美文調の物語作家である尾崎紅葉なんて、まるっきり対極にある作家ですからね。何のポリシーもなく、古書店の言いなりに買い集めたんじゃないんですか？」

「……」

面と向かって侮辱《ぶじょく》されて、平山教頭は言葉を失い、金魚のように口をぱくぱくさせている。当の冬彦は、自分の言葉が相手を侮辱したなどとは露程《つゆほど》も感じておらず、

「じゃあ、ご自慢の図書館を見学させていただきましょう」

にこりと笑う。

図書館の一階部分は全面ガラス張りになっている。エントランスを入ると、床がフローリングにされているせいか、真新しい木の匂いがする。二階に上がるための階段は、勾配《こうばい》が緩く、かなり幅が広いが、それは、その階段に坐《すわ》って本を読むことができるようにという工夫である。

「今は授業中じゃないんですか？」

制服姿の中学生や高校生の姿が目に付くので、冬彦が訊く。

「彼らは図書部員ですよ。放課後に活動するだけでなく、週に何コマか授業に組み込まれ

ている『自由活動』の時間に図書館にやってきて、専門の司書から図書館業務を学んでいるんです。学校図書館は生徒だけで運営するのが理想ですが、これだけ蔵書数が多いと生徒だけではとても管理できませんし、さっきも申し上げたように貴重な書籍も所有していますのでね」

平山教頭が横目で冬彦を睨む。

「確かに本が多いなあ……」

冬彦は何も気付かない様子で、どんどん奥に入っていく。

それを平山教頭が追いかけて、

「刑事さん、もういいでしょう。いくら図書館を調べたところで、生徒の自殺について何かわかるわけでもなし……」

そう口にしたとき、両手で何冊もの本を抱えた二人の女子高校生が棚の陰から現れた。

平山教頭は、ぎょっとしたように顔を引き攣らせて、慌てて口をつぐむ。

「教頭先生、こんにちは」

「こんにちは」

「あ、ああ、神《かみ》ノ宮《みや》君と西田《にしだ》君か。ご苦労様」

「よろしかったら、何かお手伝いいたしますが」

神ノ宮君と呼ばれたロングヘアーの生徒が冬彦に顔を向ける。

「こんにちは。ぼくは杉並中央警察署生活安全課の小早川と言います」

「神ノ宮美咲《みさき》です」

「神ノ宮さんは何年生ですか？」

「二年です」

「それなら、唐沢陽子さんのことをご存じ……」

「いい加減にして下さい！」

平山教頭が怒りの形相で冬彦に詰め寄る。

「こちらは、できるだけ協力しようとしているつもりです。しかし、あまりにも失礼じゃありませんか。生徒にそんなことを訊くなんて、いったい、何の権限があって……」

「すいません。もう帰りますから。腹の虫が治まらなければ、署長宛に苦情を申し立てて下さって結構ですから。生活安全課の小早川という名前を忘れないようにして下さい。わたしの名前は忘れて結構です。それじゃ、失礼します」

「待って下さい、寺田さん、まだ話が……」

「終わりですよ」

高虎が力任せに冬彦の腕をつかんで、そのまま図書館から引っ張り出す。それを平山教頭は見送る。

「もういいでしょう、外ですよ」

「ふんっ」

ようやく高虎が冬彦の腕を放す。

「いくら何でも乱暴じゃないですか、寺田さん。何を怒ってるんですか？」

「あんたね、どこまで無神経なんだ？　おれたちは令状を持って、ここに来てるわけじゃない。教頭が言ったように、向こうの厚意で話を聞き、校内を見学させてもらったんだ。それなのに、いきなり、生徒に自殺の質問をするなんて無神経にもほどがある」

「すいませんでした！」

冬彦は直立不動の姿勢で、ぺこりと頭を下げる。

「何だよ、いやに素直だな。あ、わかったぞ。何か魂胆《こんたん》があるんだ。そうに決まってる。イヤですよ。お断りだ」

「まだ何も言ってませんが」

「じゃあ、勘違いですか？」

「大した頼みじゃありません」

「やっぱりか」

「署に戻る前に、レガーロ梅里に寄りたいだけです」

「レガーロ梅里って……。今朝の自殺現場かよ。イヤだよ、そんなところに行くのは」

「……」

冬彦が瞬《まばた》きもせずに、じっと高虎を見つめる。

先に視線を逸《そ》らしたのは高虎の方だ。

「わかりましたよ」

重い溜息をつく。

クラクションを鳴らされて、高虎が顔を上げる。

冬彦と高虎は駐車場の真ん中で立ち話をしていたため、車の通行の妨《さまた》げになっていたのだ。二人が脇に避《よ》けると、車がすーっと駐車場の奥に進んでいく。それを見送りながら、

「すげえな……」

「ベンツですからね」

「ただのベンツじゃありませんよ。一口にベンツと言ってもランクがある。一番高いのはSLSだけど、あれはスーパーカーで普通に街中で乗るような車じゃないから。それを除くと、あのCLっていう2ドアクーペが最高クラスですよ」

「高いんですか?」

「おれが飲まず食わずで働いて、給料に手を付けなかったとしても、あれを買うのに四年はかかるね」

「へえ、一〇〇〇万くらいで買えるのか……」

「おいおい、おれの年収は三〇〇万以下か」

「冗談ですよ。ふうん、二〇〇〇万もするなんてすごいですね」

「まあ、いろいろ装備を付ければって話だけど、それにしたって一五〇〇万じゃ買えないからね。くそっ、私立高校の教師ってのは、そんなに給料がいいのかね？」

「教師じゃないですよ。ほら、一般の駐車スペースとは違うところに停めてるじゃないですか」

「本当だ。理事か。縁石のプレートに、そう書いてある。理事にしては若造だな」

ベンツから降りた男を見て、高虎がつぶやく。

「しかも、腕時計はフランク・ミュラーかよ。いけすかねえなあ……」

「寺田さん、自分は貧乏なくせに高級品に詳しいんですね。しかも、あの人のことを何も知らないのに、高級車や高級腕時計を持っているというだけで強い反感を抱いてますね。確かに、万年巡査長では、とても手が出ないものばかり……」

冬彦が口をつぐむ。高虎が歯軋《はぎし》りしながら、顔を近付けてくる。目が血走っている。

「自殺現場に行きたいのなら、これ以上、おれを怒らせない方がいい。わかりますよね？」

「はい、わかります」

冬彦が素直にうなずく。

八

「ここか……」

敷き詰められた煉瓦に広がった血の跡を見下ろしながら、高虎が顔を歪める。ざっと清掃はしたのだろうが、煉瓦の表面や煉瓦同士の隙間《すきま》に染み込んだ血液や体液を洗い流すのは容易ではないのだ。

冬彦は血の跡と一四階建てマンションの屋上を交互に見比べている。

「飛び降りの現場っていうのは、見慣れるってことがないな。片付けられた後でも気味が悪い。たまに死にきれないで泣き喚くような奴もいるんだよな。頭が割れて脳味噌が飛び散ってるのに、痛い、痛いって泣いてる奴。中途半端な高さから飛び降りると、そんなことだってある。あの高さから飛び降りれば即死だっただろうが……」

「飛び降り自殺する人のほとんどは、地面に激突する前に気を失ってしまうそうですよ。たぶん、何も感じないまま死んでしまうんじゃないんですかね」

冬彦は割と平然としている。

「だからといって試してみる気はしないよな」

「寺田さんは飛び降り自殺なんかしませんよ。首吊りもないですね。そんなやり方をする人じゃありませんから」

「お」

高虎が目を細めて冬彦を見つめる。

「何となく気に障《さわ》る言い方ですねえ。それじゃ訊くけど、おれなら、どんなやり方で自殺すると言いたいわけですか」

「生きる力を失って、腑抜《ふぬ》けたようになって死ぬ人じゃない。寺田さんが自殺するときは、自分自身に猛烈に腹を立てたときです。たぶん、拳銃自殺でしょうね。自分に罰を与えるために、自分の手で頭に銃弾を撃ち込むわけです」

「待って下さいよ。何で、おれが拳銃自殺するくらい自分に腹を立てるわけですか？」

「理由なんかいくらだって考えられるじゃないですか。仕事でも家庭でも問題を抱えてるんですから」

「家庭に問題があるのは認めるけど、仕事でもあるかなあ……」

「ものすごくストレスが溜まってるじゃないですか。上司からは駄目な奴だと烙印《らくいん》を押され、出世の望みもなく、このまま定年まで巡査長のままでしょうから給料だって上がらないだろうし……」

「もういいです」

高虎が冬彦の口の前で人差し指を立てる。

「それ以上、警部殿の戯言《ざれごと》を聞いていると、自分の頭に銃弾を撃ち込む前に、まず警部殿の頭を撃ちたくなってしまうんでね」

「……」

冬彦がおとなしく口をつぐんだのは、高虎の目がマジだったからだ。

そこに、

「お待たせしてすいません」

五十前後のごま塩頭の中年男が小走りにやって来て、管理責任者の佐藤《さとう》と申します、と挨拶する。

「さっきも警察の方にいろいろお話ししましたが、何か問題でも？」

「いやいや、単なる確認です、確認」

高虎が答える。

「佐藤さんが今泉淳子さんを発見なさったんですか？」

冬彦が訊く。

「発見というか……あの女の子が飛び降りるのを止めようとしたんです」

「じゃあ、飛び降りを目撃したわけですね？」

高虎が念を押すように訊き、佐藤がうなずく。

「警部殿、これは疑いようもなく自殺ですね」

「そのときは一人でしたか？」

高虎の言葉を無視して、冬彦が佐藤に訊く。

「同僚の管理人が一緒でした」

「もう納得したでしょう。引き揚げましょうよ」

「お手数ですけど、屋上を見せてもらえませんか」

「それは構いませんが……」

あまり気の進まない様子で、佐藤は二人を階段に案内した。このマンションは建物の内部に階段がない。外付け階段があるだけだ。

「今時、外付け階段は珍しいんじゃないんですか？」

冬彦が訊く。

「専門的なことはわかりませんが、火事などの火災が発生したとき、エレベーターと階段がどちらも建物の中にあると煙《けむり》に巻かれたりして危ないらしいんです」

佐藤が答える。

「でかい地震が起きて、この外付け階段が壊れちまったらマンションから逃げられなくなるんじゃないの？　当然、エレベーターは止まるだろうし。それに、この階段、怖くないか？　こうやって簡単に手摺《てす》りから身を乗り出せるし、高所恐怖症の人は使えないんじゃないのかね」

「問題なのは、誰でもこの階段を上ることができるということでしょうね。その気になれば、どこからでも飛び降りることができる」

「物騒なことをおっしゃらないで下さい」

佐藤がぎょっとした顔になる。

「エントランスにはガラス扉があって、自分の鍵を使うか、インターホンで住民を呼び出して解錠してもらうかしないと敷地内に入ることができません。裏手の駐車場にも門扉がありますから居住者以外は立ち入ることができないようにしてあります」

「それほど厳重なセキュリティだとは思えませんけどね。ガードマンがいて、いちいち居住者かどうかを確認しているというのなら話は別ですが、そうでないのなら、エントランスの近くで携帯をいじっている振りをして、居住者がガラス扉を開けたら、さりげなく、それに続いて中に入ってしまえばいいだけですから。お……」

一四階を過ぎると、次は屋上だ。階段から屋上に出るには鉄格子《てつごうし》のはまったスチール製の薄いドアを開けるようになっている。そのドアを冬彦がまじまじと凝視する。

「普段、鍵はかかってるんですか?」

「はい、もちろん」

「だけど、自殺した少女は、ここから屋上に出たわけですよね?」

「そんなドアを通らなくても、その気になれば簡単に屋上に出られますよ」

高虎が言う。スチールドアの左右には鉄製の柵が取り付けられているが、その高さは一メートルほどしかないので、階段部分から、その柵に足をかけることができれば、ドアを通ることなく屋上に出られるのだ。

「怖そうですけどね」

冬彦が手摺りの向こうに顔を出して、ちらりと地面を見下ろす。顔色が悪く、額に脂汗《あぶらあせ》が滲《にじ》んでいる。指先も小さく震えているが高虎は気が付かない。

「これから飛び降りしようって人間が怖がるはずがないでしょう。足を滑らせて落ちたって、最初から飛び降りるつもりで来てるんだから別に後悔もしないでしょうよ」

「寺田さん、たまには鋭いことを言うんですね」

「どうして、ひと言、余計なのかね」

高虎が溜息をつく。

「うちも対策を考えて、理事会で話し合いが進んでいたんです。近々、柵を高くする工事が始まる予定だったんですよ。それなのに、また女の子が飛び降りるなんて……。変な噂《うわさ》が広がらなければいいんですが」

佐藤が何気なくつぶやく。

「またって、どういう意味ですか？　前にも自殺した女の子がいたんですか？」

冬彦が訊く。

「三月の初めにも女子高校生が飛び降り自殺したんです」

佐藤の言葉を聞いて、冬彦と高虎が顔を見合わせる。

「その子の名前、覚えてますか？」

「ええっ……蒲原と言ったかな」

「蒲原好美だな。あの高校の生徒が、このマンションから二人も飛び降りてるとは……。校長も教頭も、そんなことをひと言も口にしなかったね。どう思います、警部殿？」

「ますます怪しいなあ。しかし、現時点で、それ以上のコメントは控《ひか》えておきます」

冬彦は佐藤を促《うなが》してドアの鍵を開けてもらい、屋上に出る。

「今朝の女子高生、今泉淳子はどこにいたんですか？」

「こっちです」

佐藤が鉄柵に近付いていく。

「結構、風が強いなあ。柵が低いし、突風に煽《あお》られたら、おれたちも転落しそうじゃないですか、ねえ、警部殿？」

「……」

「あれ？　何だか顔色が悪いですよ。真っ青じゃないですか。ひょっとして高所恐怖症ですか」

ははは、と笑いながら、高虎が冬彦の背中をどんと叩く。冬彦が鉄柵の方によろめいていく。

冬彦は、ひっ、と怯えたような声を発して、その場にしゃがみ込む。

蚊の鳴くような声で、今泉淳子がどんな様子だったか訊いて下さい、と頼む。

「寺田さん」

「はいはい、承知しましたよ。佐藤さん、その高校生ですが……」

高虎が冬彦に代わって質問すると、

「わたしが屋上に上がって、その子を見たとき、何て言うか、体が揺れてました。風が強かったせいもあるんでしょうが、左右にふらふらと……。飛び降りる前に、こっちに顔を向けたんですが、白目を剝いてました。正直、ゾッとしましたね。あの顔、しばらく頭から離れないだろうな」

「で、ここから飛び降りた？」

高虎は、鉄柵の外側に首を突き出す。幅四〇センチほどの外縁になっているが、さすがに高虎もそこに立とうとは思わないらしい。

「警部殿、他に訊きたいことはありませんか？」

高虎が肩越しに振り返ると、冬彦はコンクリートの上に腹這《はらば》いになっている。

「何をしてるんですか？」

「動けないんです。階段まで引っ張っていってもらえませんか」

今にも泣きそうな声で冬彦が懇願《こんがん》する。

九

病院の地下にある霊安室から激しい泣き声が洩れ聞こえている。周囲に人気がなく静かな場所なので、よりいっそう泣き声が大きく響き渡る。

「すげえな……」

廊下の端で高虎が足を止めてつぶやく。

「今泉さんの親御さんでしょうね」

冬彦がつぶやく。

高虎と冬彦がやって来たのは、今朝、レガーロ梅里で飛び降り自殺を図った今泉淳子が搬送された病院である。一四階建てマンションの屋上から飛び降りて、煉瓦の石畳に全身を叩きつけられたのだから、まず助からないだろうと冬彦も想像していたが、やはり、駄目だったらしい。

霊安室の前に置かれている長椅子に白髪《しらが》交じりの初老の男性が腰掛けている。沈痛な表情でうつむいている。

「親父さんかな？」

「それなら、娘さんのそばにいるでしょう。霊安室から聞こえる泣き声は一人だけのものじゃないようですしね。二人以上の声が混じってますよ」

「警部殿は耳もいいのか」

「たぶん、担任の黒岩先生じゃないですかね。ご両親は話を聞ける状態じゃなさそうですから、先生から聞いてみましょう」

冬彦がその男性に歩み寄る。

「失礼ですが、高円寺学園高校の黒岩先生じゃありませんか？」

「そうですが、あなたは……？」

黒岩が怪訝そうに冬彦を見る。

「杉並中央署生活安全課の小早川と申します。今泉さんのことでお話を伺《うかが》えませんか？」

警察手帳を提示しながら、冬彦が言う。

「ここじゃない方がいいだろうね」

高虎がちらりと霊安室に目を向ける。泣き声が凄《すさ》まじく、とても静かに話のできる雰囲気ではない。三人はコーヒーラウンジに移動することにした。さほど混んではいないが、周りに他の客がいない壁際のテーブルに坐った。冬彦がセルフサービスのコーヒーを三つ運んでくる。

「どうぞ」

「すいません」

「早速ですが、今泉さんが自殺した原因について何か思い当たることはありませんか？」

「それがさっぱり……。連絡を受けて飛んできましたが、何が何だかわからなくて……」

黒岩が首を振る。

「今泉さんは、どういう生徒でしたか？　最初に思い浮かぶ印象をできるだけ簡潔に言ってもらえますか？」

直観的に深層心理から導き出された印象が最も正鵠《せいこく》を得《え》ている場合が多いというのは心理学の基本である。

「簡潔に……。そうですね、真面目でおとなしい、という感じでしょうか」

「なるほど、真面目でおとなしいか。高円寺学園高校では、今年になって三人目の自殺者ですよね？　三月に蒲原好美さん、六月に唐沢陽子さんが自殺しています。もちろん、ご存じですよね？」

「はい」

「この二人と今泉淳子さんの自殺との関わりについては、どう思われますか？」

「どうと言われても、こちらが訊きたいくらいです。何か関係があるんですか？」

「蒲原さんと今泉さんが同じ場所で自殺したことについて何か思い当たることはありませんか？　二人ともレガーロ梅里というマンションの屋上から飛び降りているんですが」

「ああ、そう言われると、確かにそうですね」

「今まで気が付いてませんでした？」

「全然気が付きませんでした」

「蒲原さんや唐沢さんについて何かご存じのことや気になることはありませんか？」

「担任になったこともありませんし、二人のことはよく知りません。もちろん、授業で教えたことはあったから名前と顔くらいは一致していましたが」

「蒲原さんと唐沢さんについては、どのような印象を持ってらっしゃいますか？」

「成績もよかったし、熱心に授業を受ける真面目な生徒たちでした」

「やはり、『真面目』ということですか」

「失礼ですが、どういうことなんですか？　さっき地域課の警察官の方にもお話しして、その方は納得して帰っていきましたけど……。それに蒲原さんや唐沢さんのことまで訊くなんて」

「つまりですね、この一連の自殺は単なる自殺ではなく、もしかすると、殺人……」

「いや、いや、いや！」

　高虎が慌てて冬彦の口を押さえ、意味もなく、あははは、と笑う。

「今、殺人とおっしゃったんですか？」

　黒岩がぎょっとした顔になる。

「何を言ってるんですか。そんなはずがないでしょう。聞き間違いですよ、聞き間違い」

「でも、確かに殺人と……」

「いえいえ、『さつじん』なんて言ってません」

「じゃあ、何と……？」

「ええっと……あ、そうだ。『てつじん』です」

「は？　てつじん？」

「そうです、鉄人28号。鉄人衣笠祥雄《きぬがささちお》。鉄人カル・リプケン」

「何のことですか？」

「こんなときに時間を取っていただいてありがとうございました」

高虎は冬彦の口を押さえたまま、引き攣った作り笑いを浮かべながら、コーヒーラウンジを出る。あとには怪訝な表情の黒岩が取り残された。

廊下に出ると、ようやく高虎は冬彦の口から手を離したが、よほど強く押さえられて呼吸が苦しかったのか、冬彦が真っ赤な顔で咳《せ》き込む。

「何をするんですか、寺田さん……」

「警部殿、ひとつだけ約束してほしいんですよ。約束してもらえないのなら、警部殿とのコンビを解消させてもらいます」

「どんな約束ですか？」

「この件に関しては二度と『殺人』という言葉を不用意に使わないでほしいんですよ。証拠があるのならいい。しかし、ただの推測で軽々しく、そんな言葉を使ってほしくないんです。わかってもらえますよね？」

「しかし、寺田さん、ぼくは……」

冬彦の体が浮き上がる。高虎が冬彦の胸倉をつかんで持ち上げたのだ。

「わかってもらえますよね、警部殿？」

「は、はい。わかりました……」

高虎に血走った目で睨まれては、冬彦も素直にうなずかざるを得なかった。

一〇

二人は杉並中央署に戻った。

「ぼくは鑑識に寄っていきます。寺田さんも一緒に来ますか？」

「ノーサンキューです」

高虎は首を振ってエレベーターホールに向かう。

「それじゃ」

冬彦は三階の鑑識係まで階段を上る。極力、エレベーターを使わない主義である。

三階に上がると、ばったり水沢小春《みずさわこはる》と鉢合わせする。小春は、鑑識係に配属されたばかりのニューフェイスだ。

「あら、警部殿」

「やあ、水沢さん、ちょうど鑑識係に行くところなんだよ。青山《あおやま》主任、いる？」

「ええ、いますけど……」

小春が冬彦に体を近付け、耳許で、

「今度は、どんな大事件ですか？」

と小声で訊く。

「何のこと？」

「とぼけないで下さい。警部殿が鑑識に現れるときは大事件の前兆じゃないですか。連続放火殺人事件のときもそうでしたよね。あのときは芋蔓《いもづる》式に違法カジノ事件まで解決しちゃって大手柄だったじゃないですか。今度は何ですか、誘拐とか要人暗殺とか連続殺人とか……」

「ぼくは『何でも相談室』の人間だよ。そんな大事件を扱うはずがないじゃないか」

「もしかして……」

小春が更に声を潜《ひそ》める。

「近藤房子《こんどうふさこ》を追ってるんじゃないんですか？」

「え？」

「神奈川県の伊勢原《いせはら》でお年寄りを殺したらしいですよね。東京に戻ったという噂もありますし」

「よく言うよ。一度、大失敗したことを知ってるくせに」

七月末、逃亡中の連続殺人犯・近藤房子を新高円寺駅近くで見かけたという目撃情報が寄せられた。目撃現場に出かけた冬彦は、近藤房子は杉並区に潜伏していると確信し、上層部にローラー作戦の実施を進言した。連続放火殺人事件と違法カジノ事件を解決した冬彦の言葉には重みがあり、近隣の警察署の応援を仰《あお》いだ上で、谷本副署長が陣頭指揮を執《と》って空前のローラー作戦を展開した。

その結果、変装した近藤房子によく似た太ったおばちゃんの身柄を確保した。まさに大《たい》山鳴動《ざんめいどう》してねずみ一匹という結果である。

いや、ねずみすらいなかったというのが正確だろう。身柄を確保したのは、犯罪とは無縁の、ただの太っているというだけの普通のおばちゃんだったからだ。

面目を失った谷本副署長は、亀山係長、高虎、冬彦の三人を呼びつけて怒鳴りまくった。そのショックで亀山係長は下痢《げり》が止まらなくなった。

「そんなことでめげる警部殿じゃないでしょう！」

小春がどんと冬彦の背中を叩く。

「ふうむ、今朝、高円寺学園高校の生徒が自殺したんですか」

　青山主任の反応は鈍い。なぜ、女子高校生の自殺の話をしに冬彦がやって来たのか、ピンとこないようだ。

「主任、今年の春から、ほんの半年の間に三人も女子高校生が自殺するなんて普通じゃありませんよ。警部殿がおっしゃるように、これは大事件ですよ」

　お茶を淹《い》れながら、小春が口を挟む。

「事件といっていいものかどうか……」

　青山主任が小首を傾げる。

「現場に出向いてないんですか？」

「臨場を要請されませんでしたからね」

「今朝もですか？」

「ええ」

「自殺だとわかっていても鑑識が臨場する場合もありますよね？」

　小春が訊く。

「少しでも不審な点があればね。だが、要請がなかったということは地域課の巡査が検分して何も不審を感じなかったということだろうな。目撃者のいる飛び降り自殺となれば、それが普通だし、解剖されることもないだろう」

青山主任が答える。

「警部殿、その点は、どうなんですか？」

小春が冬彦に顔を向ける。

「ここだけの話だよ。なぜかというと、これをしゃべると、ぼくは寺田さんにコンビを解消されてしまうんだ」

「そんなに重要なことなんですか？」

「ぼくは、この三人の死は殺人ではないかと疑っているんだ」

「え、殺人？」

青山主任と小春が顔を見合わせる。

「もちろん、直接的な意味の殺人じゃないよ。つまり、彼女たちは屋上から誰かに突き落とされたわけじゃない。自分たちの意思で飛び降りているのは確かだ。でも、そうせざるを得ないほど追い詰められていたとすれば、やはり、一種の殺人じゃないかと思うんだ」

「それを裏付ける証拠はあるんですか？」

青山主任が訊く。

「ありません」

「何だ、ないんですか」

小春が肩すかしを食ったような顔になる。

「同じ高校の女子生徒がわずか半年足らずで三人も自殺するのは統計的にあり得ないんです。つまり、偶然ではないということです。何らかの外部的な要因によって三人が自殺に追い込まれたとすれば、それは殺人と呼んでいいはずです」

冬彦は拳をぎゅっと握り締めて力説する。

「でも、なかなか寺田さんには理解してもらえなくて……。なぜなんだろう?」

二

冬彦は四階の「何でも相談室」に戻った。

「ただいま戻りました」

「お帰りなさ〜い」

三浦靖子がピースサインをして迎える。部屋には、靖子の他に樋村がいるだけだ。樋村は電話中だ。亀山係長、高虎、理沙子の姿はない。

「寺田さん、先に戻りませんでしたか?」

「しょぼくれた顔で帰ってきたよ。昼ご飯を食べてくるって出て行った。樋村と安智もさっき帰ってきたばかりで、安智は樋村に仕事を押しつけて食事に行った」

「へえ、珍しいですね、寺田さんと安智さんが一緒に食事に行くなんて」

「そんなはずがないでしょうが。高虎は誘ってたけど、安智は相手にしてなかったよ」

「亀山係長は……訊くまでもないか」

どうせトイレに籠もっているのだろうと思った。

「ドラえもん君も食事？　魔法のリュックから何でも出てくるんでしょうね」

「イヤだなあ、何でも出てくるはずがないじゃないですか」

「それならリュックの中を見せてよ」

「駄目です」

「あ〜っ、全然繋がらないなあ」

受話器を置きながら、樋村がぼやく。

「あれ、どうしたの、その手？」

樋村が腕に包帯を巻いているのに気が付いて、冬彦が訊く。朝は巻いていなかった。

「ショコラにやられたんですよ」

「ショコラ？」

「警部殿と寺田さんが出かけた後、マンションで飼っている犬が迷子になったから探してほしいという電話がかかってきたんですよ」

「それがショコラ？」

「警察のやる仕事とは思えませんでしたけど、うちは『何でも相談室』ですからね。ショコラは、すぐに見付かりました。マンションの中庭を走り回ってたんです。室内で飼ってるというし、ショコラなんて可愛い名前だから、プードルかチワワか、そんな犬を想像するじゃないですか」

「ええ」

「でかいドーベルマンでした。見た瞬間、自分たちの手には負えないと思って保健所に連絡しようとしたら、なぜか、ぼくに飛びかかってきたんですよ」

「噛《か》まれたの？」

「がぶりと」

樋村がうなずく。

「ぼくが犠牲になっている間に、安智さんが首輪にリードを繋いで飼い主に渡したんです」

「ふうん、名誉の負傷か。大変だったね。ちゃんと病院で治療してもらった？」

「ドーベルマンに噛まれた割には傷が浅いと医者に感心されました。手の肉が厚いので牙《きば》が骨まで届かなかったそうです。喜んでいいのかどうかわかりませんが……」

「今の電話もその関係？」

「これは違います。今朝、ストーカー被害の相談に来た女性がいたじゃないですか。彼女がストーカーだと名指ししている男性に警告の電話をするつもりだったんですが、なかなか繋がらないんですよ」

「なるほどね。ストーカーを刺激しないように、最初は電話で穏やかに警告するというのが常道だよね。留守電に用件を入れるのではなく、できるだけ本人に直接警告することも奨励されている」

「警告された段階で自分のしていることが犯罪になる可能性があると自覚して、ストーカー行為をやめてくれれば、被害者にとっても警察にとってもありがたいわけですよね」

「下手に逮捕なんかすると、逆上して被害者を逆恨みすることもあるし、火に油を注ぐことになりかねない。ストーカー事件はできるだけ穏便《おんびん》に解決するのが最善だよね」

冬彦と樋村が話していると、

「あら、お客さんかしら。ここは『何でも相談室』だけど、どんなご用？」

靖子が言う。

「こちらに小早川冬彦がいると聞いてきたんですけど……」

という声が聞こえて、冬彦と樋村が振り返る。入り口のそばに制服姿の女子高校生がいるのを見て冬彦が、

「あ」

と声を発する。

「千里《ちさと》じゃないか」

「お兄ちゃん」

「え、ドラえもんの妹？　ていうことは、ドラミちゃん……」

靖子がじっと千里を見る。

「小早川千里と申します。いつも兄がお世話になっています」

千里がはきはきと挨拶して、ぺこりと頭を下げる。

「ひぇーっ、これはびっくり。ドラミちゃんには一般常識があるよ」

「何だか普通に見えますよねえ。中身が変わってるのかなあ。だって、警部殿の妹が普通のはずがないもんな」

樋村が首を捻る。

「ふんっ、見かけが普通じゃないのはあんたでしょう。たぶん、中身も普通じゃないんだろうけどさ」

「あ、ひどいな。それって言葉の暴力ですよ。パワハラです。安智さんだけでなく、三浦さんまでそんなことを言うなんて……。今の言葉、聞いてましたよね、警部殿？」

樋村が冬彦を見るが、冬彦は何も聞いていない。黙って千里を見つめている。

「三浦さん、食事に出てきます」

「ああ、そう。いってらっしゃい」

「行こう」

冬彦がリュックを手にして立ち上がり、千里を促して部屋を出る。エレベーターホールに向かいながら、

「学校は、どうしたの？」

「うちの学校、二年になると午後はほとんど自主学習なの。体育推薦を狙う人たちは部活に励《はげ》むし、そうでない人たちは補習を受けたり、予備校に通ったりしてる」

「千里は？」

「一応、予備校に籍はあるけど、出たり出なかったり……。大学で何をしたいのか自分でもわからないから、まだ進路を迷ってるし」

「そうなんだ」

冬彦がうなずく。

千里は都内の私立高校の二年生だ。九歳違いの妹である。

父・賢治《けんじ》と母・喜代江《きよえ》は冬彦が中学三年のときに離婚した。原因は冬彦の不登校である。不登校が長引くにつれ、双方が罵り合うほどに夫婦仲は悪化した。決定的な亀裂が入ったのは、賢治がきちんと高校受験させるべきだと主張したことに喜代江が猛反対したことだ。冬彦の一五歳の夏から冬にかけて、小早川家は修羅場だった。両親が罵り合うと、冬彦が部屋から飛び出してきて居間で暴れる。それを見て、千里が泣き喚く。同じことの

繰り返しだ。

その年の暮れ、

「もう限界だ」

と、賢治は喜代江に離婚届けを突きつけて家を出た。すんなり離婚に至らなかったのは喜代江が賢治の浮気を疑っていたからで、興信所を使って賢治の行動を調べた。浮気の疑いは消えなかったものの、決定的な証拠も見付からず、結局、家庭裁判所で離婚調停が為《な》されることになった。話し合いが長引いたのは、どちらが千里を引き取るかで揉《も》めたせいだ。賢治も喜代江も積極的に千里を引き取ろうとせず、相手に押しつけようとした。

喜代江は冬彦を引き取るつもりで、それには賢治も異議を唱えなかった。心の病に苦しむ冬彦の世話をするだけで手一杯で、とても千里の面倒までは見られないと喜代江は主張し、外資系の金融機関に勤めている賢治は、朝早くから夜遅くまで仕事漬けで、海外出張も多いので千里と二人で暮らすのは無理だと主張した。すったもんだの揚げ句、賢治が千里を引き取ることになったが、その代わり、慰謝料を払わず、冬彦の養育費も出さないという条件を喜代江に承知させた。

離婚によって喜代江は旧姓の渋沢《しぶさわ》に戻った。本当であれば、喜代江に引き取られた冬彦も「渋沢冬彦」になるはずだったが、

「名前を替えるのはイヤだ」

と、冬彦が頑《かたく》なに言い張ったため、そのまま小早川姓を名乗ることになった。

離婚から二年して賢治は再婚した。再婚相手の奈津子《なつこ》は賢治よりも一七歳年下で、かつて賢治の部下だった。二人の間には、現在八歳の賢太《けんた》と六歳の奈緒《なお》という子供たちがいる。千里の異母弟妹である。

「お昼、まだなんだろう？　蕎麦《そば》でいいかな」

エレベーターに乗り込んでから、冬彦が訊く。

「うん」

千里はうなずき、

「もしかして忙しかった？」

「大丈夫だよ。ちょうど外出先から戻ってきたところだから。タイミングがよかったね」

「電話してから訪ねるのがいいことはわかってたけど、いなければいないでいいと思って、いきなり来ちゃった」

「忙しいから来るな、なんて電話で断られるのがイヤだったんだろう？」

「それもあるけど……」

「千里にそんなことは言わないよ」

「え、そうなの？　だって、以前の職場、何て言ったかな、科学警察何とか……」

「科学警察研究所。通称・科警研」

「そうそう、その科警研にいるときに何度か電話したときは、『今は忙しい。手が離せない』ってぶっきらぼうに対応して、ガチャンて電話を切ったじゃない」

「そうだったかなあ……。よく覚えてないけど、そうだとすれば本当に忙しかったんだろうな。電話で話す時間も惜《お》しいくらいに」

「今は違うの？」

「研究職じゃないからね。現場で事件に対応していると、忙しさに波があるんだよ。猛烈に忙しいときもあれば、手持ち無沙汰で困ることもある。ぼくの場合、何かしらやることがあるから暇で困ることはほとんどないんだけどね」

「ふうん、よかったね、現場に出られて。前に会ったときより、今の方が生き生きして見えるよ」

「そう見える？」

「うん。科警研にいるときは、ものすごく陰気で嫌な感じだったもん。兄妹でなければ絶対にお近付きになりたくないタイプ」

一二

蕎麦屋の暖簾《のれん》を潜《くぐ》ると、奥の方の席で携帯でメールを打っている高虎の姿が冬彦の目に止まった。

「寺田さん、ここ、いいですか？」

「ん？」

高虎が携帯から顔を上げ、じろりと冬彦を睨み、それから怪訝そうに千里を見る。

「妹です」

「こんにちは。小早川千里です。いつも兄がお世話になってます」

「へえ、きちんと挨拶のできる妹さんだな」

「さっきも、そう言われました。普通に挨拶してるだけなのに、そんなに感心されるなんて、兄が職場でどういう態度を取っているのか想像できます」

冬彦と千里が椅子に坐ると、中年の女性店員が注文を取りに来る。

「お兄ちゃんのお勧めは何なの？」

「何度も来たことがあるわけじゃないけど、どれも大したことないよ。駅の立ち食い蕎麦と味に違いはないね。こっちの方が値段は高いけどさ。ぼくは、ざる蕎麦にするよ。ざるなら、どこの蕎麦屋でも似たようなものだから」

「じゃあ、わたしも同じの」

「ざるを二枚お願いします」

冬彦が言うと、

「はい、ざるを二枚ですね」

　無愛想に注文を繰り返す。

　店員が立ち去ると、

「もう少し、口の利き方に注意したら」

　千里が小声で冬彦に言う。

「何が？」

「もういいわ……」

　千里は溜息をつきながら、誰だってびっくりしますよね、と高虎に言う。

「これくらいのことで驚いてちゃ、「警部殿とコンビは組めませんよ」

「兄とコンビを組んでるんですか？」

「うん、そうだよ。寺田さんはベテランの巡査長なんだ。現場経験が長いから、いろいろ学ぶべきことが多いよ」

「巡査部長さん？」

「違う。巡査長だよ。『部』はいらない。昇進試験に合格しないと巡査部長にはなれないけど、巡査長は無試験でなれる。いくら頑張っても昇進できない人のための、一種の名誉職みたいなものだね。寺田さんは、ぼくと違って勉強が苦手なんだよ」

「どうして、そういう言い方をするの？」

千里が冬彦を睨む。

「正確な情報を伝えているだけだよ。頭を使うより暴力を使う方が得意だし、酒癖も悪い。趣味は麻雀《マージャン》と競馬だけど、ぼくに言わせれば時間とお金を無駄にしているだけだね。奥さんと美香ちゃんが……美香ちゃんというのは小学校三年生の寺田さんの娘さんだけど、二人が奥さんの実家に帰っていて今は一人暮らしだから、その淋しさを紛《まぎ》らわせるためにお金の無駄遣いをしているような気がするね。署内では寺田さんのＤＶが原因で奥さんが実家に帰ったと噂されているけど、それは違うんだよ」

「警部殿、そのへんにしておきましょうか」

高虎の顔が朱《しゅ》に染まってくる。怒りを必死に我慢しているのであろう。

そこに蕎麦が運ばれてきた。

「さあ、まずい蕎麦でも食べようか」

冬彦が箸を手に取り、ずるずると音を立てて蕎麦を食べ始める。

「兄に代わってお詫びします。いつも不愉快な思いをなさっているのは想像がつきます」

「いいんですよ。警部殿の話は、なるべく右から左に聞き流すようにしてますからね」

高虎がまた携帯をいじり始める。メールを打っているが、不慣れなのか、その動きが恐ろしく遅い。

「美香ちゃんにメールですか？　よかったら手伝いましょうか？」

蕎麦を食いながら、冬彦が訊く。

「結構ですよ」

「ぼくが手伝う方が早いのになあ」

「お兄ちゃん、しばらく黙って、お蕎麦を食べてなさいよ。寺田さん、何かわからないことがあれば、わたしに訊いて下さい。携帯の扱いには慣れてますから」

「ふうん、それじゃ教えてもらおうかな。絵文字の打ち方がよくわからなくてね」

「それなら、ぼくだってわかるのに！」

高虎と千里が同時に冬彦を睨む。その視線に威圧されたのか、冬彦が肩をすくめて、また蕎麦を食べ始める。

それから一五分くらい、千里は高虎にメール文の打ち方をレクチャーした。ごく初歩的なことばかりだが、高虎は熱心に耳を傾けた。そのうち思うようにメールが打てるようになり、

「おおっ！」

と喜びの声まで発した。

高虎が一人でメールを打ち始めると、ようやく、千里も蕎麦を食べ始める。

だが、あまり食欲もないらしく、半分くらい食べたところで、

「悪いけど、お兄ちゃん、食べて」

と箸を置いた。

「食欲ないのか？」

「うん。お昼、いつもそんなに食べないし。明後日の土曜、何か予定ある？」

「今のところ別にないけどね」

「日野まで行くから時間を作ってよ。もし急に予定が入ったら電話してくれれば、日を改めるし」

「いいけど……。急ぎの用事なら、ここで話せばいいじゃないか」

「別に急ぎっていうわけじゃないし、今は仕事中でしょう？　土曜でいいから」

千里は立ち上がると、お邪魔しました、と高虎に向かって丁寧に頭を下げる。

「こっちこそ、どうもありがとうな」

「とんでもありません」

千里はにこっと微笑むと蕎麦屋を出て行く。

「いい妹さんじゃないですか。警部殿に全然似てないところがいいね。顔も性格も」

「それは褒《ほ》め言葉なんですか？」

「そのつもりですけどね」

「話は変わりますが……」

「仕事の話は駄目ですよ。休憩時間なんだから」

高虎は携帯をポケットにしまうと、爪楊枝《つまようじ》を口に挟んで競馬新聞を読み始める。

「じゃあ、独り言を口にしますから気にしないで下さい……」

蕎麦湯を飲んでから、冬彦が手帳を取り出す。

「ぼくの仮説が正しいとすれば、自殺した三人には、そうしなければならなかった共通の理由があるはずです。その理由を探るために、この三人に共通する事柄を調べていくことが肝心だと思います」

「……」

「この三人は同じ高校に通っていて、学年も同じです」

「でも、同じクラスではなかったんだよね？」

出馬表を目で追いながら、高虎が訊く。冬彦の話を聞いていないわけではないらしい。

「ええ、そうですね」

「得意のプロファイリングをしたらどうですか？」

「プロファイリングするには三人の個人情報が少なすぎます」

「で、他に何かあるんですか？」

「三人のうち二人が同じマンションから飛び降りてますね」

「そのことに何か意味があるんですか？」

「まだわかりません」

冬彦が首を振る。

一三

冬彦が「何でも相談室」に入ろうとすると、いきなりドアの陰から小さな女の子が飛び出してきて、冬彦の腰に抱きついた。

「こんにちは！」

「びっくりしたなあ、さやかちゃんじゃないか」

その女の子は麻田《あさだ》さやかという幼稚園児だ。よく一人で電車に乗って遠出するので、迷子と勘違いされて保護されることが多いが、実際には、迷子ではない。両親の関心を引くために意図的に一人で出歩いているだけだ。事情を知った冬彦は、淋しくなったら「何でも相談室」に遊びにきてもいいと言い、それを喜んださやかは時々、顔を見せるようになっている。

「どうしたの、また一人で来たのかい？」

「今日は、おばあちゃんと一緒」

「え？」

部屋の中を覗くと、部屋の隅《すみ》に置いてある応接セットのソファに沢田邦枝《さわだくにえ》が坐ってい

る。冬彦と目が合うと、微笑みながら会釈する。その穏やかな表情を見て、

（少しは落ち着いたのかな……）

と、冬彦は安心する。

沢田邦枝も家庭に問題を抱えており、一人で過ごす淋しさを紛らわせ、家族の気を引こうと認知症の振りをして、しばしば迷子になった。それが偽装であることを冬彦に見抜かれ、自分の過ちを反省したものの、だからといって、根本的な問題が解決したわけではない。さやかの場合と同様、冬彦にしても他人の家庭問題にまで首を突っ込むことはできず、一人で淋しいときは「何でも相談室」に来て下さい、としか言えなかった。先達《せんだつ》て、邦枝が手土産を持って冬彦を訪ねてきたとき、たまたま、さやかと鉢合わせした。どうやら、そのときに二人は親しくなり、日時を約束して、ここで待ち合わせたということらしかった。

「ねえ、手品が見たい！」

「うん、手品ね。どんなのがいいの？」

「お金が消えるやつ！」

「いいよ。ソファに坐ろうか」

さやかが邦枝の隣に坐ると、

「よかったら、どうぞ」

リュックからペットボトルのお茶を取り出して邦枝の前に置く。

「さやかちゃんには、ジュースだな」

今度はリュックから紙パックのオレンジジュースを取り出して、さやかに手渡す。お菓子もあげようかな、と言いながら、饅頭《まんじゅう》とお煎餅《せんべい》、チョコレートをリュックから出してテーブルの上に並べる。

その様子を部屋の反対側から三浦靖子が、

「あのリュック、ほしいなあ……」

目を丸くして物欲しげに眺めている。

冬彦が小銭入れから百円玉を三枚取り出し、右手の指の間に挟む。

「よく見ててね」

右手を開いたり閉じたりを何度か繰り返した後、パッと右手を開く。

「あれ？」

百円玉がなくなったので、さやかが不思議そうな顔になる。

「こっちだよ」

冬彦が左手を開くと、ちゃんと指の間に三枚の百円玉が挟まれている。

「え～っ！　何で、何で！」

もう一回やって見せて、お願い、とさやかがせがむ。冬彦がまた手品を始めたとき、ってわけだ」


「何の騒ぎですか？」

理沙子が食事から戻ってきた。

「見ての通りだよ。『何でも相談室』は託児所やデイサービスをする介護施設も兼ねてるってわけだ」

競馬新聞を眺めながら、高虎が小声でつぶやく。

「いやあ、でも、大したもんですよ、警部殿は。あんなに手品が上手だったら、キャバクラでモテるだろうなあ……」

樋村が羨ましそうに言う。

「そんなことより例のストーカー男に連絡はついたの？　村井とかいう奴」

理沙子が訊く。

「ずっと留守電で本人と話ができないんですよ」

「グズ！」

理沙子が樋村の後頭部をバシッと容赦なく叩く。

「連絡がつくまで電話しろ！　油を売ってるんじゃないよ」

「また暴力だ。言葉の暴力もひどいのに、今度は肉体的な暴力まで振るわれた。もう我慢できない。署長に告発してやる」

両手で机をどんと叩いた瞬間、理沙子が樋村のほっぺたをぎゅっと抓《つね》って引っ張る。

「痛っ！」

理沙子がほっぺたを上に持ち上げると、樋村も表情を歪ませて椅子から立ち上がる。

「仕事もできないくせに生意気なことを言うんじゃないよ。ちゃんと仕事ができたら誉めてやる。わかったか、デブウンチ！」

「うっ、痛い……」

「返事」

「わ、わかりました」

理沙子が手を放すと、樋村は膝《ひざ》から床に崩れ落ちる。涙目だ。肩を落として、指先で涙を拭うが、理沙子は樋村の髪の毛をわしづかみにし、

「おデブちゃん、泣いてる場合じゃないよね？　電話するんじゃないの？」

「は、はい……」

樋村は鼻水を啜《すす》りながら椅子に坐り直して受話器を手に取る。溜息をつきながら、村井道彦の携帯番号をプッシュする。

「お」

樋村が背筋を伸ばして坐り直す。電話が繋がったらしい。

「村井道彦さんですか。杉並中央署生活安全課の樋村と申します……。はい、そうです。杉並中央署です。警察です。実は、遠山桜子さんから相談を受けておりまして……」

遠山桜子さんが村井さんに付きまとわれて迷惑しているという相談を受けたが、できるだけ穏便に解決したいというのが遠山さんの意向なので、事が大きくなる前に迷惑行為を慎《つつし》んでいただけないか……そんな話を樋村がする。その横で、理沙子が腕組みして成り行きを見守っている。電話一本で片が付けば、こんな楽なことはない。

「そういう事情ですので……。あれ？　もしもし、村井さん？」

「どうしたの？」

「切られたみたいです」

「向こうは何て言ってるの？」

「ふざけるな、冗談じゃない、二度と電話しないでくれ……そんな感じですかね」

「おまえは使えないなあ」

今度は理沙子が村井道彦に電話をかける。しばらく受話器を耳に当てていたが、やがて、溜息をつきながら受話器を戻す。

「電源を切られちゃったみたいだね」

「携帯じゃなく、今度は会社宛に電話しましょうか。この時間なら、きっと会社にいますよ」

「それは、やめた方がいいんじゃないかな。せめて、もう少し時間を空けるべきだよ。今は相手の人も頭に血が上っているだろうから」

さやかに手品を見せていた冬彦が樋村に顔を向ける。

「でも、きちんと念押しした方がいいんじゃないですか？　話の途中で電話を切られたんですよ」

「相手は樋村君の話を十分に理解しているよ。理解しているからこそ強く反発するんだ。しつこく電話すると、相手は追い詰められたと感じて暴力的な行動を取る怖れがある。そういう反応を示す者は少ないけど皆無というわけじゃない。ほんの少しでも被害者を危険にさらすようなやり方は慎むべきじゃないかな」

「警部殿は、どうすればいいとお考えなんですか？」

理沙子が冬彦に訊く。

「丁寧に対応するのなら、電話の次は、本人に直に会って話すのがいいに決まってますよ。相手の顔を見れば、電話で話すだけじゃわからないことだってわかりますからね」

「例えば、どんなことがわかるんですか？」

「その男がどれくらい危険なストーカーなのか判断できます」

「うちの警部殿は天才だよ。何でもわかるんだよ。わからないことなんか何もないのさ」

高虎がバカにしたように鼻で笑う。

「そうでもないですよ。様々な分野の知識を寺田さんの百倍くらい蓄積しているだけです。ぼくにだって苦手な分野はありますよ。犯罪学に関わる分野は得意ですけどね」

冬彦が、ははは、と笑う。

「会いに行くかどうかは、この警告がどのくらい効果があったのか見極めた上で判断するべきじゃないですか？　もしかすると、これでストーカー行為が終わるかもしれないわけですし」

「そういうやり方が正しいこともありますね。要は緊急性の問題です」

理沙子の言葉を聞いて、冬彦がうなずく。

「緊急性って、どういう意味ですか？」

樋村が訊く。

「被害者に危害が加えられる危険性がどれくらい大きいかという客観的な評価という意味だよ」

「はあ……」

樋村が小首を傾げる。冬彦の説明が理解できないらしい。

電話が鳴り、三浦靖子が出る。はい、少々、お待ち下さい、と保留ボタンを押して、

「安智、電話だよ。遠山さんていう人。今朝、ここに相談に来た人だってさ」

「え」

理沙子が慌てて受話器を取る。

「お電話を代わりました。安智です……」

理沙子は相手の話を黙って聞いていたが、途中で、

「え、本当ですか？」

と大きな声を出し、顔色が変わる。

電話を切ると、椅子に坐り込んで大きく息を吐く。

「どうしたんですか？」

樋村が訊く。

「村井道彦が遠山さんに電話をかけた。ものすごい剣幕だったらしいわ。遠山さん、すっかり怯えて、電話の向こうで泣いてた」

「とんでもない奴だなあ。ぼくが警告した直後に被害者を脅《おど》すなんて、警察を嘗《な》めてるんですよ」

樋村が憤慨する。

「警察じゃなく、おまえが嘗められてるんじゃないか？」

高虎が言う。

「ふざけてる場合じゃありませんよ！　安智さん、行きましょう」

「樋村君、張り切ってるけど、どこに行くつもりなの？」

冬彦がじっと樋村を見つめる。

「決まってるでしょう。村井道彦に会いに行くんです」

「会ってどうするの？」

「どうするって……。遠山さんを脅したんですよ。このまま放っておけますか？　それこそ危険じゃないですか」

「だって、逮捕できるわけじゃないよね？　相手がどんな男なのかわからないのに下手に刺激すると逆効果になるだけだよ。脅したといっても、今のところ電話だけだしね。その電話を録音したと言ってましたか？」

冬彦が理沙子に訊く。

「それは言ってませんでしたけど……」

「ちゃんと会話を録音していて、相手が脅迫めいた言葉を口にしていれば逮捕状を取れないこともないでしょうけど、録音がなければ無理だし、録音していても、単に口調が乱暴なだけではどうにもなりませんよ。今夜は何もしない方がいいと思うな。村井という人に会うのなら、明日にするべきですね」

「警部殿にしては冷静じゃないですか。いつもは一番に飛び出していくくせに」

「また寺田さんの皮肉ですか。寺田さんの場合、全然皮肉になってないんだよなあ……。ま、いいですけどね。ストーカー事件において何よりも優先しなければならないのは被害者の安全です。逮捕できないのなら、今夜、彼に会いに行くのは何の意味もありません。変に刺激して被害者に対する敵意を増幅したらどうするんですか？」

「だってよ、安智、どうする？」

高虎が理沙子を見る。

「わかりました、明日の朝一で村井道彦に会いに行ってきます」

第二部　脱法ドラッグ

一

八月二一日（金曜日）

朝礼が終わると、冬彦と高虎は外出した。二人が向かったのは阿佐谷《あさがや》北三丁目の都営住宅だ。自殺した唐沢陽子の自宅である。インターホンを鳴らすと繁子が顔を出し、

「どうぞ」

と、冬彦と高虎を招き入れる。

六畳の応接間の真ん中にテーブルがあり、そこに座布団が並べておいてある。

「お忙しいのに時間を割いていただき恐縮です」

パートの勤務時間をずらして会ってくれたことに冬彦が礼を言う。

「いいんです。いくらでも代わりの利く仕事ですし、もう頑張っても仕方がないし……。それに今泉さんの自殺を知って、とても仕事に行く気なんか起こりません」

繁子が小さな溜息をつく。

「ご存じだったんですか」

冬彦と高虎がちらりと視線を交わす。昨日の今泉淳子の自殺は新聞記事になっていない。

「陽子の同級生のご父兄が知らせてくれました。告別式の時間と場所を教えてくれましたけど、とても出かける気にならなくて……。あ、すいません。お茶も淹れてなかったわ」

繁子が台所に立つ。

襖《ふすま》を開けてあるので、応接間の隣の六畳間も見通すことができる。そこに仏壇があり、陽子の遺影が飾られている。

「焼香させていただいてよろしいですか？」

繁子に断ってから、冬彦と高虎は仏壇の前に正座して焼香する。繁子もやって来て、二人の背後に腰を下ろす。

「陽子さん、本がお好きだったんですね」

壁際にスチール製の本棚が三つ並んでおり、そこに本がびっしり入っている。文庫本が中心で、日本文学や海外文学の古典と言われる本が目につく。

「はい。小さい頃から本ばかり読む子で……。暇さえあれば本を読んでました。いつも一人で本を読んでいるから、少しは友達と外で遊べばいいのにと思ってました。でも、本好きのおかげで高円寺学園にも進学できたわけですけど」

「それは、どういう意味ですか？」

冬彦が訊く。

「陽子は本が好きだったので国語はよくできましたけど、理数系が苦手だったんです。陽子の成績だと、高円寺学園なんて、とても手が届きませんでした。本人も近くの都立に進学するつもりでいたんです。たまたま高円寺学園が図書館の新設を記念して奨学生を募集すると知って、ダメ元で挑戦したんです。作文と書類審査、あとは面接でしたけど、作文のテーマも読書に関することだったし、面接でも本のことばかり訊かれたとかで、運良く合格できたんです」

「そうだったんですか……。奨学生ということは学費なんかも免除になったんですか？」

「そうです。入学金も学費も免除していただきました。そうでなければ、とても進学させることなんかできませんでした。修学旅行の積み立てとか備品代とか、何だかんだで都立に通わせているくらいのお金がかかってますから、そんなに楽というわけでもなかったんですが、本人はとても喜んでいましたし……。奨学金を支給される条件も、図書クラブに入ることだけでしたし、本好きの陽子には苦にならなかったようです」

「図書クラブですか。昨日、平山教頭先生からお話を伺ったばかりです。『放課後に活動するだけでなく、週に何コマか授業に組み込まれている自由活動の時間に図書館にやってきて、専門の司書から図書館業務を学んでいる』確か、そんなお話でしたが」

「そんな生易《なまやさ》しくはなかったみたいですよ。本を整理するために朝早くから出かけることもありましたし、頻繁《ひんぱん》にミーティングがあって、帰宅が遅くなることもしばしばでした。クラブ活動というより、普通の仕事だからバイト代をもらいたいくらい……そう陽子がこぼしてました」

「ふうん、大変だったんですね」

「こういう言い方をすると、奨学生がこき使われているみたいですが、神ノ宮さんのような人だって熱心に活動していたわけですから陽子が文句なんか言えません。それは本人もわかっていたはずです」

「神ノ宮……どこかで聞いた名前だな」

高虎が小首を傾げる。

「昨日、図書館で挨拶したじゃないですか。神ノ宮美咲と名乗ってました。髪の長い女の子ですよ。陽子さんと親しかったんですか？」

「そんなには親しくなかったと思いますけど、神ノ宮さんは図書クラブの部長ですから、お付き合いはあったと思います。でも、うちなんかとは住む世界の違う人ですから……」

「どういう意味ですか？」

「副理事長の妹さんですから」

「え？　そうなんですか」

「あの立派な図書館は神ノ宮家からの寄付でできたそうですよ。だから、お兄さんだって、大学を出たばかりで副理事長なんでしょうし」

「……」

冬彦と高虎が顔を見合わせる。

「もしかして、その副理事長って、ベンツに乗って、高そうな腕時計をしてる男じゃないですかね？」

高虎が訊く。

「そうかもしれません。神ノ宮さんのお宅はものすごいお金持ちで、副理事長は高級車に乗って学校に来ると陽子が話してましたから」

続けて唐沢陽子の交友関係について、母親の繁子に確認していると、繁子の口から蒲原好美、今泉淳子の名前が出て、冬彦はメモを取る手を止めた。

「その二人と友達だったんですか？　同じクラスではなかったはずですが」

「二人とも図書クラブの部員ですし、奨学金をもらっているという立場は陽子と同じでしたから。今泉さんの告別式のことを知らせてくれたのも図書クラブで陽子と一緒だった川《かわ》崎《さき》さんという生徒のお母さまです。どちらかというと、陽子は今泉さんよりも蒲原さんと親しくしていた気がします。だから、蒲原さんが亡くなったとき、陽子はとてもショックを受けていました」

「つまり、三人とも奨学金をもらって入学し、図書クラブに所属していた。どれくらい親しかったかは別として、とにかく、三人は友達だった……そういうことですね？」

冬彦が訊くと、繁子は、はい、そうです、とうなずく。

「奨学金をもらっている生徒は何人くらいいるんですかね？」

高虎が訊く。繁子の話に興味を引かれ始めたらしく、身を乗り出している。

「毎年、学校が募集する特待生制度もありますが、陽子がもらっていたのは、それとは違うんです。新しい図書館ができたことを記念して、神ノ宮家が中心になって新設された制度だそうです。毎年の募集ではなく、二年に一度しか募集しません。陽子たちが第一回の募集でしたから後輩はいないんです。予定通りに行けば、来年、また募集するんでしょうけど……。奨学生ばかりが立て続けに自殺したのでは、もう募集なんかしないかもしれませんね。四人のうち三人が死んでしまったんですから、きっと川崎さんも不安だと思いますよ」

「川崎さん？」

「川崎恭子《きょうこ》さんも奨学生です」

「四人の奨学生のうち三人が自殺したとなると、確かに不安でしょうね」

冬彦はメモを取りながらうなずく。

「昨日、警察にいらしたとき、『陽子は自殺なんかしない。誰かに殺された』と口にしてらっしゃいましたよね？　そう、お考えになった理由は何ですか？」

「マンションの屋上から飛び降りる十日くらい前から、陽子の様子がおかしくなってきて……」

繁子が鼻水を啜り上げる。

高虎がテーブルの上にあったティッシュを差し出すと、それで鼻をかむ。

冬彦がちらりとメモに視線を落とす。唐沢陽子は新高円寺駅前にある七階建てのマンションウエストアヴェニュー新高円寺の屋上から飛び降りた、と書かれている。

すいません、と小さくつぶやいて、また繁子が話を続ける。

「何かにひどく怯えている感じだったんです。心配事があるのなら相談するように言ったんですが、『何も言えない。お母さんまで殺される』って……。いくら何でも大袈裟すぎると思って聞き流してしまったんですが、あのとき、もっと陽子の言葉を真剣に受け止めていればと……」

繁子の目から涙が溢れる。

「それは穏やかじゃないですね。陽子さんの様子がおかしいことにお母さんが気付くくらいなら学校でも様子がおかしかったかもしれません。担任は石原登紀子先生ですよね？」

「あの人は学校の手先です！」

突然、繁子が大きな声を出す。

「どういう意味ですか、手先って？」

「校長や教頭と同じことを口にするだけのロボットです。学校では何の問題もなかった、ごく普通に過ごしていた、何の悩みもなさそうに見えた……手先でなければ、生徒のことなんか何も見てなかったんです。陽子のことなんか何も……」

「学校では辛《つら》さや苦しみを隠していたのかもしれませんね。その点については、改めて先生たちにお話を伺うつもりです。遺書があるとおっしゃっていましたが、遺書には悩み事について書かれていたんですか？」

「いいえ……」

繁子は首を振りながら立ち上がると、サイドボードから分厚いアルバムを取り出した。それを冬彦に手渡しながら、

「遺書は最後のページに挟んであります」

「拝見します」

最初のページを開くと、赤ちゃんの写真が貼ってある。七五三、幼稚園の入園式・卒園式、小学校の入学式、運動会、遠足……陽子の成長に合わせて、写真や作文やスケッチなどが丁寧に整理されて貼られたり、クリアファイルに挟まれている。

やがて、高円寺学園高校に入学してからの写真が出てきた。ふと冬彦は図書館の前で撮られた集合写真に目を留めて、

「この中に蒲原好美さんと今泉淳子さんも写ってますか?」

と訊く。

「陽子の右隣にいる二人がそうですよ。その横でピースサインしているのが川崎さんです」

「……」

冬彦が、その写真をじっと見つめる。高虎も熱心に覗き込んでいる。

アルバムの最後のページに遺書があった。薄いピンク色の便箋《びんせん》にかわいらしい文字で認《したた》められている。

お母さん
今まで大切に育ててくれてありがとう。
とっても感謝してます。
ちゃんと親孝行できなくてゴメンね。
きっと、お母さんは悲しむと思う。
ひとつだけ言っておきたいのは、お母さんは何も悪くない。
わたしが悪いの。
手紙なんかじゃなく、きちんと口で説明しようと思ったけど、やっぱり、できなかった。

迷惑をかけたくないし。

お母さんのこと、大好きだったよ。

先に死ぬなんて、ゴメンね。

陽子

「こ、これは……辛いですね」

高虎が声を震わせる。

「あれ、どうしたんですか、寺田さん？　もしかして泣いてるんですか」

冬彦が怪訝そうな顔になる。高虎の目に光るものを見たからだ。

「バ、バカを言うなよ。何で、おれが泣くんだよ」

「陽子さんと美香ちゃんの姿がだぶって他人事に思えなかったんじゃないんですか」

「お嬢さんがいらっしゃるんですか？」

唐沢繁子が涙に潤《うる》んだ目で高虎を見る。

「え、ええ……」

「大切にしてあげて下さいね」

「はい」

今度こそ高虎の目から涙が溢れる。

冬彦は、もう高虎を見ていない。前のページに戻って集合写真を凝視している。

「どうしたんですか？」

高虎が訊く。

「この人、どこかで……」

「昨日、学校で見たんでしょう」

「そうかなあ……」

蒲原好美の後ろに立っている女子生徒を指差しながら、この生徒のことをご存じですか、と冬彦が繁子に訊く。

「ええっと、確か、伊藤あぐりさんです」

「陽子さんとは親しかったんですか？」

「そうでもないと思います。こんなことを言っていいのかどうかわかりませんけど、高校から入学してきた生徒と、中学から内部進学してきた生徒の間には目に見えない溝があるって陽子が話していました。高校から入ってきた生徒は少数派だから何かにつけて冷たくされるとか……。そういう点では、図書クラブに入ってよかったと言ってました。クラブの人たちは、そんな差別のようなことをしないって」

「なるほど……」

うなずきながら、冬彦がちらりと高虎を見る。そろそろ引き揚げようという合図だ。

「ありがとうございました。何かわかったら連絡します」

高虎が腰を上げる。


車に乗り込むや否や、助手席の冬彦は、せっせとメモを取り始める。

高虎がエンジンをかけようとすると、

「あの写真を見て、寺田さんも気が付きましたか？」

「何にです？」

「あの自殺した三人、それに一人だけ生き残っている奨学生、川崎恭子さん。集合写真だから、それぞれの顔写真は小さかったけど、四人ともすごい美人でしたよね。唐沢陽子さんは、アルバムにたくさん写真がありましたけど、やっぱり、可愛かったですよね？」

「まあ、おふくろさんも美人だしね。警部殿も呑気ですね。そんなことを考えてたんですか。隅に置けないじゃないですか。人間らしくていいけどね」

「それは曲解ですが、誤解を解くのは時間の無駄だから好きなように解釈して下さい。三人とも美人で図書クラブに所属。奨学金をもらって進学……。なるほど、いろいろ共通点が出てくるなあ」

「まさかと思うけど、その四人目の女子生徒も自殺すると考えてるわけじゃないよね？」

「お」

冬彦が驚いたように高虎に顔を向ける。

「寺田さんにしては珍しく鋭いことを言いましたね。その危険性は十分にあると思います」

「ああ、余計なことを言っちまった。ほんの冗談だったのに……」

「もうひとつ気になることがありました」

「聞きたくないけど、どうせ聞かされるんでしょうね。何ですか？」

「陽子さんは、飛び降りる十日くらい前から様子がおかしくなってきて、何かに怯えていたと話してましたよね？　こう言ってませんでしたか、『何も言えない。お母さんまで殺される』って」

「そうらしいね」

「変だと思わないんですか？」

「何が？」

「つまり、誰に殺されるのかっていうことですよ。そいつが犯人に決まってるじゃないですか」

二

冬彦と高虎は、高円寺学園高校の応接室で、唐沢陽子の担任だった石原登紀子教諭と向かい合っている。石原教諭の横には教頭の平山俊三がいる。

（年齢は四〇代後半かな。かなり老けて見えるけど、肌艶《はだつや》はいいし、本当は四五くらいかもしれないな……。薬指には指輪の痕《あと》がないから、たぶん、一度も結婚したことはない。五〇歳近くになると、その人の性格が顔に表れるというけど、石原先生もそうだな。への字に曲がった口、眉間《みけん》にできている深い小皺《こじわ》……頑固で気が強くて怒りっぽい。生徒に嫌われる典型的なオールドミスタイプの女性教師か）

冬彦は、じっと石原教諭を観察する。

「あの人は学校の手先です！」

という唐沢繁子の叫びが脳裏に甦《よみがえ》る。

実際に石原教諭に会ってみると、繁子の見方は、そう間違っていないかもしれないという気がしてきた。

「校長や教頭と同じことを口にするだけのロボットです」

とも繁子は言ったが、それも正しかった。

冬彦や高虎が何を質問しても、石原教諭は、まず平山教頭の顔を見て、答えていいかどうかの許可を求め、許可が与えられると、曖昧で当たり障りのない返事をした。

「つまり、自殺の直前、唐沢陽子さんには特に普段と変わった様子はなかったということですか？」

冬彦が訊くと、石原教諭はちらりと平山教頭を見た。平山教頭がうなずくと、

「はい。何も変わった様子は見られませんでした」

「何かに悩んでいたということはありませんか？」

「ありません」

「お母さんは、そうは言っておられないんですが」

「ご家庭での事情は存じませんが、学校では特に変わった点はありませんでした」

「先生の目から見て、唐沢陽子さんはどんな生徒でしたか？」

「そうですね……。おとなしくて真面目な子でしたよ。提出物もきちんと出すし、授業中も居眠りしたり、携帯をいじったりしないし」

「唐沢陽子さんは、どうして自殺したと思いますか？」

「見当もつきません」

石原教諭が首を振る。

「しかし、思春期には様々なことで悩むものです。大人の目から見れば些細《ささい》なことに思え

ても、本人は深刻に受け止めてしまうこともありますし……」

「殺されたとは思いませんか？」

「え」

石原教諭がぎょっとしたような顔で平山教頭を見る。

「小早川さん、そんな質問をされては困るじゃないですか」

平山教頭がポケットからハンカチを取り出して額の汗を拭う。

「どう思うかと伺っただけですよ」

「しかし……」

平山教頭が高虎を見る。昨日、冬彦が同じ質問をしたときは高虎が間に入ってフォローしてくれたからだ。

しかし、今日の高虎は知らん顔をして、そっぽを向いている。

「先生、如何《いかが》ですか？」

「そんなことは、あり得ません」

「どうして、そう思うんですか？」

「だって、唐沢さんは飛び降り自殺じゃないですか。目撃者もいるっていうし、遺書もあったというし」

「遺書は、ご覧になりましたか？」

「事件の後、唐沢さんのお宅には何度くらい行かれましたか？」

「学校に残っていた私物を持って一度……」

「たった一度か？」

それまで黙っていた高虎が驚いたように口を開く。

「お通夜にもお葬式にも参列しましたよ。セレモニーホールだったから、そのときはお宅に伺わなかっただけです」

石原教諭がムッとしたように言い返す。

「教頭先生」

冬彦が平山教頭に顔を向ける。

「亡くなった三人ですが、みなさん図書クラブに所属していたそうですね。どうして隠してたんですか？」

「別に隠していたわけでは……」

「でも、昨日は、クラスも違っていたし、せいぜい、顔見知り程度だったと話してらっしゃいましたよね？　同じクラブに所属していて、図書館新設記念の奨学生だったとしたら顔見知り程度だったということはないんじゃないですか？」

「さ、さあ……」

「いいえ」

平山教頭の顔から汗がどっと噴き出す。

「しかも、その奨学金を受け取った生徒は他にもいるわけですよね？　というか、あと一人しかいない。なぜなら、奨学金をもらった生徒四人のうち三人が自殺してしまったからです。そうですよね？」

「ど、どうしてそんなことを……」

「川崎恭子さんに会わせてもらえませんか？」

「困りますよ」

「そんなことを言ってもいいんですか？」

冬彦が平山教頭の方にぐいっと身を乗り出して、じっと目を見つめる。

「この学校の同じ学年の生徒が、しかも、同じ図書クラブに所属していて、同じ奨学金をもらった女子生徒が三人も自殺してるんですよ。これだけでも大変なスキャンダルだと思います。もし四人目の川崎さんまでどうにかなったら……」

「待って下さい。川崎さんに会うことを許可します。但《ただ》し、わたしが同席します」

「ダメです！」

冬彦がぴしゃりと言う。

「しかし、生徒だけで会わせるわけには……」

「それなら川崎さんのご両親に連絡を取って下さい。その際、どうして警察官が川崎さんに会いたがっているか正直に伝えてもらって結構です」

「わかりました。わたしは同席しません」

平山教頭ががっくり肩を落とす。

三

図書館の中は、しんと静まり返っている。

話し声はほとんど聞こえず、時折、書架《しょか》の間を歩く生徒たちの靴音が響くだけだ。授業中なのに生徒の姿があるのは、図書クラブの部員が「自由活動」の時間に図書館に足を運んで、専門の司書から図書館業務を学んでいるからだ。

「城島《じょうじま》先生」

平山教頭が鼈甲《べっこう》の眼鏡をかけた引っ詰め髪の女性に声をかける。化粧っ気がほとんどない。年齢は四〇前後に見える。司書教諭の城島和代《かずよ》だ。

「あ、教頭先生」

「こちら……」

平山教頭は声を潜めると、杉並中央署の小早川さんと寺田さん、と二人を紹介し、冬彦と高虎にも、図書館の責任者、城島先生です、と紹介する。

「警察の人たち……」

　城島教諭が驚いたように目を細めて冬彦を見る。

「川崎さんはいるかな？」

「四組の川崎恭子ですか？」

「うむ」

「今は一組と四組が自由活動ですから、どこかにいるはずですけど……。川崎さんがどうかしたんですか？」

「この方たちが話を聞きたいとおっしゃっていてね。すまないが、呼んできてくれないか。応接室にいるから」

「あ」

　冬彦がぐいっと身を乗り出す。

「できれば教頭先生が川崎さんを探してきてくれませんか。ぼくたちは先に応接室に行ってます。少し城島先生からもお話を伺いたいですし」

「わたしに何か？」

　一瞬、城島教諭が不安そうな顔になる。

「いや、大したことじゃありません。一応、皆さんにお話を伺っているだけですから。じゃあ、教頭先生、お願いします」

平山教頭の返事を待たず、冬彦は城島教諭の背中を押すようにして、その場を去る。

「すいませんね」

高虎が平山教頭の肩を軽く叩いて冬彦の後を追う。

応接室は二階にあるので、冬彦たちは階段に向かう。ちょうど階段を下りてくる女子生徒がいる。城島教諭に軽く会釈《えしゃく》して通り過ぎる。冬彦が振り返り、

「神ノ宮さんですよね？」

と声をかける。

「……」

神ノ宮美咲が足を止め、怪訝そうな顔で冬彦に体を向ける。

「昨日も会いましたよね。今は一組と四組が自由活動の時間なんでしょう。神ノ宮さんは何組なの？」

「わたしは一組です」

「図書クラブって楽しい？」

「……」

美咲が小首を傾げる。質問の意図がよくわからないという顔だ。

「神ノ宮さんは部長なんだよね？」

唐沢繁子から聞いた話を思い出して冬彦が訊く。

「そうですけど」

「まだ二年生なのにすごいね」

「受験に備えて、三年生は夏休み前に部活動から引退することになっていますから」

「夏休みっていえば、普通の学校は今だって夏休みだよね？　そういうのに不自由さを感じることはないのかな」

冬彦が美咲に訊く。

「別に」

美咲が首を振る。

「昔から、そうなんですか？」

冬彦が城島教諭に顔を向ける。

「そうです。七月下旬から八月いっぱいが夏休みという学校がほとんどですが、我が校は七月下旬から八月一五日までが夏休みで、その代わり、秋休みと冬休みが他の学校より長くなっています。今は、お盆だからといって田舎に長く帰省するような子も少ないですし、夏と冬に同じくらい休む方がいいみたいですよ」

「そういうものなんですかね」

高虎が肩をすくめる。

「同級生が、しかも、同じ図書クラブの生徒が三人も自殺するなんて、さぞ、ショックだったろうね？」

冬彦がいきなり話題を変える。

「……」

城島教諭が顔色を変え、両手で口許を押さえる。

「はい。ショックでした」

美咲が表情を変えずに答える。

「あまりショックを受けているように見えないよ」

「三人とはそれほど親しかったわけではありませんが、自殺するほど何かに悩んでいたのだとしたら、とてもかわいそうだと思います。きっと死ななければならない理由があったんじゃないでしょうか」

「死ななければならない理由か……。何か思い当たることはないかな？」

「ありません」

「図書クラブの内部で揉め事なんかはなかった？」

「ありません」

「神ノ宮さんて、ものすごく冷静沈着なんだね」

「それは質問ですか？」

「いや、驚いてるだけ」

「もう失礼してよろしいでしょうか？」

「もうひとつだけいいかな？　三人が自殺ではなく、誰かに殺されたとしたら驚く？」

「意味がわかりません。三人は誰かに殺されたんですか？」

「それはまだ何とも……」

冬彦が何か答えようとすると、高虎が胸倉をつかんで、

「やりすぎだよ。相手は生徒じゃないか」

耳許でドスの利いた声を出す。

「あの……」

美咲がじっと冬彦の目を見つめる。

「自殺するのと、誰かに殺されるのと、何か違うんですか？　死ぬということに違いはないと思います。法律上の扱いが違うということですか」

「そ、それは……面白い発想だね」

高虎に胸倉をつかまれているので、声を詰まらせながら冬彦が言う。

「それに……」

美咲が口許に微かに笑みを浮かべる。

「誰だって、いつかは死ぬんですから」

失礼します、と一礼して美咲が階段を下りていく。

「て、寺田さん……」

冬彦が高虎の腕をぽんぽんと叩くと、ようやく高虎も冬彦から手を離す。

ふーっと大きく息を吐きながら、

「不思議な感じの人ですね、神ノ宮さんは」

冬彦が城島教諭を見る。

「……」

城島教諭は真っ青な顔をして震えており、冬彦の質問も耳に入らないようだ。

それから三人は応接室に入ったが、冬彦が何を質問しても城島教諭は頑なに口を閉ざしたまま何も語ろうとしなかった。平山教頭が川崎恭子を連れてくると、逃げるように応接室を出て行った。

「城島先生、どうかしたんですか?」

平山教頭が怪訝な顔になるが、

「こっちが聞きたいですよ」

高虎が首を捻る。

川崎恭子がソファに坐っても、まだ平山教頭がドアのそばでぐずぐずしているので、

「約束ですよ」

にこりと微笑みながら、冬彦が平山教頭を外に押し出してしまう。

「さて、と……」

冬彦と高虎が川崎恭子に向かい合って坐る。

「ぼくは小早川冬彦といいます。杉並中央署生活安全課に所属する警部です。こっちは寺田高虎巡査長。こう見えても、ぼくの方が階級が上なんだよ」

あははは、と冬彦は笑うが、川崎恭子はうつむき加減に硬い表情のままだ。

「どうして、ここに来てもらったかわかる？」

「淳ちゃんが……今泉さんが自殺したからじゃないんですか？」

「それもあるけど、それだけじゃない。他にも自殺した人がいるよね？」

「蒲原さんと唐沢さんのことですか」

「三人とは親しかったのかな？」

「そうでもないです。クラスも違ったし」

「でも、同じ図書クラブだよね。それに、この三人と川崎さんには他にも共通点がある」

「奨学金をもらったことですか？」

「四人が奨学金をもらって、この学校に入学し、そのうち三人が自殺した。いい気持ちはしないよね。違う？」

「正直に言えば……」

「何？」

「すごく嫌な感じです。他の学校の子からは自殺高校と指を差されて笑われます。新聞やニュースで報道されなくても、そういう噂はすぐに広まるから」

「それは辛いね」

「それだけなら平気です。他の学校の子なんか関係ないし。無視すればいいだけですから。だけど……」

「だけど？」

「次は、おまえが自殺するのか……クラスメートにそう言われるのは辛いです」

「そんなふざけたことを言う奴がいるのか？」

高虎が真っ赤な顔で眉間に小皺を寄せる。頭に血が上っているのだ。

「なぜ、三人が自殺したのか、その原因について思い当たることはないかな？」

「ありません」

「じゃあ、三人は自殺ではなく、誰かに殺されたとは思わないかな？」

「どうして、そんな……」

何気なく言葉を発してから、川崎恭子は慌てた様子で両手で口を覆い隠す。

「三人は殺されちゃったのかな？　川崎さん、犯人を知ってる？」

「知りません」

川崎恭子が目を伏せたとき、いきなり、ドアが乱暴に開き、

「小早川さん、これ以上、ふざけた真似はやめていただきましょうか」

山田校長が目尻を吊り上げて冬彦を睨む。その背後に平山教頭も控えている。

「ちょうど質問が終わったところです。もう帰りますので」

冬彦が立ち上がる。

四

三月に自殺した蒲原好美の担任だった英語教師・花村詩織教諭の住所を平山教頭から教えてもらうと、冬彦と高虎は引き揚げることにした。最初は、

「退職なさった方の住所を勝手に教えるのは個人情報保護の観点から難しい」

と渋ったが、

「教えてもらうまで帰りません」

と、冬彦が言い張るのに根負けして教えてくれた。そばにいた山田校長は冬彦の傍若《ぼうじゃく》無人《ぶじん》な態度に激怒し、

「あなたの上司に苦情を申し立てさせていただく」

と顔を真っ赤にした。

「どうして好きこのんでトラブルばかり起こすのかねえ……」

事務室を出ると、高虎が溜息をつく。

「そんなつもりはありませんよ。でも、この学校に来るたびに新たな発見がありますね。そう思いませんか？」

「例えば？」

「図書館にいた城島先生、それに川崎恭子さんもですが、いったい、何に怯えてたんでしょうね？」

「怯えてた？」

「そう感じませんでしたか？　おどおどして落ち着きがなかったじゃないですか」

「教頭のことが気になったんじゃないのかね？」

「そう思ったから、わざと席を外してもらったんですよ。石原先生は明らかに教頭先生を気にしてましたからね。だけど、城島先生の態度がおかしくなったときには教頭先生はそばにいなかったし、川崎さんだって、ぼくたちと三人だけで会ったんですよ」

「一般の人は警察官から話を聞きたいなんて言われると、別に後ろめたいことなんかなくても、びくびくするもんですよ。特に、あの川崎さんという女の子は、身近にいる友達が三人も死んだばかりなんだしな」

「へえ、寺田さん、意外と優しいんですね」

「意外と、は余計だよ」

「神ノ宮さんをどう思いました？」

「ああ、あの子なあ……」

高虎が首を捻る。

「かわいいと思いましたか？」

「いや、そんな感じはしなかったな。確かに、きれいな顔だとは思ったけど、何て言うか、冷たいというか、近寄りがたいというか、美術館で彫刻でも眺めている感じとでも言えばいいのか……。美術館なんて高校生のときに行ったきりだけど」

「寺田さんにしては的確な表現ですね。唐沢さんのお宅で集合写真を見たとき、陽子さんや蒲原さん、今泉さん、それに川崎さんは、パッと見ただけで、かわいい女の子だなあという印象でしたけど、神ノ宮さんはちょっと違いますよね。あの集合写真にも写っていたはずだけど記憶が曖昧だし……」

「きれいだけど、あまり好きになれない顔だよ。本人の前では言えないけどな」

「見た目だけでなく、考え方も変わってますよね、神ノ宮さんは」

「三人が自殺じゃなく、誰かに殺されたかもしれない……そう言われても平気な顔をしていた。『自殺するのと、誰かに殺されるのと、何か違うんですか？　死ぬということに違いはないと思います』なんて言ってたしな。警部殿もびっくりしたんじゃないんですか？」

「予想外の答えだったことは確かです」

「死んだ三人と不仲だったんじゃないのかね？　だから、同情もしないし、むしろ、ざまあみろなんて思ってるから平然としていられる」

「もし、いい気味だと思っているとしたら、それが表情にも表れるはずですが、神ノ宮さんの表情には何の変化もありませんでした。まるっきり無表情だったんですよ。三人の死に少しも関心がないという感じでした」

「それって、そんなに驚くようなことなのかね？」

「見知らぬ他人が死んだわけじゃないんですよ。三人は神ノ宮さんと同級生で、同じ図書クラブの仲間だったわけじゃないですか。少しくらい動揺するのが当たり前で、あそこまで無関心だとかえって不思議ですね。美術館の彫刻のようだという寺田さんの比喩が正しい気がしますね」

「まさか、あの子が三人を殺したなんて考えてるんじゃないよね？　ほら、最近、よく新聞に出てるでしょうが、良心を持たない人殺しのことが」

「シリアルキラーのことですか」

「ああ、それだよ、それ。逃げ回ってる近藤房子はシリアルキラーなんだろう？　顔色も変えずに平然と人を殺すっていうじゃないか。あの神ノ宮っていう女の子もシリアルキラーなのかね？」

「それは飛躍しすぎじゃないでしょうか。ぼくが、あの三人は自殺ではなく殺されたんじゃないかという言い方をするのは、死を選ぶしかなくなってしまうほど誰かに精神的に追い詰められたんじゃないかという意味で、近藤房子のように包丁で刺したり、紐《ひも》で首を絞めたりという直接的な手段で殺したという意味じゃないんですよ。シリアルキラーとは違いますね」

「あ、そうですか……。冗談のつもりで言っただけで誰も本気であの子が殺人鬼だなんて思ってないんだけどね」

まったく冗談の通じない人だよ、とつぶやきながら高虎が肩をすくめる。

冬彦と高虎は校舎から外に出る。駐車場に向かっていくと、前方を若い男が歩いているのが目に入る。

「警部殿」

高虎が顎《あご》をしゃくる。

「フランク・ミュラー男ですよ」

「それって……」

「あの彫刻みたいな顔をした女子高校生の兄ちゃん、つまり、副理事長なんじゃないんですかね？」

「そうだ！」

冬彦がいきなり走り出す。

その若い男はベンツのドアを開けて、今まさに乗り込もうとしているところだったが、
お～い、ちょっと待って下さ～い、という声を聞いて肩越しに振り返る。

「失礼ですが、副理事長の神ノ宮さんですよね？」

「そうですが」

「神ノ宮美咲さんのお兄さん？」

「兄の龍之介《りゆうのすけ》ですが……。あなたは？」

「杉並中央署生活安全課の小早川と申します」

「警察の人……」

一瞬、龍之介の表情が強張る。

「ふうん……」

冬彦がじろじろと無遠慮に龍之介の顔を見る。

「何ですか？」

気味悪そうに龍之介が後退る。

「こう言っては何ですが、美咲さんとは全然似てませんね。本当の兄妹なんですか？」

「は？」

「あ～、いやいや、すいませんね。ここの高校の女子生徒が、しかも、図書クラブの部員がこの春から三人も立て続けに自殺してるというので、ちょっと調べているところでして

ね。ご存じでしょう?」

高虎が、冬彦と龍之介の間に強引に割り込む。

「え……ええ、もちろん」

龍之介がうなずくと、またもや冬彦が高虎の前に身を乗り出し、

「自殺ではなく、殺人だとは思いませんか?」

「殺人?」

龍之介の顔色が変わる。

「犯人に心当たりがあるでしょう?」

「ちょ、ちょっと……」

「あなたが殺したんじゃないんですか?」

冬彦は、にこにこしながら無遠慮な質問を龍之介に立て続けにぶつける。

「……」

「ははは、気にしないで下さい」

高虎は冬彦の襟首《えりくび》をつかむと、ぐいっと後ろに引っ張る。冬彦は体勢を崩してコンクリートに尻餅をついてひっくり返る。

「あの立派な図書館は神ノ宮家からの寄付でできたと聞きましたが大したもんですね」

「い、いや……寄付を募《つの》る音頭を取ったというのが正確ですね。もちろん、それなりの寄

付はしましたが、すべての費用をうちが賄《まかな》ったというのは誤解です。そう誤解している人が多いみたいですが」

「あなたが寄付をしたんですか？」

「まさか……父です」

「ほう、お父上は何をなさっている御方なんですか？」

「医者ですが……」

「もしかして神ノ宮病院の先生ですか？」

「ええ」

「なるほどねえ、それはすごい」

「あの……神ノ宮病院というのは、そんなに有名なんですか？」

冬彦がのろのろと立ち上がる。顔を顰《しか》めているのは転んだときに腰を打ったせいだ。

「超有名な美容整形外科病院ですよ。地元で知らない者はいない。そうですよね？」

高虎が龍之介に訊く。

「そこそこ知られているとは思いますが……」

「昔から有名じゃないですか。芸能人もよく利用すると聞いたことがありますよ。まあ、そういうことは大っぴらに口にはできないんでしょうが」

「有名だとしても、それは祖父や父の力です」

「龍之介さんは副理事長に専念なさってるんですか？　それとも、あなたもお医者さんですか」

冬彦が訊く。

「わたしは薬剤師として病院に勤めています」

「よく学校にいらっしゃるんでしょう？　この前もお見かけしましたよ」

「副理事長としての仕事もありますし、図書館に関する雑用も多いですから。何とか時間をやりくりして、なるべく顔を出すようにはしています」

「唐沢陽子さんをご存じですよね？」

「ええ」

「どんな印象を持ってますか？」

「印象と言われても……」

「ひと言でお願いします」

「素直で真面目で、それに……」

「かわいいですよね？」

「ああ、確かに、かわいかったですね」

「今泉淳子さんの印象は？」

「真面目で頑固で……」

「素直ではない？」

「そんなことはないですけど……」

「かわいいですよね？」

「ええ、そうですね」

「蒲原好美さんの印象は、どうですか？」

「真面目でおとなしくて……」

「かわいいですよね？」

「あの……何なんですか、これは？」

「答えて下さい。かわいいですよね」

「はい。かわいいです」

「三人とも死んでしまいました。どう思います？」

「どう思うって……悲しいですよ」

「どれくらい悲しいですか？」

「……」

龍之介は口をぽかんと開けたまま氷のように固まってしまう。矢継ぎ早に質問を畳みかけられて頭の中が混乱しているようだ。そこに、

「あなたたち、何をしているんですか！」

平山教頭が校舎の方から駆けてくる。

「いつまで勝手なことをするつもりなんですか。早く帰って下さい。こっちも協力しているのに、どうして無神経なことばかりするんですか！」

顔を真っ赤にして、唾《つば》を飛ばしながら捲《まく》し立てる。

その隙に龍之介はベンツに乗って駐車場から出て行ってしまう。それを見送りながら、

「わかりました。今度こそ本当に帰りますから。そんなに興奮しないで下さい」

ポケットから取り出したハンカチで顔を拭きながら冬彦が平山教頭を宥める。

五

車に乗ると、冬彦が口を開く。

「さっきの話ですけど……」

「何でしたっけ？」

「神ノ宮兄妹の家が有名な病院だという話です」

「それが何か？」

「どうして教えてくれなかったんですか？」

「どうしてって言われても、おれだって、さっき気が付いたわけだし……。それが重要な

ことなんですか？」

「重要かどうかはまだわかりませんが情報としては知っておきたかったですね。それに美容整形外科というのが、とても興味深いじゃないですか。寺田さん、よく知ってましたね。そういうことには疎《うと》そうなのに。それとも、どこか整形したいと考えているんですか？」

「馬鹿なことを……。昔、アイドル歌手に整形疑惑が起こって、その手術をしたのが神ノ宮病院じゃないかって話題になったことがあるんですよ」

「ああ、そういうことですか。そうですよね。寺田さんの場合、外見を直す前に、まず性格を直した方がいいでしょうからね。その病院、どこにあるんですか？」

「梅里一丁目」

高虎がぶすっとした顔で答える。

「何だ、すぐ近くじゃないですか。署に帰る前に寄ってみましょうよ」

「校長が署に苦情を申し立てるって騒いでたけど、あの怒り具合だと口先だけじゃなく本気でやりますよ。そんなときに神ノ宮病院に乗り込んで、院長からも苦情が出たら、さすがに警部殿だって、ただじゃ済まないと思いますけど、いいんですか？」

「仕方ないですよ。ぼくは間違ったことをしてるつもりはありませんから」

「停職処分でも食らったら大好きな捜査もできなくなりますよ」

「え」

冬彦が驚いて高虎を見る。

「まさか……そんなことはないでしょう」

「だるまなら、それくらい厳しい処分を下しても不思議はないと思いますよ。高円寺学園高校の校長も神ノ宮病院の院長も地域の有名人だし、だるまは、そういうのに弱いから」

だるまというのは谷本敬三副署長のあだ名である。だるま体型の出世主義者だ。

「う～ん、停職は困るなあ。副署長、そこまでやるかなあ」

「警部殿がどうしても乗り込みたいというのなら、おれは別に構いませんよ。止めません。警部殿と一緒に停職処分を受け入れますよ」

「寺田さんまで巻き込むわけにはいきませんよ」

「相棒なんだから、おれは知りませんでした、おれは関係ありません、とは言えませんからね。一蓮托生《いちれんたくしょう》ですよ」

「わかりました。そんなリスクを冒すことはできないから、病院には入りません。どうせ今は診療時間だろうし、院長に会えるかどうかもわかりませんしね。今日のところは病院の外観を眺めるだけで我慢しておきます。それくらいならいいでしょう?」

「いいですよ」

高虎が車を発進させる。

「それにしても、この学校には面白い人がたくさんいますね。お化け屋敷みたいだ」

冬彦がメモを読み返しながら、ぶつぶつ独り言を言い始める。蒲原好美、唐沢陽子、今泉淳子という自殺した三人の共通点を確認していると、

「あの子も自殺するのかな？」

と、高虎がつぶやく。

「川崎恭子さんのことですか？」

「ええ」

「何度も言うようですが、ぼくは三人が自殺したとは思っていません。自殺を装った殺人ですよ。そうだとすれば、犯人も慎重になっているはずですから今すぐ川崎さんに危険が及ぶことはないでしょう」

「警部殿は何かというと殺人だって言うけど、そうだとすると、動機があるはずだよね。どういう動機があって、三人の女子高校生を殺すわけですか？」

「それを調べてるんじゃないですか」

「ふうん、動機は不明ってことか。つまり、犯人の目星もついてないってことですよね？」

「学校関係者の可能性が強そうですが、その点についても、まだ何とも言えませんね。安易な思い込みや決めつけは避けたいですから」

「でも、学校関係者ということなら、さっき会った神ノ宮龍之介が犯人かもしれないね。それとも校長かな、教頭の可能性だってある。いやいや、自殺に見せかけた殺人なんて、そう簡単にできないか。まるでリモコンで遠隔操作でもしているかのように女子高校生を一人でマンションの屋上に上らせて、そこから飛び降りさせるんだもんな。誰にでもできることじゃないよ。まるで魔法だもんな。フランク・ミュラー男に魔法が使えるのかねえ。ただの軽薄な金持ちのぼんぼんにしか見えなかったけどさ。校長や教頭にだって無理な気がするよ」

「あの人たちが犯人だと疑っているわけじゃありませんよ。少なくとも今はまだ」

「あなたが殺したんじゃないですか……なんて訊いてたじゃないですか」

「どんな反応をするか見たかっただけです。確かに、神ノ宮さんは寺田さんの言うように、人を殺して平然としていられるほど神経の太い人には思えませんね。それは校長や教頭も同じです」

「警部殿が何と言おうと、おれの目には、ただの自殺としか思えませんね。何かに悩んでいたのかもしれないし、ストレスや不安を感じていたかもしれないし、その原因になった奴がいるのかもしれない。その悩みやストレスや不安が自殺の引き金になったかもしれないけど、だからといって、あの子たちを追い込んだ奴を殺人犯とは呼べないでしょう？　自殺は自殺ですよ。直に手を下していないんだから他殺とは違う」

「ぼくの意見は保留にしておきます。考えたいことがたくさんあるんです。ここで寺田さんと言い争うのは時間の無駄ですから」

「あ、そうですか。時間の無駄ね……相変わらず遠慮ってものがないよなあ。警部殿には常識とか気配りとか、そんな当たり前の感覚がすっぽり抜け落ちてる気がしますねえ」

「何とでも言って下さい」

「しかし、たとえ自殺だとしても学校側からすれば大変なスキャンダルだよなあ。偶然なのかどうか、四人の奨学生のうち三人が自殺したわけだからさ。せっかく立派な図書館を造ったっていうのに『呪いの図書館』なんて呼ばれそうだよね」

「本当にそうかもしれませんよ。あの図書館、呪われているのかも」

「それなら図書館をぶっ壊して地面を掘り返してみますかね。人骨がざくざく出てきたりしてね」

あははは、と高虎が笑う。

「……」

冬彦は窓の外を眺めながら考え事をしている。

「ちょっと不謹慎《ふきんしん》だったかな……」

高虎が頭を掻きながら恥ずかしそうにつぶやく。

「あれですよ」

高虎が運転席で顎をしゃくる。正面に白亜の瀟洒《しょうしゃ》な造りの二階建ての建物が見える。それが神ノ宮美容整形外科病院だ。

「何だか、あまり病院らしくありませんよね。お金持ちの豪華な一戸建てという感じじゃないですか」

「風邪を引いて熱が出たから近所の病院に行くかなんていうノリで来るような普通の病院じゃないでしょうからね。あれを見ればわかるじゃないですか」

高虎が指差したのは病院の横にある駐車場だ。一〇台ほどの駐車スペースがあって、今は半分が埋まっている。駐車されているのは、ポルシェ、マセラティ、ＢＭＷ、メルセデス・ベンツといった外国製の高級車ばかりだ。ＢＭＷにしても最もグレードの高いＭシリーズだし、ベンツもＳクラスだ。どちらも軽く一千万以上はする。

「なるほど、お金持ち専用の病院ということなんですね」

「そうでなければ、学校に多額の寄付なんてできないでしょうよ。もういいですか？　署に帰りますよ」

「はい、お願いします」

五日市《いつかいち》街道を青梅街道方面に高虎が車を走らせると、

「あれ、このあたりって何となく見覚えが……」

「そりゃあ、そうでしょうよ。二人が飛び降りたマンションは、この道路の向こう側だし、唐沢さんの娘が飛び降りたマンションは新高円寺の駅前なんだから……。何をしてるんですか？」

リュックから杉並区の地図を取り出して、冬彦がボールペンで印をつけるのを見て高虎が訊く。

「三人が自殺した現場と学校、それに神ノ宮病院を結べば何か手掛かりが見付かるかと思って」

「ああ、得意の地理的プロファイリングですか。警部殿といると退屈しませんよ。それが楽しいっていうわけじゃないけど」

六

冬彦と高虎が「何でも相談室」の部屋に入ると、

「ようやくお帰りですね。待ってました」

ソファから立ち上がったのは刑事課の中島敦夫だ。

その横には刑事課の主任・古河祐介が坐っている。

「どうしたんですか、お二人揃って？　ぼくたちの帰りを待ってたんですか」

冬彦が訊く。

高虎は二人の前を素通りし、自分の席につくと、おもむろにタバコを吸い始める。疲れたなあ、とつぶやきながら、タバコの煙をふーっと天井に向けて吐き出す。

「耳タコだと承知の上で言いますが、署内では分煙がルールなんですよ。タバコは喫煙コーナーで吸うことになっているし、この階の喫煙コーナーは自販機の横にあるわけだし……」

樋村が口を尖らせるが、当然ながら、高虎は無視する。平気な顔でぷかぷか吸っている。

「昨日、マンションから飛び降り自殺した今泉淳子さんなんですが、体内から微量の薬物が検出されたんですよ」

中島が言うと、

「え」

と、冬彦は驚きの声を発し、咄嗟《とっさ》に高虎に顔を向ける。高虎の顔にも同じ表情が浮かんでいる。

「解剖したんですか？」

「鑑識の青山主任から、女子高校生の死を自殺と決めつけることに小早川警部が疑問を感じているようだけど、このまま放置していいのか、と問い合わせがありましてね。現場に出向いた地域課の巡査に話を聞くと、飛び降りるときに、普通ではない様子で白目を剝いていたという管理人の証言を取っていたことがわかりました。それで遺族の了解を得て検死解剖してもらったんですよ」

　古河が説明する。

「で、薬物が検出されたわけですか？」

「薬物といっても違法な薬物じゃないみたいなんです。素人にはややこしくて……。よかったら一緒に鑑識に行ってもらえませんか。青山主任から直に話してもらう方が間違いないでしょうから」

「わかりました。行きます」

　冬彦は高虎を見て、

「寺田さん、どうします？」

「行くさ」

　タバコを灰皿に押しつけて火を消すと、高虎も椅子から腰を上げる。

「今泉さんの遺体から、ごく微量の合成カンナビノイドが検出されたんです」

「ＴＨＣではなかったんですね？」

「よく似ていますが、人工的に合成されたもののようですね」

「ちょっと待ってくれますかね」

青山主任と冬彦が話し出すと、高虎が二人の間に割って入る。

「警部殿と青山主任は専門家だからそれでいいんでしょうが、おれは薬物に関しては、ど素人なんですよ。申し訳ないんですが、わかりやすく教えてもらえませんかね？」

「なるほど、大事なことですから寺田さんにもちゃんと理解してもらった方がいいですね。ハーブは、わかりますよね？」

冬彦が訊く。

「気取った女がお茶にして飲むものだろう？」

「何となく勘違いしている気もしますが、まあ、細かいところには目を瞑りましょう。薬草にしたり、香料にしたりする植物の総称です。寺田さんの言うようにお茶にして、つまり、ハーブティーとして飲むこともあるし、スパイスとして料理に入れることもあります。アロマオイルとしても人気があります。言うまでもありませんが、そういう使われ方をする限り、危険な要素はまったくありません」

「ハーブの中にも危険なハーブがあるってことですか？」

「そうじゃありません」

青山主任が首を振りながら、話に割って入る。

「ハーブそのものには何の危険性もありません。俗に『脱法ドラッグ』と呼ばれるものは、ハーブに合成カンナビノイドという化学成分を混ぜてあるんです。ハーブは隠れ蓑《みの》のようなもので、この合成カンナビノイドが問題なんですよ。合成カンナビノイドは、大麻に含まれるデルタ-9-テトラヒドロカンナビノール、すなわち、THCに類似した人工化合物の総称で……」

大麻を吸引するとハイになるのはTHCが脳や神経系統を刺激して感覚や思考を麻痺させるからだが、このTHCを大麻から分離することに成功したのは一九六四年のことで、その三年後には合成THCの製造が成功している。七〇年代になると、合成カンナビノイドが続々と生み出されるが、これは製薬会社が鎮痛剤への利用を目的として研究開発を進めた結果である。この時点で製薬会社や研究者によって作成された合成カンナビノイドは数百に上ると言われている……青山主任が淡々と説明する。

「……」

高虎は首を捻りながら難しい顔で聞き入っているが、その内容を本当に理解しているかどうかはわからない。青山主任の説明が一区切りつくと、

「ええっと、つまり、自殺した女子生徒から、この合成何とかっていう成分が検出されたっていうことは、その生徒が麻薬を使っていたということなんですかね？」

「麻薬じゃありませんよ。合成カンナビノイドは大麻に含まれるTHCに似た成分ですが、THCとは別物ですからね」

冬彦が言う。

「でも、同じような効果があるわけでしょう？　そんな危ないものをどうして規制しないんですか」

「規制はされてるんですよ。ところが、ある合成カンナビノイドが規制されると、規制対象になっていない成分を使って別の合成カンナビノイドが作られてしまうんです」

「そんなことができるんですか？」

「多少の専門知識があれば、ほんの少し化学構造に手を加えるだけで似たような合成カンナビノイドをいくらでも作り出すことができるんですよ。化学の得意な高校生なら簡単に作れるはずです。何かが規制されると、新たな合成カンナビノイドが作って売られる……この鼬《いたち》ごっこなんです。そうですよね、青山主任？」

冬彦が訊くと、

「残念ながら、その通りです。すべての合成カンナビノイドを規制することは不可能と言っていいでしょうね」

「おかしな話ですよね。麻薬と同じ効果のある薬物が堂々と売られているのに、それを取り締まることができないんですから」

近くで様子を見ていた水沢小春がつぶやく。

「薬物の取り締まりは、そう簡単じゃないんだよ。その辺の薬局で普通に売られている風邪薬だって、過剰摂取《せっしゅ》すると薬物中毒になるらしいからね。だからといって、風邪薬を取り締まることもできない」

古河が言う。

「高校生が薬物にはまるきっかけは風邪薬が原因だと言われてますからね。不良というと、すぐにシンナーとかトルエンの摂取を想像しますけど、そういうものは意外と入手が難しいので、簡単に手に入る風邪薬の過剰摂取で中毒になることの方が多いんですよね」

冬彦がうなずく。

「大麻と同じ効果のある薬物が堂々と売られていて、それが『脱法ドラッグ』と呼ばれていることはわかった。だけど、それを販売しても、吸引しても違法じゃないわけだよな？こっちは手も足も出ないいんじゃないのか」

高虎が古河に訊く。

「大麻や覚醒剤《かくせい》なら、作っても、販売しても、買っても、使っても、持っているだけでも逮捕できますが、『脱法ドラッグ』は、そうじゃない。法律論で突き詰めていけば、手も足も出ませんが、だからといって見て見ぬ振りもできませんからね。いくらでもやり方はありますよ。そういうものを作って販売してる奴らは、大抵、叩けば埃《ほこり》が出る体だし、脛《すね》に傷を持っていることが多い」

「別件で締め上げて製造・販売できないように追い込むってことだな」

「言い方は悪いけど、そういうことです。正面突破できないから、搦《から》め手から攻めるわけです」

「製造・販売元を攻めるという作戦はわかる。そうだとすると、自殺した女子高校生に刑事課が興味を持つ理由は何だ？　この子は薬物が原因で自殺したのか」

高虎が再び古河に訊く。

「それはないらしいですよ。そうですよね？」

古河が青山主任に顔を向ける。

「ええ。検出されたのは、ごく微量ですから」

青山主任が首を振る。

「でも、この子、今泉さんは飛び降りる前、明らかに様子がおかしかったと管理人さんは証言していますよ。白目を剝いていたというし……」

冬彦が言う。

「だからこそ、検死解剖することになったわけですが、幻覚を起こして異常な行動を取るほどの量を摂取していたとは思えないんですよ。それこそ風邪薬を多目に服用したという程度ですから」

「ということは、今泉さんの様子が普通でなかったのは他に原因があるということですか？」

「う〜ん、どうなんでしょうね」

青山主任が首を捻る。

「他にどんな原因が考えられるかなあ」

冬彦がつぶやく。

「前にも話しましたが、本庁が大々的に薬物乱用撲滅キャンペーンを展開してるんです。大麻や覚醒剤だけでなく、脱法ドラッグも取り締まり対象です。直接的に取り締まることはできないから、それこそ別件で販売店や売人を引っ張ってます」

古河が言うと、

「脱法ドラッグを大量に買っている客が杉並にいる……前にそう話してましたよね？」

冬彦が訊く。

「そうなんです。本庁とすれば、できれば、そういう客も摘発したいわけです。もちろん、別件でですよ。脱法ドラッグに手を出すのは素人が多いから、一度きついお灸《きゅう》を据《す》えると、それにびびって手出ししなくなりますからね」

「その客を見付ける手伝いをしろってことか？」

高虎が訊く。

「早い話がそういうことです。自殺した高校生から薬物が検出されたといっても、ごく微量だし、本庁が追いかけてる客から流れたものかどうかもわかりません。青山主任が言ったように、その薬物が原因で錯乱《さくらん》したというわけでもなさそうだし、死そのものにも今のところ事件性はない。うちが捜査に乗り出すのは難しいんですよ」

　古河が言う。

「なるほどなあ。うちの警部殿は自殺を殺人だと疑って勝手に捜査を始めるような物好きで自分勝手な人だし、刑事課から依頼されたとなれば、ますます鼻息を荒くして張り切るだろうなあ。そうですよね、警部殿？」

　高虎が皮肉まじりの視線を冬彦に向ける。

「その薬物が今泉さんの直接的な死因でないとしても何らかの関係があることは間違いないと思います。当然、調べなければなりません」

　冬彦は、やる気に満ちた表情で力強く言う。

「他にも同じ学校に通う二人の女子高校生が自殺しているそうですが、残念ながら、その二人に関しては検死解剖が為されていないので薬物を摂取していたかどうか判断できません。もし、その二人からも薬物が検出されていれば刑事課が捜査に乗り出すこともできたんですが……」

「大丈夫ですよ、古河さん。『何でも相談室』に任せて下さい。お手伝いしますから」

　冬彦がにこりと笑う。

七

鑑識係の部屋は刑事課の隣にあるので、古河と中島は話が終わると自分たちの席に戻った。高虎と冬彦は三階から四階まで階段を使う。階段を上りながら、

「ひとつ気になったんですけどね……」

「何ですか？」

「古河が言ってたでしょう。今泉さんからは微量の薬物が検出されたけど、それ以前に自殺した二人については解剖されていないので薬物を使っていたかどうかわからないって？」

「ええ」

「もう一人、いるじゃないですか。大丈夫なんですかね？」

「川崎恭子さんのことを言ってるんですか？」

冬彦が足を止める。

「警部殿の仮説は間違っている、というのがおれの考えです。三人が死んだのは自殺であって、殺人なんかじゃないと確信してますよ。ただ、何とも言えない気味悪さを感じ始めてるのも事実なんです。調べれば調べるほど、この三人が自殺したのは偶然じゃないよう

な気がしてくるんです。誰かに殺されたとまでは思ってませんけどね」

「この三人には、いろいろと共通点も見付かってきましたからね」

「認めたくはないんだけど、次は川崎恭子さんが死ぬんじゃないのか……そんな不吉なことまで考えてしまうんですよ。死んだ子が脱法ドラッグを使ってたかもしれないなんて話を聞くと尚更ね。そんなことをする子には見えなかったけど……」

「人は見かけじゃわかりませんからね。川崎恭子さんの身に危険が迫っているかどうかは何とも言えませんが、もう一度、彼女には会う必要がありますね。できれば学校じゃない方がいいでしょう」

「校長や教頭がうるさいからな。警部殿が怒らせちまったから……。これから、あの学校には行きづらくなるね」

「仕方ありませんよ。ぼくたちが悪いわけじゃないんですから」

「ある意味、羨ましいなあ、その面の皮の厚さ。警部殿、麻雀なんかやったら間違いなく強そうですね」

「あれは時間の浪費です。無駄なことはやらない主義ですから」

「ひと言、余計なんだよなあ……」

　高虎が溜息をつく。

八

二人が「何でも相談室」に戻った途端、

「寺田君、小早川君！」

という谷本敬三副署長の怒声が響き渡った。

「ああ、副署長、何かご用ですか？」

冬彦は動ずる様子もなく、リュックを机の上に置き、平然と椅子に坐ろうとする。高虎が冬彦の袖を引いて、それを止める。高虎も傍若無人な男だが、冬彦よりは、場の空気を読むことができる。谷本副署長の怒りの炎に油を注ぐような真似をするべきではないと判断した。

何しろ、亀山係長が真っ青な顔を引き攣らせ、顔中に玉の汗を浮かべながら直立不動の姿勢を保っているのだ。二人が戻ってくるまで、さんざん油を絞られたに違いなかった。三浦靖子も、眉間《みけん》に小皺《こじわ》を寄せて高虎を見て、何度も首を振っている。おとなしくしていろ、という意味であろう。理沙子と樋村は余所《よそ》行きの顔をして、おとなしく自分の席につき、黙々と事務処理をこなしている。嵐が通り過ぎるのを、じっと待っているという感じだ。高虎と冬彦が並んで立っている前に谷本副署長が近づき、

「高円寺学園高校の山田校長から白川《しらかわ》署長宛に電話があった。こう言えば、どういう意味かわかるだろうね？」

「どういう意味ですか？」

冬彦が聞き返すと、谷本副署長の顔が更に赤くなる。

高虎は冬彦の脇腹を肘《ひじ》でつつくと、

「わかってます」

と大きな声を出す。

「なあ寺田君、わたしの勘違いかもしれないが、もしかすると小早川君は、わたしを馬鹿にしているのか？　それとも、人の話を理解できないほど間抜けなのか？」

「いや、それは……」

高虎が慌てる。

「間抜けというのは、どういうことですか？　こう言っては何ですが、少なくとも、ぼくの偏差値は副署長の偏差値よりもずっと高いはずで……」

「おっしゃる通りです！　間抜けです。アホです。というか、世間知らずなんですかね。だから、あの学校の校長や教頭を怒らせてしまいました。今後、気を付けます」

「待って下さい、寺田さん。ぼくは……」

冬彦が、ぎゃっと悲鳴を上げる。高虎が冬彦の背中を思い切りつねったのだ。

「物分かりがよくなったじゃないか、寺田君。あの高校に行くことを禁ずる。しっかり覚えておくように。小早川君に勝手な振る舞いをさせるなよ」

「了解しました！」

「そんな無茶な……」

冬彦が言い返そうとすると、また高虎が背中をつねる。これでは話などできない。

「警部殿も納得したようです」

「今日のところは君の顔を立てて、これくらいにしておこう。小早川君も寺田君を見習うことだな」

ふんっ、と鼻を鳴らして、谷本副署長が部屋を出て行く。

「だるまの奴、子分がいなくなってから、ますます、嫌味ったらしくなってきたなあ」

高虎がタバコを口にくわえながら言う。

「ひどいじゃないですか。脇腹をついたり、背中をつねったり……。絶対、痣《あざ》になってますよ。ものすごく痛かったですからね」

「痛くしたんですよ。警部殿には口で言ってもわかってもらえませんからね。おれだって他人のことは言えないけど、少しは空気を読んで下さいよ。係長がかわいそうだと思わないんですか。今にも卒倒しそうな顔をして……。あれ、いねえな？」

いつの間にか亀山係長の姿が見えなくなっている。

「ずっと我慢してたのよ。だるまに怒鳴られて、お腹が痛くなったみたいなんだよね。誰かさんのせいでね……」

三浦靖子が横目で冬彦を睨む。

「また便所かよ」

椅子に坐って、高虎がタバコを吸い始める。樋村が嫌な顔をするが無視する。

「あんな約束を勝手にされては困ります。高校に行けなくなったら、この事件の真相解明ができないじゃないですか」

「まだ事件かどうかもわからないでしょうが」

タバコの煙でドーナツを作りながら、

「とりあえず、今日は、もう高校に行く必要はないだろうし、明日と明後日は休みですからね。来週になれば、どうにでもごまかせますから。せめて、二、三日くらいおとなしくしてましょうよ。係長のためにもね」

「できれば、今日のうちに、もう一度、高校に行きたかったんですけど」

「ダメ！」

高虎がじろりと冬彦を睨む。

「同じことを何度も言わせないで下さいよ。堪忍袋の緒が切れますからね。おれ、警部殿を殴るかもしれないなあ」

「そこまで言うのなら、もう何も言いませんよ」

冬彦が溜息をつきながらうなずく。腕力では高虎にかなわないとわかっているのだ。

「しかし、そうなると暇だなあ。ん？　安智さん、樋村君、何をしてるの？　何だか二人とも難しい顔をしてるね。よかったら聞かせてくれない？　暇になっちゃったし」

理沙子と樋村は、谷本副署長がいなくなると、何やら真剣な面持ちで話し合いを始めたのである。

「どうします？」

「う〜ん、警部殿はストーカー犯罪にも詳しそうだから相談してみようか……」

理沙子と樋村が椅子から立ち上がって応接セットのソファに坐る。その向かい側に冬彦も坐る。

「例のストーカー被害に関することなんですよ」

「ええっと、遠山桜子さんだよね？」

「そうです。村井道彦という大学の先輩にストーカー行為を受けていると訴えてきました。昨日、樋村が村井道彦に電話して、ストーカー行為を止めるように警告したら……」

「叩き切られたんだよね。その直後、村井道彦が遠山さんに電話して脅した」

「村井道彦も興奮しているだろうから、今夜は何もしないで明日まで様子を見た方がいいという警部殿のアドバイスに従って、今朝になってから、わたしたち、村井道彦に会いに行ってきたんですよ。ところが……」

ところが、村井道彦は遠山桜子の主張をすべて否定し、それどころか、頭のおかしいのはあの女の方だ、大学にいる頃から付きまとわれて迷惑していた、と口にしたのである。

「どんな人なの？」

「何と言うか……ぱっと見は好青年という印象でした。そうだよね？」

理沙子が樋村に水を向けると、

「ええ、いい男でした。背が高くてハンサムで、爽《さわ》やかなスポーツマンて感じですかね。有名私大を出て、一流企業に就職してるんだから、さぞや、モテるでしょうね」

樋村が悔しそうに言う。

「昨日、樋村と話したとき、かなり興奮してたので、どんな暴力的な男なのかと思ってましたけど、実際には、樋村が言ったような感じの人で、ストーカーしそうな雰囲気はありませんでしたね。勤務先のロビーで会ったせいかもしれませんけど、別に興奮することもなく、落ち着いてきちんと対応してくれましたしね」

理沙子が言う。

「ぼくが電話した後、村井道彦から電話がかかってきて脅されたって、遠山さんが泣きながら安智さんに電話してきたじゃないですか。でも、彼は、確かに電話はしたけど、できるだけ穏便に解決したかったから意識的に冷静に話すことを心懸けたと言うんです。大きな声も出してないし、脅すような言い方もしていない。むしろ、自分が下手に出て、こんなことはやめてほしいと頼んだそうなんです。これ以上、付きまとわれると困るから」

「変な話だな……」

高虎もそばに来て、タバコを吸いながら冬彦の隣に腰を下ろす。

「それだけじゃないんですよ」

理沙子が手帳を開きながら言う。

「最初に遠山さんから相談を受けたとき、無言電話をかけてきたり物騒なメールを大量に送ってくるだけじゃなく、待ち伏せや付きまとい行為の被害も受けていて、そのことにも不安を感じていると聞かされたんです。遠山さんが覚えている範囲で、そういうストーカー行為のあった日付や時間を聞いたんですけど、少なくとも、そのストーカー行為のすべてが村井道彦がやったとは言えないんです」

「なぜですか?」

冬彦が理沙子に訊く。

「大企業が新卒の学生を採用すると、卒業前に学生たちを研修という名目でリゾート地に連れて行ったりしますよね」

「直前に他の企業に心変わりしないようにね」

「それはバブルの頃の話だろう? 今でもそんなことをやってる会社があるのか」

高虎が驚いたように訊く。

「あるんですよ。世の中が不景気だといっても、中には景気のいい会社だってあるみたいですからね。入社してからも新入社員研修があります。これは、どこの会社でもやりますよね。村井道彦の会社では、卒業前の研修を静岡の掛川《かけがわ》で、入社してからの新入社員研修は伊豆《いず》の修善寺《しゅぜん》で行っています。遠山さんが誰かに付きまとわれた、待ち伏せされたと話してくれた日のうちの何日か、村井道彦は研修に行ってたんです。少なくとも、その間、ストーカー行為はできなかったはずなんです」

理沙子が手帳に取ったメモを確認しながら言う。

「研修場所から抜け出したかもしれないだろうが」

高虎が言う。

「彼が言うには研修中は外出がかなり制限されていたようなんです。それは、そうですよね。研修というのは建前で、学生を囲い込むのが本当の目的なんですから。入社してからの研修も、職務の一環として行われたので勝手な外出はできなかったようなんです。こっそり抜け出したとしても、掛川や修善寺と東京を一時間や二時間で往復してストーカー行為までするなんて無理だろうし」

「女の方が嘘をついてるってことか？」

高虎が訊く。

「そうとも言い切れませんよ。遠山さんは村井道彦がストーカーだと思い込んでいるけど、実際は他の人間にストーカーされているだけかもしれませんからね」

冬彦が言う。

「ああ、そうか。村井っていう奴をストーカーだと決めつける証拠はないんだもんな」

高虎がうなずく。

「だけど、誰かが遠山さんにストーカー行為を働いていることは間違いないわけでしょう。どうやって見付けたらいいのかなあ。ストーカーが誰なのかわからないと、その相手に警告もできないし、ぼくたちができることは限られてしまいますよね。具体的な犯罪行為が起こったわけでもないし」

樋村が首を捻る。

「わたしたちは、どう動けばいいんでしょうか？」

理沙子が冬彦に訊く。

「おいおい、本当なら、その質問は警部殿じゃなくて係長にするべきじゃねえのか？」

「だって、係長、いないじゃないですか」

理沙子が亀山係長の机をちらりと見遣《みや》る。トイレに行ったまま戻ってこない。

「ストーカー犯罪の八割は身近な人間によって為されています。つまり、見ず知らずの人間から付きまとわれて身の危険を感じることはあまりないんですよ。このストーカーは遠山さんに電話やメールを送ってきてますから、彼女の個人情報にタッチできる人間だと思います。身近な人間の中で自分にストーカーしそうな人間として村井道彦の名前を挙げている以上、そう簡単に彼をリストから外すのは早計ですよね。むしろ、遠山さんの訴えと、村井道彦の話の矛盾点をもっと掘り下げるべきだと思います。なぜ、矛盾が生じるのか、その理由を調べる必要がありますね。何か誤解があるのかもしれないし、どちらかが嘘をついているのかもしれない。それを見極めないと、こちらとしても動きにくいですからね。何だったら……」

ぼくが会いにいってもいいですよ、とにこやかに申し出る。その言葉に、高虎がぎくっとしたように表情を引き攣らせる。

そこに、

「こんにちは！」

麻田さやかが部屋に走り込んでくる。その後ろから沢田邦枝がにこにこ微笑みながらやって来る。

「あ～っ、またもや託児所と介護施設に早変わりか。さすが『何でも相談室』だぜ」

高虎がぶつくさ言いながら自分の席に戻る。

理沙子と樋村もソファから腰を上げる。

「また手品を見せてほしい！」

冬彦の真向かいにさやかがちょこんと坐る。

「うん、いいよ。沢田さんもおかけになって下さい」

「すいませんねえ、お仕事中に」

「いいんですよ、どうせ暇ですから」

あははは、と笑いながら頭を掻くと、冬彦の手には一枚のトランプがある。

「あれ？」

さやかが目を丸くすると、冬彦は次から次へと髪の毛の中からカードを取り出していく。カードが五二枚になると、それを器用にシャッフルしながら、

「さてさて、今日はどんな手品をしようかな」

と、さやかに笑いかける。

九

「しかしなあ……」

エンジンをかけながら高虎が溜息をつくと、

「寺田さんの言いたいことはわかってます」

助手席の冬彦が言う。

「こう思ってませんか、うちは託児所と介護施設ってだけじゃねえ、送迎サービスまでやるのかよ……違います？」

「何でも、お見通しってわけですか。はいはい、その通りですよ。最近、おれは自分が警察官だってことを忘れそうになりますよ」

「下手な皮肉ですね」

「皮肉じゃありませんよ。本音です。さてと、最初にどっちを送りますかね？」

高虎がちらりと肩越しにバックシートを見遣る。そこに麻田さやかと沢田邦枝が坐っている。さやかは疲れてしまったのか、邦枝の膝に頭を載せて眠っている。

「お二人の自宅は方向が正反対ですからね。さやかちゃんは寝てるし、ご両親には連絡済みですから、まずは沢田さんをお送りしましょうか」

「すいませんねえ」

邦枝がにこりと笑って会釈する。

署を出ると、中野方面に少しばかり青梅街道を走り、途中で四二七号線に右折する。邦枝の自宅は永福《えいふく》四丁目だから、あとは道なりに車を走らせるだけだ。五日市街道を横断し、生協の手前を通りかかったとき、邦枝が、

「あ、千代ちゃんだわ」

と声を上げた。

「お知り合いですか」

冬彦が言うと、高虎が気を利かせて車を路肩に寄せる。邦枝はウィンドーを下ろし、

「千代ちゃん、千代ちゃん！」

と呼びかける。

歩道をのろのろ歩いていた老婆が怪訝な顔で車に顔を向ける。

「あら、邦枝ちゃんじゃないのよ」

それまで暗い顔だったのが、パッと明るい表情になって車に近付いてくる。

「最近、顔を見せないから、みんな心配してるのよ。どうしたの？」

「うん、いろいろあって忙しくてね……。どこかにお出かけ？」

「家に帰るところよ。送ってもらうの。千代ちゃんも近くだし乗せてもらう？」

「悪いから、いいわよ。そこの停留所からバスに乗るし」

「小早川警部さん、こちら、富永千代子さんといって、公民館の敬老会仲間なんですよ。うちの近くに住んでいるので一緒に乗ってもらってはいけませんか？」

邦枝が冬彦に訊く。

冬彦が返事をするより早く、

「警部さんって……これ、警察の車なの？　邦枝ちゃん、何かしたの？」

千代子の顔色が変わる。

「いやだ、違うわよ。うちに送ってもらうだけ」

「よかったら、どうぞ」

冬彦もウィンドーを下ろして声をかけるが、そのときには千代子は車に背を向け、バス停に向かって歩き始めている。

「呼んできましょうか」

冬彦がドアを開けようとするが、

「いいんです。たぶん、一人で帰りたいんですよ。声をかけない方がよかったかしら……」

「行くよ」

高虎が車を発進させる。

バス停の前を通り過ぎるとき、列に並んでいる富永千代子を冬彦は見つめた。千代子の顔を正面から見たとき、それはほんの一瞬に過ぎなかったが、

（あれ、昨日のおばあちゃんじゃないか）

冬彦の記憶が甦《よみがえ》る。

怪しげなキャッチセールスにビルに連れ込まれ、これまた怪しげな数珠を売りつけられそうになったとき、隣の仕切りにいた老婆に違いなかった。

そのときは何とか冬彦が助け出し、また同じことがあったら相手が諦めるまで「ダルマ

さんが転んだ」を呪文のように繰り返すといいですよとアドバイスした。

（ふうん、あのダルマさんのおばあちゃん、沢田さんの知り合いだったのか……）

富永千代子の名前と顔は、これで冬彦の脳細胞にきっちりインプットされた。

一〇

「兄さん、坐ってくれないかな。少しは落ち着いたらどうなの？　こっちまでイライラしてくる」

ソファに腰を下ろした美咲が部屋の中をそわそわと歩き回る龍之介を睨む。

優に六〇平米くらいの広さはありそうな部屋に、高価な家具やオーディオセットが並んでいる。壁の一角には古いレコードやビデオテープがびっしりと並べられ、その横の棚にはCDやDVDが並んでいる。それを眺めるたびに、映画や音楽の趣味だけは、そう悪くない、と美咲は思う。

もっとも、誰に見られても恥ずかしくないものが並べられた棚の裏には秘密の棚が隠されていて、そこにはアダルトビデオの類も豊富に揃っている。買い集めたものばかりでなく、プロが使うような撮影機材を使って自分で撮影した作品まである。

表面的にはお洒落《しゃれ》で贅沢《ぜいたく》な調度品が揃えられた龍之介の部屋だが、一皮むけば龍之介のぎらぎらした暗い欲望が塗り込められている。それを承知しているから、同じ屋根の下に暮らしていながら、美咲は滅多にこの部屋に入らない。

「落ち着いていられるか？　警察が来たんだぞ。何度も来てる。ただの自殺なら何度も来るのはおかしいじゃないか。何か疑ってるから調べてるんだよ。あの小早川とかいう刑事、変梃《へんてこ》なオタクみたいな若い奴、自殺ではなく殺人だと思いませんか、なんて訊いてきた。それだけじゃない。嫌なことばかり質問してきたんだよ」

「何度も来たと言うけど、昨日と今日の二回来ただけだよ」

「また来るに決まってるだろう。『あなたが殺したんじゃないんですか？』なんて訊かれたよ。むかつく奴だ」

「何て答えたの？」

「ん？」

「兄さんのことだから、質問に驚いて、顔色を変えて何も言えなくなったんじゃないの？　たぶん冷や汗でも流しながら」

「……」

ふーっと溜息をつきながら、龍之介がソファに腰を下ろす。向かい側に坐っている美咲を見つめながら、

「どうしてわかるんだ？」

「だって、兄さんはわかりやすすぎるから。これからは、できるだけ、あの刑事には会わない方がいいわね」

「おれだって会いたくなんかないさ。だけど、向こうから近寄ってきたらどうすればいい？　まさか走って逃げるわけにもいかないだろう」

「それは、まずいわね。何か後ろめたいことがあるんじゃないかと疑われそうだから。そうね……。あの刑事にまた会うことがあったら、決して目を見ないようにして」

「目を見ない？」

「目の動きで感情を読み取られるからよ。相手の足許を見るようにすれば自然にうつむくことになるでしょう。相手の質問に真剣に耳を傾けないで何か他のことを考えるようにするの。どうしても答えなければならないときは、できるだけ簡潔に答えるようにすること。はい、とか、いいえ、だけで済ませられるといいわね」

「そんなやり方で何とかなるのか？」

「本当は、しばらく海外にでも出かけてほしい。一年……いや、できれば二年か三年」

「無理に決まってるだろう」

「それなら、わたしの言う通りにしてよ」

「わかったよ」

龍之介が不満そうに口を尖らせる。

「自殺で処理されて一件落着のはずなのに、なぜ、こんなことになるんだ？　今まで、こんなことはなかったのに……」

「わたしが悪いとでも言いたいの？」

美咲が無表情にじっと龍之介を見つめる。

先に視線を逸らしたのは龍之介の方だ。

「そんなことは言ってないけど……」

「当たり前だわ！」

美咲が立ち上がり、腕組みして龍之介を見下ろす。

「元はと言えば、こんなことになったのは、兄さんのおかしな趣味のせいじゃないの。自業自得よ。今になって泣き言なんか言わないで。誰が尻ぬぐいをしたと思ってるわけ？わたしがやりたくてやったとでも思うの？」

「すまないと思ってる。だけど……」

「だけど、何？」

「い、いや……」

龍之介が気弱そうに目を伏せる。明らかに美咲と目を合わせるのを怖れている様子だ。

「偉そうな口を利くな、おれはおまえの恩人なんだ、おまえのためにどんな犠牲を払ったと思ってるんだ……そう言いたいわけ？」

「誰もそんなことを言ってないよ」

「口に出さなくても、心の中でそう考えたよね。違う？」

「……」

「わたしを見て！」

「わかったよ」

龍之介が溜息をつきながら顔を上げる。美咲が瞬きもせずに、じっと龍之介の目を見つめる。美咲に見つめられているうちに次第に龍之介の顔色が悪くなり、額に玉の汗が浮かび始める。

「正直に答えて。恩を忘れるな……そう考えたよね？」

「す、すまない……」

龍之介の声が震えている。顔色はどんどん悪くなる。

「わかればいいわ」

美咲が瞬きして視線を逸らす。

その途端、龍之介の体から、がくっと力が抜ける。肩で大きく呼吸しながら、手の甲で額の汗を拭う。

「兄さんに受けた恩義は忘れてないわ。だから、面倒な尻ぬぐいをしてあげてるのよ。でも、これが最後だっていうことを忘れないで。たった半年の間に三人も立て続けに同じ学校の生徒が、しかも、図書クラブの部員で、奨学金を受けていた生徒が死ねば、たとえ、それが自殺だとしてもおかしいと思う人が出てくるのは当然でしょう」

「反省してるよ。こんなことは二度としない」

「念のために訊くけど、川崎さんは大丈夫だよね？」

「川崎恭子か……」

「何かあるとしても、もう、わたしを頼らないでね。自分で何とかして。警察が何かを疑ってうろうろしているようなときに、わたしだって危ない真似をしたくないから。それは、いいよね？　約束してくれるよね？」

「……」

「兄さん？」

「わかった。おまえに迷惑はかけない」

龍之介がうつむいたまま小さくうなずく。美咲の目を見るのが怖くて顔を上げられないのだ。

一一

八月二二日（土曜日）

冬彦が人混みに揉まれながら渋谷駅から出てくる。真っ直ぐハチ公像に向かう。

「あれ、一人じゃないの？　友達も一緒？」

千里がスーツ姿の若い男と一緒にいるのを見て、冬彦が話しかける。

「ああ、ようやく来た。だから言ったでしょう。本当に待ち合わせなんですよ」

千里がホッとしたように言う。

「何だか冴えない男だねえ。君みたいなカワイイ子には似合わないよ。おれと遊びに行こうよ。いい店に連れて行くからさあ。そこで、さっきの話の続きをしようよ。楽にお小遣いが稼げるんだから」

「わたし、高校生ですよ。捕まりますよ」

「秘密にすれば平気だって。お化粧するから素顔なんてわからないし、親にばれる心配もない」

「ああ、うざい……。お兄ちゃん、あれを出して。休みの日でも手帳を持ち歩いているんでしょう？」

「これのことか？」

冬彦が警察手帳を取り出す。

「この人、冴えない身なりだけど警察官ですよ。生活安全課の刑事なんだから」

「嘘だろ」

「わざと冴えない格好をして悪い奴を捕まえてるんですよ。高校生をAVなんかに出そうとするのは犯罪なんだから逮捕されても知りませんよ」

「友達じゃないのか？　あなた、高校生をAVに勧誘してるんですか」

「冗談だよ、冗談」

その若い男が渋い顔で離れていく。

「おまえ、大丈夫なのか？」

冬彦が千里に訊く。

「土曜の朝にハチ公前で待ち合わせ、しかも、遅刻してくるなんて最悪。もうちょっと場所を考えてよ。何人の男にナンパされたと思う？　モデルにならないか、タレント活動に興味がないか……あの男みたいな胡散臭《うさんくさ》い奴にも何回も声をかけられたよ」

「へえ、モテるんだなあ、千里」

「若くて、見た目が普通なら手当たり次第に声をかけるのよ。ねえ、ここで立ち話をするの？　どこか涼しいところに行こうよ」

「まだ昼飯には早いけど牛丼でも食べる？」

「土曜日に渋谷で待ち合わせて牛丼？　この前は仕事中に勝手に押しかけたから蕎麦屋さんでも文句なかったけど、さすがに今日は牛丼ってことはないんじゃない？」

「デートっていうわけじゃないし」

「へえ、デートねえ……。彼女、いるの？」

「いないけど」

「好きな人はいるの？」

「いや、別に……」

「今まで誰かと付き合ったことあるの？」

「おまえに関係ないだろう」

「ふうん、付き合ったことないんだ。ひょっとして童貞？」

「……」

冬彦の顔が赤くなる。

「冗談よ。よく行くカフェがあるから、お茶でも飲もうよ」

千里が先になって、すたすた歩き出す。


「で、話って何？」

ウェイトレスがテーブルに飲み物を置いて去ると、冬彦が切り出す。

「せっかちだなあ、相変わらず。そんな風だから、いい年をしてガールフレンドもできないのよ」

「だって、用があるから呼び出したんだろう？　最初は日野まで来るって言ってたのに、急に渋谷に出て来いなんて言うから、こっちだって慌てるじゃないか」

「迷惑だった？」

ストローでジュースを飲みながら、千里が上目遣いに冬彦を見つめる。

「何だよ、虐待を受けて心を病んだ捨て犬みたいな弱々しい目をして……。もしかして」

冬彦が声を潜める。

「家で虐待されてるのか？」

「バカ言わないでよ。虐待なんかされてないよ。だけど……」

「だけど？」

「家を出たいの」

「あの人とうまくいかないのか？」

「奈津子さんのこと？　奈津子さんは、そんなに悪い人じゃないよ。継子いじめみたいな目に遭ったことはないよ。むしろ、向こうの方がすごく気を遣ってくれる。お父さんと再婚してからずっと。そんなに気を遣わなくてもいいのにって呆れるくらいにね。賢太と奈緒が生まれてからも差別なんかされなかったし」

「じゃあ、何で家を出たいなんて言うの？」

「お父さんと奈津子さん、この頃、仲が悪いの。ここ一年くらい、ずっと冷戦状態」

「何かあったの？」

「詳しいことはわからないんだけど、どうやら、お父さんが浮気したみたい」

「え？」

「嘘みたいだよね。堅物で真面目な金融マンに見えるもんね。だけど、お母さんと離婚したときだって、本人は違うと言い張ったみたいだけど、実際には離婚するだいぶ前から奈津子さんと不倫してたんだよ。間違いないと思う。この一ヶ月くらいの間にお父さんと奈津子さんが夜中に喧嘩してるのを聞いちゃった。別に盗み聞きしたわけじゃないけど、声が大きいから聞こえてきた。あの二人、離婚するかもしれない」

「離婚か……。そんなことになってるとはなあ」

「ねえ、お兄ちゃん、わたしはどうなるわけ？」

「どうって……」

「二人が離婚すれば、奈津子さんは賢太と奈緒を連れて家を出るよね。逆に、あの人たちが家に残ってお父さんが家を出るかもしれない。奈津子さんはいい人だけど、お父さんと離婚すれば一緒には暮らせないわよ。かといって、お父さんについていくのも嫌なの。また別の女と一緒に暮らすなんてうんざりだもん。ねえ、お兄ちゃん、わたしと一緒に暮らしてくれない？　わたしには生活力がないから、お兄ちゃんに頼ることになっちゃうんだけど……。でも、大学生になったら、ちゃんとバイトもするし、あまり迷惑をかけないようにするから」

「すぐにでも離婚しそうな雰囲気なのか？」

「いつそうなってもおかしくないくらい険悪な雰囲気であることは確かね」

「しかしなあ……」

「待って！」

千里が右手を挙げて、冬彦の発言を封じる。

「今すぐにこの場で断ったりしないで。せめて、時間をかけて考えてほしい。だって……だって、お兄ちゃんに断られたら、わたし、どこにも行くところがないよ。自分の居場所がなくなっちゃうもん」

「……」

父の賢治と母の喜代江が離婚したのは、冬彦が一五歳、千里が六歳のときだ。直接の原因は冬彦の不登校を巡って二人の意見が食い違ったことだ。

そういう意味では、冬彦のせいで千里も煽《あお》りを食ったと言える。

しかし、今になって振り返ると、不登校が離婚の引き金になったとはいえ、すでに夫婦仲は冷え切っていたから、遅かれ早かれ夫婦関係は破綻していたに違いないと冬彦にはわかる。

「お父さんもお母さんも、わたしをいらないって言ったんだよね。お兄ちゃんまでそう言うの？」

家庭裁判所の離婚調停が長引いたのは、賢治と喜代江がどちらも千里を引き取るのを嫌がり、相手に押しつけようとしたからだ。結局、慰謝料を払わず、冬彦の養育費も出さないという条件で賢治が千里を引き取った。

「わたしって、いらない子なのかなあ」

千里が指先で目許《めもと》を拭う。

だが、いくら拭っても涙が止まらず、大粒の涙がぽたりぽたりと滴《したた》り落ちる。

「千里……」

冬彦は言葉を失った。

一二

八月二四日（月曜日）
「何でも相談室」で朝礼が行われている。
事務的な連絡事項を伝えた後、
「え〜、仮払伝票ですけど、きちんと提出してくれないと、こっちで勝手に締めきって経理に伝票を回しますからね。あとから出し忘れた、追加してくれなんて泣きつかれても、どうにもなりませんよ。あらかじめお願いしておきます」

三浦靖子が寺田高虎と樋村勇作をじろりと睨む。伝票に限らず、書類提出に誰よりもルーズなのが、この二人なのである。

しかし、樋村は半分眠ったような顔をしており、高虎はよそ見しながら鼻毛を抜いているから靖子の言葉など耳に入っていないのであろう。

それに続いて亀山係長が、連絡事項や確認事項をうつむきながら、ぼそぼそと伝える。

「最後に……」

亀山係長がちらりと顔を上げる。

「副署長からの伝達があって、あの高校には近付くなということだから、ね」

懇願《こんがん》するような眼差しを高虎と冬彦に向ける。二人とも何の反応もしないので、

「午後には外部の会議で出かけるそうだから、ね、ね、寺田君？」

「了解です」

高虎がうなずくと、亀山係長は安心したようににこりと笑い、これで朝礼を終わります、と蚊の鳴くような声で言う。

「寺田さん、今日の予定ですが……」

冬彦が話しかけると、

「係長の話を聞いてたでしょう。午前中は、だるまが署にいるから、こっちも死んだ振りをしてましょうや。どうしてもと言うのなら、午後からにしましょう。だるまは会議で外

出するそうですから」

「午後からですか……」

冬彦がちらりと亀山係長を見遣《みや》ると、亀山係長がどきっとしたように表情を引き攣らせ、そそくさと部屋から出て行く。トイレに籠もるつもりだな、と冬彦にはわかる。

「わかりました。それなら午後から出かけましょう」

「お。珍しく素直じゃないですか。雨でも降るんじゃないかなあ」

「何とでも言って下さい。寺田さんの皮肉には何のウィットも感じられないから相手にする気にもなりません。午前中、時間ができましたが、寺田さんのように無駄に時間を浪費するのも嫌なので安智さんと樋村君に同行しようかと思います。寺田さんも一緒にどうですか？　当たりもしない競馬の予想なんかやめて真面目に仕事をする方が精神衛生にいいですよ」

「ふんっ、月曜の朝っぱらから競馬の予想なんかするはずがないでしょう。出馬表が出るのは週末なんですよ」

「昨日も一昨日も、どうせ外れまくったんでしょう？　その顔を見ればわかります。外れるとわかっているのに、なぜ、競馬なんかするのか理解できませんよ」

「警部殿、そろそろ行きますけど」

樋村がドアの近くから声をかける。

「すぐに行くよ。寺田さんは……」

「……」

高虎が目尻を吊り上げて、恐ろしい形相で冬彦を睨んでいる。

「行ってきま～す」

リュックをつかむと、冬彦は逃げるように部屋を出て行く。

一三

樋村が車を運転し、助手席に理沙子、後部座席に冬彦が乗る。

「いつも樋村君が運転するの？」

「ええ、運転は下っ端の役目ですからね。警部殿だって寺田さんに運転させてますよね？」

「ぼくの場合、格がどうこうではなく単に運転が下手というだけだから……それにしても、うまいもんだね」

「ありがとうございます」

「誰にでも取り柄があるんだなあ。寺田さんも運転はうまいよ。寺田さんにしろ樋村君にしろ、頭を使わないことは得意なんだなあ」

「……」

「どこまで冗談なのかわかりませんよ。ある意味、ものすごいユーモアのセンスなんでしょうね。ブラックユーモアですけど」

理沙子が感心したように言う。

「え？　ぼくは冗談なんか言ってませんよ。寺田さんと違って、ふざけるのは好きじゃないし」

「もういいです」

理沙子が首を振りながら溜息をつく。

それから三〇分ほど三人はほとんど口を利かなかった。

「このあたりで、どこかの駐車場に車を停めましょう」

「虎ノ門で駐車場を見付けるのは簡単じゃないよ。もうすぐ約束の時間だから、わたしと警部殿は、ここで先に降りる。樋村は、後から来て。駐車場が見付からなかったら、車に乗って待っててていいよ。警察官が路駐で違反切符を切られるなんてバカみたいだから。捜査中だと説明すれば、無理に移動しろとは言われないでしょう」

「そんな……。ぼくは行かなくてもいいっていうことですか？」

「来るなとは言ってないでしょう。まあ、居てもいなくても大した違いはないけどさ」

「また、パワハラだ。朝っぱらから、パワハラだ」

樋村が強張った表情でつぶやく。

「それは違うよ、樋村君。安智さんが事実と異なることを口にして樋村君を貶《おと》めようとしているのなら立派なパワハラだけど、客観的に正しいことを口にしただけだからパワハラではないと思うよ」

じゃあな〜、と冬彦が明るく車を降りる。

樋村はハンドルを握りながら呆然としている。


村井道彦の勤務先は港《みなと》区虎ノ門にある。面会のアポを取るために樋村が朝礼前に村井の携帯に電話したときには、

「お話しすることは何もありません」

と一方的に電話を切られた。改めて理沙子が電話をし、切られそうになる寸前、

「それなら直に勤務先に伺いますので」

と言うと、

「それは困ります」

「場所を指定していただければ、そこに伺います」

「どうしても会わなければ駄目ですか？」

「その必要があります」

理沙子が強く出ると村井は観念し、勤務先近くの喫茶店で会うことを承知した。

スペイン大使館の近くにある小洒落た店だ。

まだ時間が早いせいか店は空《す》いている。村井は来ていなかった。ウェイトレスに案内されて冬彦と理沙子が窓際の奥まった席につく。そこに樋村がはあはあと肩で息をし、顔中に大粒の汗を浮かべて駆け込んでくる。

「あれ、樋村君、そんなに慌てて、どうしたの？」

冬彦が訊く。

「どうしたも何も……警部殿には申し訳ありませんが、安智さんの相棒はぼくなんですからね。車に置き去りにされるわけにはいきません」

「車はちゃんと停められたの？」

理沙子が訊く。

「ご心配には及びません」

「それならいいけど駐車違反なんてことになったら、あんた、自腹だからね」

「え」

樋村の顔色が変わる。

「何か頼みますか？」

冬彦がメニューを広げる。

「ぼくはフレッシュオレンジジュースだな。安智さんは？」

「ブレンドで結構です」

「樋村君は？」

「警部殿と同じもので……喉が渇《かわ》いちゃったし」

「いいの？　そのジュース一三〇〇円だよ。こんな高額なジュース代、三浦さん、認めてくれないかもしれないわよ」

「コ、コーヒーはいくらですか？」

「八〇〇円。これだって安くないけどね」

「ぼくもコーヒーでお願いします」

「喉が渇いてるんじゃないの？」

「水を飲みますから。水はただですよね？」

「たぶんね」

冬彦がうなずくと、樋村がテーブルに置いてあったコップを手に取り、水をがぶがぶ飲む。それが冬彦の水だということにも気が付いていない。

「すいませ〜ん、お冷、お代わりお願いします」

樋村が手を上げてウェイトレスを呼んだとき、村井道彦が店に入ってきた。樋村の姿に気が付くと、そそくさとした足取りで近付いてくる。

村井は理沙子の横に腰を下ろすと、

「どういうつもりなんですか？　なぜ、ぼくがこんな目に遭わなければならないんですか」

興奮気味に捲《まく》し立てる。

「落ち着いて下さい。お話を伺いたいだけですから」

理沙子が宥《なだ》めようとする。

「冗談じゃない。入社したばかりなのにおかしな噂が流れたらどうなると思うんですか。たとえ身に覚えのないことでも、警察が会社に来たなんてことが知られたら……」

村井が両手で頭を抱える。注文を取りに来たウェイトレスが戸惑《とまど》っているので、コーヒーでいいですか、と冬彦が訊くと村井がうなずく。

「ぼくは杉並中央署生活安全課の小早川といいます。この二人の同僚です。少しお話を伺わせて下さい。すぐに済みますから」

「そうして下さい。長居したくありませんから」

「遠山桜子さんをご存じですか？」

冬彦が質問すると、村井が顔を上げる。

「はい、もちろん」

「同じ大学の先輩・後輩でしたね？」

「はい」

「親しい関係でしたか？」

「とんでもない。サークルが同じだっただけです」

「遠山さんに対して特殊な感情を抱いたことはありませんか？」

「ありません」

「遠山さんのことが好きですか？」

「冗談じゃない。あんな女、大嫌いですよ」

「今は嫌いだという意味ですか？　それとも大学生の頃から嫌いだったという意味ですか」

「最初は何の感情も持っていませんでした。同じサークルの後輩ですから、会えば挨拶するし、話しかけられれば話くらいはしましたが、それだけのことです。好きだとか嫌いだとか、そういう特別な感情を抱いたことはありません。ちょうど一年くらい前かな、ぼくが卒業する半年くらい前ですが、その頃から電話がかかってきたり、メールが来たり、いきなり、アパートを訪ねてきたり、薄気味悪いことをするようになったんです」

「それが不愉快だったわけですか？」

「不愉快というか……電話やメールくらいなら、別にどうということはありませんが、アパートまで来るのは非常識だと思いましたね。付き合っている彼女もいたし、浮気でもしてるんじゃないかと疑われて、ものすごく迷惑でした」

「遠山さんとデートしたことはありますか？」

「ありません。二人だけで会ったことは一度もありません。何となく気持ちの悪い女だと感じたので、こっちから二人きりになることを意識的に避けるように心懸《こころが》けましたから」

「遠山さんの方からはアプローチがあったという意味ですか？」

「ゴールデンウィーク明けだったと思いますが、突然、会社に訪ねてきたんです。何の用かわからなかったし、気が進まなかったけど仕方なくロビーで会いました。ロビーなら周りに人がたくさんいますから。あの女、結婚してくれと言いましたよ。仰天《ぎょうてん》しました。頭がおかしいんじゃないかと思いましたね。もううんざりだったし、顔も見たくなかったから、二度と来ないでくれ、電話もメールもやめてくれ、今後一切、おれには関わってほしくない……そう言いました。しばらく音沙汰《おとさた》がなかったから安心していたら、こんなことに……」

村井が深い溜息をつく。

冬彦はふむふむとメモを取りながら、

「ありがとうございました。今日のところは、これで結構です」

「え」

村井が驚いたように顔を上げる。

「今日のところはって……どういう意味ですか？　まだ何かあるんですか」

「遠山さんから被害の相談を受けている以上、きちんと調べる必要がありますからね」

「だから、何度も言ったでしょう？　ぼくは何もしてません！　何も知りません！　あの女が嘘をついているか、そうでなければ、誰か他の男の仕業でしょう。あんな女につきまとう男がいるとは思えませんが……。とにかく、ぼくでないことだけは確かですから」

村井が自分の伝票を手にして立ち上がり、荒々しい足取りでレジに向かう。

「警部殿、もういいんですか？」

理沙子が小声で訊く。

「うん」

冬彦が手帳を閉じながらうなずく。

「なかなか面白い事件だね。二人とも気が付いた？」

「何にですか？」

「あの村井さんという人、いくつか肝心なところで嘘をついたよね。なぜ、嘘をつく必要があるのか、それが気になるよ」

一四

村井道彦から話を聞き終わると、三人は杉並に戻った。冬彦の提案で遠山桜子からも話を聞くことにしたのだ。

桜子は大学にいるが、その大学は杉並にある。といっても甲州《こうしゅう》街道のわずかに北側で、世田谷《せたがや》区と杉並区のほとんど境界上だ。

理沙子が連絡を取ったとき、桜子は講義を受ける直前で、その講義が終わったら会えるということだった。理沙子たちも港区から移動しなければならなかったから、かえって好都合だった。キャンパス内にあるカフェテリアで待ち合わせることにした。お昼になると混むが、午前中は空いているという。

三人が先に着いた。桜子が言ったようにカフェテリアは空いていた。周りに人がいない方が話しやすいだろうと判断して、日の当たらない壁際のテーブルに腰を下ろした。

「何か買ってきますよ。何がいいですか？」

樋村が気を利かせて言う。

ここはセルフサービスで、自販機でチケットを買って、そのチケットと引き替えにカウンターで飲み物を受け取るシステムだ。

「じゃあ、わたしは、コーヒー」

「ぼくは野菜ジュース」

「行ってきます」

すぐに樋村がお盆に飲み物を載せて戻ってくる。

コーヒー、野菜ジュース、それに、オレンジジュースがふたつだ。

「あら、遠山さんの分まで買ってきたの？」

「いいえ、これは、ぼくのです。さっきからオレンジジュースが飲みたかったんです。一杯一五〇円だから奮発《ふんぱつ》して二杯買ってきました。領収書ももらってきたし」

樋村がにこっと笑う。

「安さだけを求めるのなら廊下の自動販売機で買った方が二〇円安かったのに」

「いいんです、どうせ経費で落ちますから」

「樋村と話してると、こっちにまで貧乏オーラがうつりそう……」

理沙子が気持ち悪そうに口許《くちもと》を歪める。

「安智さん、それは聞き捨てならない差別的な発言じゃないですか」

樋村がムッとする。

「貧乏オーラ＋被害妄想か……自虐《じぎやく》の塊だね、樋村君は。もしかして、君ってＭだろう？　ＳＭクラブで女王さまに鞭《むち》でお尻を叩かれたい、顔を踏んでもらいたい……そんな妄想を抱いてないか？　もしかすると、その女王さまの顔は安智さんなんじゃないかな」

「……」

樋村が両目を大きく見開いて冬彦を見つめる。図星です、どうしてそんなことまでわかるんですか、という顔だ。

「警部殿、吐き気がするからやめて下さい」

理沙子が本気で不愉快そうな顔になる。

そこに、

「遅くなってすいません」

遠山桜子がやって来た。

「ふうん……」

冬彦は、じっと桜子を見つめる。

「何ですか？」

桜子が怪訝な顔で冬彦を見返す。

「溌剌《はつらつ》とした笑顔をしてますね。率直に言いますが、とてもストーカー被害に遭っているような人には見えません。自分では、どう思いますか？」

「どうって……何がですか？」

「このストーカー事件ですが、狂言なんじゃありませんか？　遠山さん、本当は被害に遭ってないんでしょう？」

「え……」

桜子はふたつの目を大きく見開き、瞬きもせずに冬彦を凝視していたかと思うと、不意に、その目から大粒の涙がぽろぽろとこぼれ始める。

「涙が出るまでに一五秒くらい間がありましたけど、その間に、昔かわいがっていた犬が死んだこととか、大好きだったおばあちゃんが死んだこととか思い出してませんでしたか？　自然に涙を流そうとして」

「ひ、ひどい……」

桜子が唇を震わせて冬彦を睨むと、樋村が慌てて、

「遠山さん、何か飲みますか？　よかったらオレンジジュースでもどうですか」

ジュースのコップを桜子に差し出す。

「それは、あんたが口を付けた方じゃないの」

理沙子が溜息をつくと、

「それなら、こっちをどうぞ。まだ口を付けてませんから」

もう片方のコップを差し出す。

「質問を続けてもいいですか？」

「え、ええ……どうぞ」

オレンジジュースを飲みながら、桜子がうなずく。

「村井道彦さんをご存じですか？」

「え？」

一瞬、驚いたような顔になるものの、すぐに桜子がうなずく。

「同じ大学の先輩ですよね？」

「はい」

「親しい関係でしたか？」

「え〜っと、親しいというのは、どういう意味ですか？」

「先輩・後輩という間柄で親しかったのか、それとも、もっと個人的に親しかったのか、あるいは、肉体関係があったのか……」

冬彦が「肉体関係」という言葉を口にしたとき、桜子は、びくっと体を震わせた。理沙子と樋村ですら気が付くくらいに露骨《ろこつ》な反応だった。

桜子は舌で上唇を嘗《な》めてから、ふーっと大きく息を吐き、

「サークルが同じだっただけです。別に変な関係じゃありません」

と澄《す》まし顔で答える。涙はとうに乾《かわ》いている。

「村井さんに対して特殊な感情を抱いたことはありませんか？」

「わたしがですか？」

「ええ」

「ありません」

「村井さんのことが好きですか？」

「嫌いです」

「今は嫌いだという意味ですか？　それとも大学生の頃から嫌いだったという意味ですか」

「嫌いだから嫌いなんです」

「なぜですか？　人を嫌うには理由があるはずですよね。何の意味もなく嫌うということはあまりないはずです。もちろん、世の中には不愉快な人間もいるでしょうけど、そういう人間は無視すればいいだけですから」

「最初は、いい先輩だと思いました。親切だし、優しいし、見た目も悪くないし……。だけど、わたしの好みじゃなかったし、先輩としての好意は持ってましたけど、それ以上の感情はありませんでした。一年くらい前……先輩が卒業する半年くらい前ですけど、その頃から、ちょっと普通ではない数の電話がかかってきたり、メールがきたりするようになったんです。マンションの外で待ち伏せたりして……。だから、今回もきっと先輩の仕業だと思いました」

「村井さんとデートしたことはありますか？」

「ありません」

桜子が激しく首を振る。

「村井さんのアパートに行ったことはありますか？」

「それは、あります。だけど、誤解しないで下さい。苦情を申し立てに行ったんです。同じ大学の先輩だし、できれば事を荒立てたくなかったから、穏便に済まそうと思って、もう変なことをするのはやめて下さい……そうお願いに行ったんです」

「村井さんは何と言いましたか？」

「そのとき部屋に女の人がいたんです。どういう人かは知りません。たぶん、付き合ってる人じゃないかと思いましたけど、その人の前で体裁《ていさい》を取り繕《つくろ》いたかったのか、ものすごく邪険な態度で追い返されました。だけど、それがよかったのかもしれません。電話やメールも来なくなったし、待ち伏せされるようなこともなくなったので」

「それまで村井さんに恋人がいることを知らなかったわけですね？」

「知りませんでした」

「遠山さんの方から村井さんに連絡を取ったことはありますか？」

「ありませんよ！」

大声を出してから、ハッとしたように神妙な顔になり、そんなことをするはずがないでしょう、と付け加える。

「それは嘘ですよね。村井さんの会社を訪ねたことはありますよね？」

「そ、それは……」

ありますけど、と小声で言う。

「なぜ嘘をついたんですか？」

「そんなつもりじゃありません。四月になって、また変な電話やメールが来るようになって、きっと先輩の仕業だと思ったから、もうやめて下さいって言いに行ったんです。じっと我慢するのに耐えられなかったし、いきなり警察沙汰にすることにも迷いがあったので……」

「村井さん以外の人の仕業だとは考えなかったわけですね？」

「考えませんでした。絶対に先輩だと思いました」

「どこで会ったんですか？」

「会社のロビーです。先輩は、どこか静かなところで二人だけで話そうと言ったんですけど、それは怖いと思ったので、わたしの方からロビーにして下さいと頼みました。会社の人がいるところなら先輩も冷静に話を聞いてくれると思って」

「村井さんは冷静でしたか？」

「周りの目を気にしていましたから」

「どんな話をしましたか？」

「ストーカーみたいなことはやめてほしいとお願いしたんです」

「結婚してくれと言いませんでしたか？」

「ああ……」

桜子が目を細めて小さな溜息をつく。

「先輩に聞いたんですか？」

「事実ですか？」

「話の前後もきちんと聞きましたか？　先輩に恋人がいることは知っていたから、恋人がいるのに、どうしてわたしにつきまとうんですかと訊いたんです。そうしたら、君が好きだとか愛してるとか言い始めて……。それで、つい、そんなに好きなら恋人と別れて結婚できるんですか、結婚して下さいよ、ここでプロポーズしたらどうですか……そんなことを言いました。本気じゃないですよ、言葉の綾というか……軽はずみだったことは認めますけど、わたしも腹が立ってしまって……」

「村井さんは何と言いましたか？」

冬彦は、せっせとメモを取りながら質問する。

「頼むから会社には来ないでくれ、そうすれば、電話したりメールすることも控えるって……。そうしてくれれば、わたしも納得できるから、もう会社には来ないと約束しました。ところが……」

「またストーカー行為が始まったわけですか？」

「しかも、今度は無言電話だったり、発信元を辿《たど》れないようにしたメールだったり……。だけど、そんなことをしても先輩の仕業だっていうことはわかります。メールには、わたしを尾行して撮ったとしか思えない写真も添付してあったし、もう自分の手に負えないと思って警察に届けたんです」

「なるほど！」

冬彦が手帳を閉じて立ち上がる。

「どうもありがとうございました。何かわかったら、ご連絡します。行こうか」

理沙子と樋村を促して、冬彦がカフェテリアから出て行く。桜子は椅子に坐り込んだまま三人を見送る。

カフェテリアを出ると、

「あれで終わりですか？」

理沙子が怪訝な顔をする。

「十分じゃないかな。二人とも、もちろん、気が付いたよね？」

「何ですか？」

樋村が訊く。

「遠山さん、嘘をついていたよな。しかも、面白いことに村井さんと同じところで嘘をついていたよ。どういうことなんだろうなあ」

「安智さん、気が付きましたか」

樋村が首を捻る。

「さあ、全然……」

理沙子が首を振る。

「教えて下さいよ、警部殿」

「駄目だね。自分なりにじっくり考えてみたい。安智さんと樋村君も考えてみればいいじゃないか」

「はあ……」

「さあ、署に戻ろう。寺田さん、きっと待ちくたびれてるぞ」

一五

三人が「何でも相談室」に入ろうとすると、ちょうど部屋から出て行こうとする高虎と鉢合わせした。

「あれ、寺田さん、どこに行くんですか？」

冬彦が訊く。

「早めに昼飯を食いに行こうかと思いましてね」

「よかった！　それじゃ、二人で出かけましょう」

「嫌ですよ。昼飯なんですよ、休憩時間なんですよ、仕事のことなんか忘れて一人で静かに過ごしたい時間なんですよ」

「静かに過ごすだなんて……寺田さんには似合いませんよ。パチンコ屋とか競馬場とか賑《にぎ》やかな場所が大好きなんですから。それに厳密に言えば、まだ勤務時間だし、昼休みには早いですよ」

「そんなことを言っても駄目です。あの高校には行けませんからね。朝も言ったでしょう。どうしても行きたいのなら午後じゃないと無理だって。昼飯から戻ったら付き合いますから」

じゃあ、と高虎が片手を上げて立ち去ろうとする。

その後ろを冬彦がついていく。

肩越しに高虎が振り返って、

「だから、昼飯の後に行きますから」

嫌な顔をする。

「大丈夫です。高校に行く前に、行きたいところがあるんですよ。副署長に怒られることもありませんから」

冬彦がにこっと笑う。

「てめえら、何だって、こんなに早く帰ってきたんだよ。三人で昼飯を食ってくればよかったじゃねえか。三人で出かけるなんて滅多にないんだからよ」

高虎が理沙子と樋村を睨む。

「ぼくもそうしたかったんですが、安智さんが嫌だと言うから」

樋村が口を尖らせる。

「寺田さんがわたしの立場だったら、警部殿と樋村と三人で食事したいですか？」

「それだけは御免《ごめん》だな」

高虎が納得したようにうなずく。


「誰を探してるんですか？」

高虎が訊く。

警察署を出て、二人で南阿佐ケ谷駅前にやって来た。ロータリーを見渡せる場所に立つと、それきり冬彦は黙り込んでしまった。かれこれ二〇分になる。

「警部殿……」

うんざりしたように高虎が溜息をついたとき、

「あ、ようやく現れた」

冬彦が走り出す。慌てて高虎も後を追う。

「すいませ〜ん、手相の勉強をしてるんですけど、ちょっとだけ手を見せてもらえませんか？」

行き交う人々にそんな声かけをしている少女が三、四人いる。冬彦は、その一人に近付くと、

「こんにちは」

と背後から声をかけながら肩をぽんぽんと叩く。

「はい、手相を……」

にこやかに振り返った少女が怪訝な顔になる。

「あの〜、どこかでお会いしました？」

「先週の木曜にここで会ったよ。生活安全課の小早川だけど覚えてない？」

「あのときのお巡りさん！」

「よかった。思い出してくれたか。君は伊藤あぐりさんだよね？」

「……」

伊藤あぐりが警戒するような顔になる。

「高円寺学園高校に通ってたよね？　図書クラブに所属してたでしょう」

「人違いじゃないですか」

そっぽを向いて、立ち去ろうとする。その背中に、

「蒲原好美さんとは友達だったんでしょう？」

「……」

伊藤あぐりが足を止める。

だが、冬彦には背を向けたままだ。

「唐沢陽子さんとも親しかったのかな？」

「……」

伊藤あぐりの肩が小さく震え始める。

「今泉淳子さんが亡くなったのは四日前だよ。気にならない？」

「……」

大きく深呼吸すると、伊藤あぐりがまた歩き始める。

「川崎恭子さんも自殺すると思う？」

「は？」

伊藤あぐりが振り返る。キャッチをしていたときのにこやかでへらへらした感じが消え、形相が一変している。目尻が吊り上がって、目に激しい怒りが滲んでいる。

「そんなこと知らないわよ！　わたしに何の関係があるのよ。もう学校なんかやめたんだから」

「神ノ宮美咲さんとも親しかったの？」

「……」

伊藤あぐりの顔色が変わる。今度は怒りではなく、恐怖心が表情に浮かぶ。

「何で……何で、美咲のことなんか訊くのよ？」

「やっぱり、親しかったんだね。自殺した三人とも仲がよかったんだろう？　特に蒲原さんと」

「知らない。わたしは何も知らない」

伊藤あぐりが激しく首を振る。

「だって、死にたくないもん」

「え」

冬彦と高虎が顔を見合わせる。

一六

嫌がる伊藤あぐりを何とか冬彦が説《と》き伏せて、冬彦たち三人は駅の反対側にあるファミレスに入った。ちょうどランチタイムだったので店内は混み合っていたが、他に適当な場所が見付からなかったので仕方がなかった。

お腹は空いてないというのでドリンクバーを頼み、高虎はコーヒー、伊藤あぐりはカルピス、冬彦は野菜ジュースを飲んだ。

伊藤あぐりは背中を丸めて、うつむいている。全身から「何も話したくないオーラ」を発散している。

「話しにくいのはわかるけど、もう三人も死んでいる。君が親しかった人たちだよね？ ぼくの直感だけど、このままだと、また人が死ぬことになるんじゃないのかな」

「違うよ」

うつむいたまま、伊藤あぐりがつぶやく。

「え？」

「三人じゃないよ」

伊藤あぐりが顔を上げる。

「三人じゃないって、どういう意味なのかな？」

冬彦が訊く。

「もっと死んでるっていうこと。三人ていうのは高校生になってから死んだ数だよ」

「君が高校生になってからという意味？」

「わたしなんか関係ないよ。美咲が高校生になってからっていうこと」

「……」

冬彦と高虎が視線を交わす。

「神ノ宮さんが高校生になる前、つまり、中学生のときにも誰か死んでるっていうことなのかな？」

「調べればいいじゃん。警察って、そういうことが得意なんでしょう？」

伊藤あぐりがカルピスを飲み始める。

「わたし、美咲とは幼稚園から一緒だったの」

「仲がよかったんだね？」

「そういうわけじゃない。たまたま一緒だっただけ。わたしは美咲をからかったり馬鹿にしたりしなかったから気に入られたんじゃないかな」

「神ノ宮さんは、いじめられっ子だったの？」

「おばけ」

「おばけ？」

「幼稚園に通っている頃から、美咲はおばけって呼ばれてた」

「あの子がおばけか？　まあ、成長期に顔が変わるってのはよくあるが……。それにしても、今はすごい美形だから、あの子がおばけだなんて、とても想像できないな」

高虎が首を捻る。

「小学校三年生だったか四年生だったか、その頃に美咲が学校からいなくなった。海外の学校に行くことになったと言われてたけど、本当のことはわからない。中学の入学式で何年か振りに会ったとき、最初は誰だかわからなかった。名前を聞いて、ようやく美咲だってわかった。昔の面影《おもかげ》がきれいさっぱり消えて、ものすごい美少女になってたもん。いくら何でも変わりすぎでしょう！　って感じ。太ってた子が痩《や》せたり、痩せてた子が太ったり……そういうことはあると思うけど、いくら何でも人間の顔がわずか数年でそんなに変わるのかなって、びっくりしたよ」

伊藤あぐりが大きな溜息をつく。記憶を辿って昔話をするのが楽しそうではない。

「あの学校は幼稚園から高校までエスカレーター式に上がっていく子も多いから、当然、昔の美咲を知っている子も多いわけ。だから、おばけが美少女に変身したのをからかう子もいた。男の子なんか特にね。だけど、三ヶ月くらいすると誰も美咲をからかったりしなくなった」

「どうして？」

「罰《ばち》が当たるから」

「罰？」

「美咲を悪く言ったり意地悪したりする子には罰が当たるんだよ。死んだ子はいなかったけど、階段から落ちて足を骨折したり、車に轢《ひ》かれて入院したり、中には、自分の目を刺した子もいた」

「おいおい、あの女の子がそんなことをしたっていうのか？」

　高虎が訊く。

「美咲が階段から突き落としたなんて言ってないよ。骨折した子は一人で歩いているときに足を滑《すべ》らせて階段から落ちただけだし、車に轢かれた子も、ぼんやりしていて赤信号なのに横断歩道を渡ろうとしたんだよ。目を刺した子は、授業中にいきなりシャーペンを自分で刺したんだから。誰かにやられたんじゃなくて自分でやったの」

「不運が重なったということだよね？」

　冬彦が訊く。

「ううん、罰が当たったの。美咲に意地悪すると罰が当たるんだよ」

「でも、君は神ノ宮さんとは幼馴染《おさななじ》みだし、図書クラブでも一緒だったわけだよね？　それなのに親しかったわけじゃないと言う。図書クラブに入ったのは純粋に本が好きだからなのかな？」

「わたし、本なんか読まないよ。マンガは好きだけど、活字は苦手だもん」

「それなら、どうして……」

「美咲に入るように言われたから。わたしだけじゃないよ。図書クラブにいるのは、そういう子ばかり。美咲に言われたら入らないといけないの。逆らうと罰が当たるから。逆に言えば、美咲の許可がないと入れない。その方がラッキーなんだけど」

「何だか、オカルトめいた話になってきたな。罰が当たるなんて本気で信じてるのか？」

高虎が首を捻る。

「信じるとか信じないの話じゃないの。本当に罰が当たるから」

「君は、どうして学校をやめたの？」

「……」

伊藤あぐりが目を伏せる。

「言いたくない？」

「好美が死んだから……。苦しんで悩んでいるのを知ってたのに、わたしは何もできなかったから。罰が当たるのが怖くて、好美を助けてあげられなかったから……。まさか死ぬなんて思わなかった。びびっちゃって、学校に行くのが怖くなって、それでやめた。親はものすごく怒って、それで今はおばあちゃんのうちで暮らしてるし、高校中退じゃ、まともな仕事もできないし、未成年だから水商売も無理だから、駅前のキャッチでバイトしてる。馬鹿なことをしてると思うけど、何もしないで引き籠もってると嫌なことばかり思い出しちゃうから……」

「罰が当たるのが怖かったから蒲原さんを助けられなかったと言ったよね？　それって、つまり、蒲原さんの死には神ノ宮さんが関わっているという意味なのかな？　死んだのは三人だけじゃない。中学時代にも誰かが死んでいるらしいけど、それも罰が当たったせいなのかな？　はっきり訊くけど、神ノ宮さんが罰を与えているってことなのかな？」

冬彦が訊くと、伊藤あぐりの顔からさーっと血の気が引いて真っ青になる。

「そんなこと言ってないわよ！」

いきなり大声を出したので、周りにいる客たちが驚いて顔を向けたほどだ。

「何か気に障《さわ》ることを言ったかな？」

「わたし、何も言ってないからね。約束を破ったりしてないからね。だから、美咲だって『シスター』から抜けることを許してくれたんだから」

「今、『シスター』と言った？　それは何なのかな？」

「もう帰る」

伊藤あぐりが腰を上げようとする。

「何か知っているのなら教えてほしい。これ以上、誰かが自殺するような悲劇を起こしたくないんだ」

「わたし、殺されたくないもん」

「ぼくは自殺と言ったんだよ。蒲原さんも唐沢さんも今泉さんも飛び降り自殺したんだから」

「そうだ、殺されたわけじゃない。自殺っていうのは自分で死ぬことだ。誰かに殺されるのとは違う」

高虎もうなずく。

「ううん、三人は自殺じゃない。殺されたんだよ。罰が当たったから死んだの。死にたくて死んだわけじゃないんだから自殺とは違うでしょう?」

怯えた様子で伊藤あぐりが言う。

一七

伊藤あぐりが立ち去ると、

「せっかくだから、ここで昼飯を食っていきましょうや」

高虎が言うと、

「そうですね。伊藤さんから聞いたことを今のうちにまとめておきたいですし」

「何にしますか?」

「お任せします。適当に選んで下さい」

せっせとメモを取りながら、冬彦が言う。

「日替わりランチにしますかね。安いし、スープとごはんがお代わり自由だしな」

ウェイトレスに声をかけて、高虎は日替わりランチをふたつ注文する。すぐに運ばれてくる。チーズハンバーグ、サラダ、ライス、スープという内容だ。チーズハンバーグを頬

張りながら、

「さっきの話、どう思います？」

高虎が冬彦に訊く。

「ものすご〜く興味深いですね」

「どうにも信じられない話なんだけど、あの子の顔を見たら、おれまで信じそうになったな。マジでびびってたもんな。三人は自殺じゃない、誰かに殺されたんだ……最初は警部殿の頭がおかしくなったと思ってたけど、そうとも言い切れないのかなという気がしてきましたよ」

「捜査を続ける必要性を認めてくれますか？」

「そうですね。このままにしておくことはできませんね。きちんと真相を突き止めたいという気持ちですよ」

「よかった」

冬彦が顔を上げて、にこっと笑う。

ファミレスを出ると、冬彦と高虎は駅に向かう。駅を通り抜けて署に戻り、車に乗って出かけようというのである。

「あれ？」

ロータリー付近に様々なキャッチがいる。冬彦が足を止めたのは、富永千代子の姿を見かけたからだ。作務衣《さむえ》姿の若い男に熱心に話しかけられ、困惑した表情で佇《たたず》んでいる。怪しげな宗教の勧誘を受けて途方に暮れている様子である。

「どうしたんですか？」

冬彦が急に立ち止まったので、高虎が訊く。

「あのおばあさん、沢田邦枝さんの知り合いなんですよ。先週も悪質なキャッチに捕まって困ってたんです」

「年寄りをカモにしてる奴らか。気に入らねえなあ。ちょいとお灸《きゆう》を据《す》えてやるか」

「あ」

「どうしたんです？」

「まずい。ペンがない。たぶん、あのファミレスで落としたんだ」

「取ってくればいいでしょう。この場は、おれに任せて下さいよ」

「すいません、お願いします」

ぺこりと頭を下げて、冬彦が小走りにファミレスに向かう。

数分後、冬彦がロータリーに戻ってくると、高虎が手持ち無沙汰な様子で立っている。一人だ。

「富永さんは、どうしたんですか？」

「もう帰りましたよ」

「え、そうなんですか？」

「変梃《へんてこ》な宗教男に絡《から》まれてたのを助けてやったら、ものすごく喜んでぺこぺこ頭を下げてました。何でも、駅に来る途中で財布を落として、途方に暮れているところに声をかけられておろおろしていたらしいですよ。まあ、お金を持ってなかったせいで宗教男に連れて行かれなかったのかもしれませんね。財布のことが心配で宗教男の話がろくに耳に入らなかったみたいですから」

「お金がないのに、どうやって帰ったのかな」

「それなら心配いりませんよ。おれが貸したんで」

「え？」

「交通費に一〇〇〇円、通院と買い物にも金がいると言うから一〇〇〇円、合わせて二〇〇〇円貸しました。警部殿の知り合いだっていうし無一文なのがわかってて放り出すわけにもいかないでしょう。署に返しに来ると言ってました」

「二〇〇〇円か……」

「警部殿が戻るのを待ってもらおうと思ったんですが、病院の予約時間があるらしくて急いでました。そんなときに宗教男に絡まれてたんだから困ってたでしょうね」

高虎は、いい人助けをしてやったという満足げな顔をしている。

「ふうん……」

何となく釈然としないという顔で冬彦が首を捻る。

署に戻ると、まだ谷本副署長は外出していなかった。亀山係長が顔を引き攣らせて冬彦と高虎をじっと見つめているのは、頼むから副署長を怒らせるような真似をしないでくれという強い懇願である。

「あの高校には、まだ行けませんよ」

高虎が小声で冬彦に言うと、

「それなら小金井《こがねい》に行きましょう」

「小金井？」

「退職した花村詩織先生が住んでるんですよ」

「いきなりは無理でしょう。まず、アポを取らないと……」

「手配済みです」

当然じゃないですか、という顔で冬彦が高虎を見る。

その一時間後……。

武蔵《むさし》小金井駅の近くにある喫茶店で冬彦と高虎は花村詩織と向かい合った。大学を卒業してすぐに高円寺学園高校に英語教諭として採用されたが、今年の三月、担任を務めていた蒲原好美が自殺した後に退職した。教諭としての在職期間は一年とちょっとに過ぎない。退職してから以降、無職の状態が続いている。

（大丈夫かな、この人……）

顔を合わせた瞬間に冬彦が心配になったほど、花村詩織には生気がない。目にもまったく力がなく、何を見ているのかわからないほどだ。正直なところ、こんな状態なのによく会ってくれる気になったものだと驚くほどだったが、会うのを断る気力すらないのかもしれないと思った。

冬彦が訊くと、

「いくつか質問させていただいてよろしいですか？」

「……」

花村詩織は黙ってうなずく。

「どうして退職なさったんですか？」

と、冬彦が質問すると、三〇秒ほど黙りこくった後に、

「もう続けられないと思ったからです」

小声で答える。

「そう思われたのには、蒲原好美さんの自殺も関係していますか？」

「……」

花村詩織は身じろぎもせずに黙り込んだままだ。

「蒲原好美さんが自殺した後、唐沢陽子さんと今泉淳子さんも自殺したのはご存じですよね？」

「はい」

蚊の鳴くような声で答える。

「三人は同じ学年というだけでなく、クラスこそ違いますが同じ図書クラブに所属していましたし、奨学生として入学したのも同じですよね。三人が自殺した理由に何か思い当たることはありませんか？」

「ないです」

花村詩織はうつむいたまま静かに首を振る。

「罰が当たったと思いますか？」

「え」

ハッとしたように顔を上げ、瞬きもせずに冬彦の顔を凝視する。その表情には明らかに怯えと恐怖が浮かんでいる。冬彦と高虎がちらりと視線を交わしたのは、その表情に見覚えがあったからだ。伊藤あぐりもまったく同じ表情をしていたのである。

「花村先生？」

「知りません。わたし、何も知りませんから。何もお話しすることはありませんから」

それきり口を閉ざしてしまい、冬彦が何を質問しても答えようとしなかった。

一八

武蔵小金井で花村詩織に会った後、冬彦と高虎は署に戻った。といっても署内には立ち入らず、駐車場で車に乗り込んで、すぐにまた出発した。

「あの先生、何だかおかしかったですよね」

車が青梅街道に出ると高虎が口を開く。電車の中では、周りに乗客がいるので仕事の話を何もしなかったのだ。

「どこがおかしいと感じましたか？」

「何かを怖がってるみたいでしたね。怖がって怯えているというのではなく、あまりにも怖すぎて何かが壊れちまった……そんな感じがしましたけどね。的外れでしょうけど」

「そんなことはありません。的確だと思います」

冬彦がメモを読み返しながらうなずく。

「蒲原好美さんが自殺した直後に退職したのも唐突だし、退職して三ヶ月以上経っても他の仕事をしていないし、鈍感な寺田さんですらおかしいと察するほどおかしな状態なんですから」

「ちくちくっと癇《かん》に障る言い方をするよなあ……。ま、もう慣れてきたけどな。学校を辞めたのも、様子がおかしいのも、その理由は蒲原好美の自殺なわけですよね？」

「そうでしょうね」

「で、今でも何かに怯えている」

「はい」

「あの神ノ宮美咲っていうマネキンみたいな顔をした、作り物めいたロボット美少女が原因なんですかね？」

「は？」

思わず冬彦がぷっと吹き出す。

「何ですか、マネキンとかロボットって……」

「だって、そんな感じじゃないか」

「そう言われると確かに……。うまいことを言いますね。ぼくが感じている神ノ宮さんの印象をうまく言い表していると思います。しかし、推理としては面白いですが、現実問題として女子高校生がどうやって同級生を自殺させたり、教師を辞職に追い込んで精神に変調を生じさせたりできるのか……そういう疑問が残りますよね」

「警部殿の友達が言ってたじゃないですか」

「友達？」

「駅前でキャッチをしてた女の子」

「伊藤あぐりさんですか」

「あの子も怖がってたでしょう、マネキンを」

「その台詞《せりふ》、ぼくたち二人だけのときは構いませんけど、第三者のいるときに口に出すとまずいと思いますよ」

「そんな忠告を警部殿にしてもらえるなんて、おれは果報者ですよ」

「また下手な皮肉ですか……。花村さんだけでなく、伊藤あぐりさんの反応を見ても、この事件に神ノ宮さんが何らかの形で関わっているのは間違いなさそうですよね」

「殺人事件だと決めつけて暴走していたくせに、急に慎重な言い方をするようになりましたね。あのマネキン女子高校生がキモなのは確実じゃないですか。それにマネキンの兄ちゃん、いけすかない成金野郎……」

「寺田さんの言葉を聞いていると、ただ単に金持ちが嫌いだから悪者扱いしているんじゃないかと疑いたくなってしまいますね。職場でも不遇だし、家庭でも問題を抱えているし、金銭的にも恵まれているとは言えませんからね。しかし、それは寺田さん自身に問題があるんですよ。出世できないのは偏屈《へんくつ》で自分勝手な性格のせいだし、仕事の忙しさを理由にして何もかも奥さんにばかり任せきりにしていたせいで家庭でも問題が生じたわけですし、お金がないのは下手な競馬や麻雀をやりすぎるからです」

「おれに喧嘩売ってるわけですか。喜んで買いますよ。口ではかなわないけど、腕力には自信があるんで」

「話を戻しましょう。ぼくが慎重になっているのは、事件の核心に近付いているという感触があるからです」

「といっても、まだ具体的なことは何ひとつわかっていないわけですからね。心証としては真っ黒だけど、状況証拠ばかりで決め手がない。どうするつもりなんですか？」

「それは寺田さんの方がご存じじゃないですか。犯人に違いないと確信しているのに証拠がない……こんなときは、どうしてきましたか？　寺田さんには、ぼくにはない多くの現場経験があるじゃないですか」

「そうですねえ……。怪しい連中に揺さぶりをかけて動揺させる。それでボロを出せば儲《もう》けものってところですかね」

「それでいきましょう。揺さぶりをかけるんです。そういう泥臭いやり方が効果的だということもありますからね」

冬彦が楽しそうにうなずく。

一九

高円寺学園高校の駐車場に車を入れると、

「お」

と、高虎が声を出す。

「またフランク・ミュラー男が来てるじゃないですか」

駐車場にＣＬクラスのベンツが停まっている。

神ノ宮龍之介の車だ。

「あの男、神ノ宮病院で薬剤師をしてるって話でしたけど、薬剤師ってのは油を売ってばかりいても平気なくらい暇なんですかね？　それとも副理事長ってのが、そんなに忙しいのか……」

「図書館に関わる業務も多いと話してましたね」

「薬剤師なんか辞めて、この学校に雇《やと》ってもらえばいいんじゃないんですかねえ」

「お金持ちに対する敵意が露骨《ろこつ》すぎますよ。さっきからベンツを睨んでるじゃないですか。これは仕事なんですからね、仕事」

「はいはい、わかってます」

「学校に来てるのは好都合ですよ。あの人にはまた会いたいと思ってたんです。ちょうどよかった」

二人が駐車場から校舎に向かって歩いていくと、山田校長と平山教頭が小走りに駆けてくる。

「校長先生、教頭先生、こんにちは。わざわざ出迎えて下さらなくてもよかったのに」

冬彦が愛想よく片手を上げて挨拶する。

「小早川さん、それに寺田さん、どういうつもりですか。先週、白川署長宛に抗議を申し入れ、谷本副署長から、もう不愉快な真似はさせません、と確約していただいたんですよ。まさか聞いてないとはおっしゃらないでしょうね？」

山田校長が顔を真っ赤にして怒る。

「聞きました」

「それなら、なぜ、あなたたちはここにいるんですか？」

「新たな疑惑が見付かったからですよ」

「疑惑？　何のことです？」

「今年、この高校では三人の女子生徒が自殺していますね。ところが、ほんの数年前、中学校でも自殺者が出ている。そうですよね？」

「そ、そんな昔のことを持ち出されても……」

「昔のことじゃありませんよ。ほんの数年前のことですからね。もっと具体的に言えば、神ノ宮美咲さんが中学生のときです」

「神ノ宮さんが何だというんですか？」

「彼女の周りでは自殺する生徒やおかしな事故に遭う生徒が多いみたいですね。ご存じでしょう？」

「……」

山田校長と平山教頭が黙り込む。二人とも明らかに動揺している。やがて、

「とにかく、お引き取り下さい。直《ただ》ちに当校の敷地から出ていただきます。そうでなければ、谷本副署長に再度抗議を申し入れますよ」

額の汗を手の甲で拭いながら山田校長が言う。

その声には、さっきまでと違って力がない。

「じゃあ、帰りますかね。別におれたちが調べることもないでしょう。唐沢さんのお母さんに頼まれたことがきっかけで調べ始めたわけですが、学校から協力を拒《こば》まれたんじゃお手上げです。唐沢さんにも納得してもらいましょう。しかし、中学時代にも自殺者が出てたなんて知ったら、今度はどうするかなあ。マスコミにでも駆け込むかなあ。明日の今頃は、この駐車場にテレビ局の中継車が押し寄せるかもしれませんね」

あははは っ、と高虎が笑う。冬彦に目配せして、さあ、帰りますか、と二人が車に戻ろ

うとする。

「待って下さい。マスコミって、どういうことですか。警察がマスコミに内部情報を流すようなことが許されるんですか」

平山教頭が声を荒らげる。

「おれたちが流すんじゃない。もしかすると、唐沢さんがそうするかもしれないと言っただけですよ。捜査状況を知らせると約束してあるもんで」

「し、しかし……」

「何が望みですか？」

山田校長が溜息をつきながら訊く。

「神ノ宮副理事長と川崎恭子さんにお会いしたいですね。まずは神ノ宮副理事長から会うのがいいかな」

「なぜ、神ノ宮副理事長に？」

「ぼくたちを早く追っ払いたいのなら、こちらの要望を聞く方がいいですよ。それとも、ここで長話をする方がいいんですか？」

「フランク・ミュラー男は、どこにいるんですかね？」

高虎がドスの利いた声で訊く。いい加減に苛立ってきたらしい。

「は？」

山田校長と平山教頭が怪訝な顔になる。

「神ノ宮副理事長のことです。どこにいるんですか？」

冬彦が訊く。

「図書館にいるはずです。たぶん、事務室に……」

「案内してもらいましょうかね、そこに」

高虎が睨むと、はい、と平山教頭が小声で返事をする。

「校長先生は、その間に、美咲さんが中学生のときに『不慮の事故』に遭った生徒たちに関する書類を用意しておいて下さい」

「いや、それは困ります……」

「捜査員が令状を手にして乗り込む方がいいですか」

「……」

山田校長は肩を落としながら、わかりました用意します、とうなずく。

事務室のドアを平山教頭がノックすると、中から、どうぞという声が聞こえた。神ノ宮龍之介だ。

平山教頭に先導されて冬彦と高虎が部屋に入る。

龍之介は机に向かい、頬杖《ほおづえ》をついてパソコンを操作していたが、何気なく顔を上げて、冬彦と高虎の顔が目に入ると、ぎょっとしたように顔を引き攣らせる。

「へえ、事務室なんて言うから、何となく殺風景な部屋を想像してましたけど全然違いますね」

冬彦が興味深そうに部屋を見回す。

優に二〇畳以上はありそうな広い部屋で、南向きに大きな窓があって日当たりがよい。龍之介の机はマホガニー製のどっしりとした重厚なもので、部屋の中央に置かれている白革のソファーセットも見るからに高級品だ。七〇インチはありそうな液晶テレビも壁に取り付けられている。

「まるで重役室だな。それも大会社のな。うちの署長室より立派だよ」

高虎が勝手にソファに坐る。

「いいですか、ここ?」

一応、冬彦は龍之介の了解を取る。

「え、ええ、どうぞ……」

すでに龍之介の額には汗が滲んでいる。

「教頭先生、どうもありがとうございました。もう結構ですから。副理事長からお話を伺ったら、こちらから校長室に行きますので」

「い、いや、念のために、わたしも同席しようかと……」

「何ですか、念のためって？　何か後ろめたいことでもあるみたいじゃないですか。神ノ宮副理事長が学校の不利益になるようなことをしゃべると思ってらっしゃるんですか？」

「どういう意味ですか、それは？」

「言葉通りの意味です」

「ひとつ質問なんですけどね」

　高虎が口を開く。

「いくらくらい寄付すると、こういう事務室を用意してもらえるものなんですかね？」

「いいことを訊きますね。ぼくも知りたかったんですよ。いくらですか、教頭先生？」

「何を馬鹿なことを……」

「神ノ宮さん、いくらですか？　一億くらいじゃ駄目なんでしょうね……。ふうん、駄目か。それなら三億？　それでも駄目なのか。じゃあ、五億でどうですか？」

　龍之介をじっと見つめながら冬彦が質問をする。微妙な表情の変化を観察することで答えを手に入れようとしているのだ。

「じゃあ、一〇億。お、近くなってきましたね。それなら……」

「小早川さん、やめて下さい！」

　平山教頭が叫ぶ。

「はっきり言わないとわからないみたいだな。教頭先生、あんたは邪魔なんだ。さっさとここから出て行け！　用があるときは、こっちから行く」

「……」

平山教頭が真っ青な顔で唇を震わせる。名門私立高校の教頭である。こんな無礼な口を利かれた経験などないのであろう。

「お願いします」

冬彦がにこっと笑いかけると、平山教頭は逃げるような足取りで部屋を出て行く。

「これで三人になりましたね。神ノ宮さん、こっちで話しましょう」

「は、はあ……」

冬彦と高虎に向かい合うソファに龍之介が坐る。

「さっきの質問の続き……いくら寄付すればこんな事務室を用意してもらえるのかということですけど、一二億というところじゃないですか？」

「……」

「ふうん、やっぱり、そうか」

龍之介が何も答えなくても、冬彦にはわかったらしい。

「週に何回くらい、ここにいらっしゃるんですか？」

冬彦が質問を変える。

「平均すると週に二回くらいですかね。週に一度のときもあるし、ゼロということもあります」

「そうだとすると、このところ頻繁に学校に来ていることになりませんか？　ぼくたち、この前もお会いしましたよね」

「それは、たまたまで……」

「今日は、どんな用があったんですか？」

「購入予定の書籍に関する予算配分とか、図書館の維持運営に関する必要経費の精査とか……いろいろです」

「大切な用件だとは思いますが、どうしても今すぐにやらなければならないことでもなさそうですよね？　神ノ宮さんは専従の職員ではなく、他に職業を持っておられる副理事長に過ぎないわけですから。それとも、薬剤師の仕事が暇なんですか？」

「失敬な！」

「ですよね。謝ります。神ノ宮病院は大繁盛《だいはんじよう》しているみたいですから、そんなに暇なはずがない。にもかかわらず、足繁《あししげ》く学校にやって来る。何か理由があるわけですよね。女子生徒たちの自殺に関係していることですか？」

「冗談じゃない。何の話ですか」

「例えば、隠蔽《いんぺい》工作とか」

「は？」

「あなたが三人の自殺に何らかの形で関わっていて、それを知られるのはまずいから証拠隠滅を図っている……そうじゃありませんか？」

「おかしな言いがかりをつけると……」

「警察でも呼びますか？　ここに二人いますが」

「ふざけてるんですか」

「大真面目です。どういう形で自殺に関わったのかは不明ですが、あなたが三人と何らかの形で接触していたのは間違いないと確信しています」

「当たり前じゃないですか。三人は図書クラブに所属していたんですから」

「自殺した三人は美少女ですよね？」

「……」

「あなたの好みなんですか？」

「冗談じゃない。付き合いきれない。帰ってくれ」

龍之介が腰を上げようとする。すると、

「おい、警部殿が質問してるんだ。勝手に立つんじゃねえ」

高虎が凶悪な顔付きで睨みながら、ドスを利かせた声で言う。龍之介は腰砕《こしくだ》けになって、すとんと尻餅をつく。

「学校が募集する特待生制度もあるそうですが、三人がもらっていたのは……川崎恭子さんも含めれば四人ですが、彼女たちがもらっていたのは図書館の新設を記念して神ノ宮家が中心になって新設された奨学金ですよね？　何か間違ってますか？」

「い、いいえ……」

「誰が四人を奨学生に選んだんですか」

「誰がって……学校ですよ」

「学校の誰ですか？」

「校長先生とか教頭先生とか……」

「二人だけで決めたんですか？」

「理事会も関与しましたけど」

「あなたもですか？」

「副理事長ですから」

「当然、発言権は強いわけですよね。図書館を新設するに当たって多額の寄付をしているわけですから。奨学生の制度だって、その寄付で賄《まかな》われたんじゃないんですか？」

「そ、それは、どうかな……」

龍之介の顔から汗が噴き出す。

「選考基準は何ですか？」

「いろいろありますが……」

「成績で選ぶんですか？」

「それだけじゃありませんが……」

「他にはどんな基準があるんですか？」

「新しい図書館ができたことを記念して作った制度ですから、やはり、本を読むのが好きな子がいいわけで、特に最近は若い人があまり本を読まなくなっていますから、読書との関わりについて作文を書いてもらったりします」

「なるほど、作文ですか。面接もするんですか？」

「ええ」

「すると、自分の目で彼女たちが美少女であることを確認できたわけですよね？」

「何が言いたいんですか？　まるで、わたしが何か犯罪でも犯したかのように……」

「そうなんですか？　悪いことをしたんですか」

「……」

突然、龍之介が下を向き、黙り込んでしまう。美咲のアドバイスを思い出したのだ。もし冬彦に会うことがあったら決して目を見てはいけない。相手の足許《あしもと》を見るようにすればいい。相手の質問には真剣に耳を傾けずに何か他のことを考えるようにする。質問に答えなければならないときは、できるだけ簡潔に、はい、や、いいえ、だけで答えるように心《こころ》懸《が》ける。そうすれば、心の中を覗き込まれるようなことはない……そう美咲は言ったのである。

「ふうん、だんまり作戦ですか。しかも、顔を見せないようにしてますね。誰にアドバイスされたんですか？」

「……」

「おい、ふざけるなよ！」

高虎が怒鳴る。龍之介がびくっと体を震わせるが、

「いいんですよ、寺田さん。別に顔なんか見なくても神ノ宮さんの考えていることはわかりますから。美咲さんに教わったんですか？」

「……」

「やっぱり、そうなんだ。今、左手がぴくりと反応しましたけど、それは、イエスの意味なんです。人間の感情は顔だけに表れるわけじゃなくて、体のあちこちに表れるんですよ。試しに、いろいろ質問してみましょうか。図書クラブには美咲さんの許可がないと入れないんですよね？　ということは、四人の奨学生を選んだのは美咲さんですか？」

「……」

「ああ、違うんだ。すると、やっぱり、あなたなんですよね？」

「い、いいえ」

龍之介が小声で答える。

「嘘が下手だなあ。ぼくの耳には、はっきり『はい』と聞こえましたよ。つまり、あなたの好みに合う美少女を奨学生にしたわけですよね？」

「……」

「これもイエスですか。あなたはわかりやすい人ですね。根が正直なのかもしれませんね。誤解しないでほしいんですが、だからといって、いい人だと言ってるわけじゃないんです。世の中には自分の欲望に正直なあまり悪事に手を染める人間は多いですからね。根が正直な人殺しって、とても多いんですよ。ご存じでしたか？」

「……」

「ははは、そんな雑学、知るはずがありませんよね。さて、質問を変えてみようかな……。おばけって知ってますか？」

「え？」

龍之介が顔を上げる。

冬彦は、その顔をまじまじと見つめながら、

「ふうん、ものすごい恐怖心が表れてますね。そんなに美咲さんが怖いんですか？」

「そんなことは言ってません！」

「罰が当たるんですか？」

「……」

龍之介が顔を引き攣らせて仰《の》け反《ぞ》ったとき、ドアが開いて美咲が入ってきた。

「失礼します」

ドアを閉めると一礼し、龍之介の隣に坐る。それを見て、冬彦がにこやかに挨拶する。

「こんにちは、美咲さん。杉並中央署の小早川です。こっちは……」

「寺田さんですよね。覚えています」

「さすがに物覚えがいいんだね。ところで、どうして、ここに来たの？」

「刑事さんたちがいらしていることを教頭先生から聞かされたからです」

「美咲さんに会いたいと言った覚えはないけどね」

「ご迷惑でしたか？　お邪魔なら失礼しますが」

「それは本心じゃないよね。悪いけど、今は三人で話したいから出て行ってほしいと頼んだら素直に出て行ってもらえるのかな？」

「ええ、出て行きます。でも、兄と話すのは、もう無理だと思いますよ。すごく顔色が悪そうですから。小早川さんがいじめすぎたんじゃないですか？」

美咲が上目遣いに冬彦を睨む。

「そんなつもりはないんだけどね。そうだ、副理事長が質問に答えられないのなら、代わりに美咲さんが答えてくれるかな？」

「構いませんよ。わたしに答えられることであればですけどね」

「それは大丈夫だよ。だって、美咲さんのことを質問してたんだから」

「わたしのこと？」

「気を悪くしないでほしいんだけど、『おばけ』と呼ばれたら、どんな気持ちがする？」

美咲の目を見つめながら、冬彦が質問をする。

「別に何も感じませんけど」

「すごいな……」

冬彦が感心する。

「お兄さんとはまるで違う。いや、副理事長と違っているだけじゃない。誰とも違うよ。まったく動揺しなかったね。君の心の中は、まったくの無風状態だ。驚いたよ。君のような人に会ったのは初めてだ」

「なぜ、わたしが動揺しなければならないんですか？」

「なぜなら、君は昔、『おばけ』とあだなをつけられて、からかわれていたからだよ。それとも、否定するかな？」

「否定なんかしません。そう呼ばれてたのは本当です。率直に言いますが、この話題は愉快ではありませんし、なぜ、そんな質問をされなければならないのかわかりません。刑事さんたちは、うちの生徒たちの自殺について調べてらっしゃるんじゃないんですか？　それなのに、どうして、わたしのことを知りたがるのか理解できません」

「自殺した三人だけど、もしかして罰が当たったたんじゃないのかな？」

「質問の意味がわかりません」

美咲が瞬きもせずに冬彦の目を見つめる。

「わかってるはずだよ。君に意地悪をすると罰が当たるんだよね？　中学時代、君の周りには怪我をした生徒や自殺した生徒がいた。君に意地悪をしたから罰が当たったんじゃないのかな」

「オカルトの話ですか？」

「現実の話だよ。実際に怪我をしたり、命を失った人たちがいるんだからね。わからないのは、昔のことではなく、今現在の話だよ。中学時代に罰が当たった生徒たちは君に意地悪をした。つまり、罰が当たる理由があったわけだよね？　しかし、蒲原さんや唐沢さん、今泉さんが君に意地悪をしたとは思えない。三人とも、そういうタイプじゃない気がするしね。そもそも、君自身が誰を図書クラブの部員にするかを決めているわけだから、誰も君には逆らえないはずだよね？　それなのに、どうして罰が当たったのかな」

「答えられません」

「それは答えたくないということかな？」

「違います。答えようがないという意味です。三人の自殺には同情しますが、それにわたしが関わっているかのような言い方をされると腹が立ちます」

「確かに、すごいな」

それまで黙っていた高虎が感心したようにつぶやく。

「副理事長より、それに校長や教頭より、あんたの方がずっと堂々としてる。面の皮の厚い政治家みたいだな。賄賂《わいろ》をもらったんだろうと国会で厳しく追及されても、『記憶にございません』なんて平然としてるおっさんがいるじゃないか。あんな感じだ。政治家になれるぞ。それも大物になれるな」

「褒《ほ》め言葉とは受け取れませんね」

笑いもせずに美咲が言う。

「最後にもうひとつだけ質問させてもらえないかな？」

「本当に最後ですよ」

「小学校の三年か四年のときに転校したよね。中学生になって、この学校に戻ってきた。そのときには、おばけどころか美少女になっていた。まるで別人のようにね。不思議なのは、人間というのは、たった数年でそんなに変わるものなのかな、ということでね。もちろん、心身共に成長する時期だから、身長も伸びるだろうし体重だって増える。それに伴《ともな》って容貌《ようぼう》だって変わるだろう。だけど、それも程度問題だからね。別人のようになるとか、まるで生まれ変わったようになるとか、普通はあり得ないと思うんだ。少なくとも、ほんの数年でそんなに変わるとは考えられない。そんなことが現実に起こるとしたら人為的に手を加えた場合しか考えられないというのがぼくの推理だよ。つまり、美容整形手術を受けたんじゃないのかなあ、と思うわけ。君の家が有名な美容整形外科だというのは偶然だとは思えないんだけどね。君のお父上は大変な資産家だし、高名な美容整形外科医だからコネだってあるだろうし、可愛い娘にこっそりと他の土地で手術を受けさせるのは難しくないんじゃないかな」

「中学生になるまでアメリカにいたのは本当ですよ。簡単に調べられるんじゃないんですか、警察の力を使えば」

「君がそう言うからには、それは本当なんだろうね。美容整形についても認めるのかな？」

「ノーコメントです。質問に答えること自体が不愉快なので肯定も否定もしません。スルーさせていただきます。帰っていただけますか？　そういう約束ですよ」

「わかってるよ。行きましょう、寺田さん」

冬彦が腰を上げる。

「もう、いいんですか？」

意外そうな顔で高虎が聞き返す。

「ええ」

冬彦はドアの近くで振り返ると、

「あ、そうだ、美咲さん。『シスター』の皆さん、お元気ですか？　まさか、また自殺者が出るっていうことはありませんよね」

「……」

美咲は口を閉ざしたまま、真っ直ぐ冬彦を見つめている。表情はまったく変わらない。

「君は手強《てごわ》いね」

にこっと笑うと、冬彦が廊下に出る。

「随分あっさり引き下がったじゃないですか。いいんですか、これで？」

高虎が訊く。

「寺田さんだって見てたでしょう。神ノ宮美咲さんは一筋縄じゃいきませんよ。真剣に観察していたけど、彼女が何を考えているのか何もわかりませんでした。お兄さんとは大違いです」

「フランク・ミュラー男は柔《やわ》すぎるな。あんなに汗ばかりをかいて、すぐに顔色を変えて、まずいことを訊かれると指先が震えたりして……。それに比べると、妹はすごい」

「マネキンかロボットみたいだ……そう寺田さんは言いましたよね。あながち笑い話でもないかもしれませんね」

「やっぱり、サイボーグか？」

「あそこまで自分の感情を押し殺すことができるというのは普通じゃありませんね。ある意味、異常です。こっちが彼女を観察しているつもりだったけど、途中から、ぼくの方が彼女に観察されているんだとわかりました。分が悪いと判断したので、さっさと引き揚げることにしたんです」

「警部殿でも尻尾《しっぽ》を巻いて逃げ出すことがあるんですね。それはそれで、ちょっと愉快ではありますが……。これから、どうしますか？」

「校長室に行って、川崎恭子さんに会わせてくれるように頼みましょう。なぜだと理由を訊かれても返答に困るんですが、ぼくは川崎恭子さんのことがとても心配なんです」

「わかりますよ。おれだって気になるから。あの子が四人目の自殺者になるんじゃないか……そんな想像をしてしまいますからね」

高虎がうなずく。

二〇

「だらしないのね、兄さん。何て情けない姿をしているの？」

美咲が龍之介に冷たい目を向ける。

「す、すまない……」

肩で大きく呼吸しながら龍之介が額の汗を拭う。

「だけど、おまえに言われた通り、あの刑事の目を見ないようにしたんだ。でも、駄目だった。顔なんか見なくても、あいつには何もかも見抜かれていた」

「まあ、そうでしょうね。小早川という刑事、兄さんより一枚も二枚も上手という感じだもの」

「どうするんだ？　あいつ、何もかも見抜いてる感じだったぞ。いったい、どうやって調べたのか……。ばれるのは時間の問題だ。どうしよう、刑務所なんかに行くのは嫌だ」

龍之介が両手で頭を抱える。

「反省するのが遅かったわね。一年前……いいえ、せめて半年前に反省していれば、こんなことにはならなかったのに。だけど、もう遅いのよ。こうなった以上、兄さんだけの問題じゃない。下手をすると、わたしまで巻き込まれてしまう。神ノ宮病院だって潰《つぶ》れるかもしれないわね」

「どうすればいいんだ？」

「やり方は今までと変わらない。危険な要素を排除していくしかないでしょう」

「排除といっても……」

龍之介は戸惑い顔だ。

「あの人、いろいろなことを訳知り顔にしゃべってたけど、情報源はあぐりだと思う。他には考えられない」

「あぐりって……伊藤あぐりか？」

「うん」

「そうだとしたら、それは、おまえの失態じゃないか。何も心配ない、信用できるから……そう言うから、好きなように自主退学を認めてやったのに。それが警察の手先になって情報提供してるのか？」

「兄さんの言いたいことはわかってる。その件については、わたしに責任があるから、きちんと後始末するつもり」

「ああ、そうするべきだよな。どこまでしゃべってるかわかったもんじゃない。手遅れになる前に手を打った方がいい」

「兄さんにも訊いておきたいことがある」

「何だ？」

「川崎恭子のこと。本当に大丈夫なんだよね？」

「う、うん、それは、もちろん……」

「正直に言うなら今だからね。それこそ手遅れにならないうちに」

美咲がじっと龍之介を見つめる。見つめられるうちに、龍之介の顔にはまた汗がだらだらと噴き出してくる。

「どうなの？」

「す、すまん……」

「何かしたのね？」

「い、いや、何て言うか……」

「あの三人にしたのと同じことをしたんでしょう？」

「あの子は自分からそうしたいと言ったんだよ。お金をくれれば何でもするって……他の三人とは全然違う。何も無理強いなんかしてないし、きちんと合意の上で契約したわけだから」

「契約？」

美咲がゾッとするほど冷たい目で龍之介を睨む。

「反吐《へど》が出るわ」

「そうじゃないって、本当なんだよ」

「もう黙って！」

美咲がぴしゃりと言うと、龍之介が口を閉ざす。

「あぐりと恭子のことは何とかする。恭子のことは兄さんのせいなんだから、兄さんに何とかしてほしいところだけど、ドジな真似をされるとわたしまで困ったことになるから放っておけない。その代わり、兄さんに頼みたいことがある」

「何でもするよ。言ってくれ」

「あの小早川という刑事について調べてほしいの。お金を惜しみなく使って、どんな細かいことでもいいから調べてほしい。どうも他の警官とは違う感じがするの。放っておくと危ない気がする」

「もう一人の寺田という刑事はいいのか？」

「寺田？　あの冴えないおじさん？　あの人は問題ないわね。警察のことはよく知らないけど、あの寺田というおじさんがスタンダードなんじゃないかしら。小早川だけが特殊なのよ。だから、小早川を何とかすれば、この問題は穏便に片がつくはず」

「そうじゃなかったら？　もし小早川がスタンダードで、寺田がスタンダード以下だとしたら」

「そのときは潔《いさぎよ》く諦めるしかないんじゃないのかな。小早川みたいな奴が何人も出てきたら、わたしだってお手上げだもの」

「おれは、どうなる？」

「そんな青い顔をしなくてもいいじゃない。最悪の場合でも刑務所に行くだけでしょう？　死刑になるわけじゃないんだし。わたしは罪に問われることもないだろうし」

「秘密を世間に知られるぞ。小早川だって美容整形のことを話してたじゃないか」

「美容整形は犯罪なの？」

「そうじゃないが……」

「人を見かけで判断して、化け物呼ばわりする方がよほどひどいことなんじゃないのかな。物心もつかないうちから『おばけ』と呼ばれていじめられる人間の気持ちがわかる？」

「……」

「確かにわたしは人とは違ったかもしれないけど、『おばけ』と呼ばれていた頃のわたしより、兄さんの方がよほど醜かったと思うよ。見かけの話じゃなく、中身の話だけどね。それは今も変わらない。違う？」

「おれを見捨てるつもりなのか？」

「ううん、何とか助けようとしてる、何とかね。気は進まないけど、そうせざるを得ないから。だけど、ひとつだけ、はっきり言っておくわよ。わたしたち、一蓮托生じゃないからね。道連れにされるつもりはないから。助かりたいんだったら、兄さんにもしっかりしてもらわないと困るわよ。わたしばかり当てにしないで」

「わかった。小早川について調べればいいんだな？」

「そう。まずは自分にできることをやって。お金もあるし、人を使うのは得意でしょう？他に取り柄がないんだから、数少ない自分の才能を生かさないと助からないわよ」

二一

「失礼します」

ノックして、声をかけてから、冬彦が校長室のドアを開ける。何やら、ひそひそ話をしていた山田校長と平山教頭がぎょっとしたように冬彦を見る。

「お邪魔でしたか？」

「い、いいえ、副理事長との話は済んだんですか？」

平山教頭が訊く。

「いろいろ参考になる話を聞くことができました。美咲さんとも話せましたしね。教頭先生が気を利かせて下さったんですよね？」

「いやあ、たまたま彼女に会ったので……」

「今は授業中なんじゃないんですか？」

高虎が訊く。

「あ……」

「わざわざ知らせに行ったわけですね？」

冬彦がじっと平山教頭を見つめる。

平山教頭の顔から汗がだらだら噴き出してくる。

「お坐《すわ》りになりませんか」

山田校長がソファを勧める。

四人がソファに坐る。

「先程頼まれた資料です」

と、山田校長が茶封筒を差し出す。

それを受け取り、中身をざっと確認してから冬彦は、

「川崎恭子さんに会わせていただけますか？　授業中なら終わるまで待ちます」

「さっき確かめてもらいましたが、今日は欠席しているようです。そうだったね？」

山田校長が平山教頭に訊く。

「はい、欠席です」

「欠席理由は何ですか？」

「さあ、そこまでは……」

「それなら住所を教えて下さい。自宅に行ってみますから」

「個人情報ですから、いくら警察の方とはいえ、そう簡単に教えるわけにはいきません。令状でもあれば別ですが……」

山田校長の表情が険しくなる。

「その通りですよ。今は個人情報の保護についてうるさいですからね」

平山教頭がうなずく。

「美咲さんに口止めされたんですか？」

「は？」

二人が顔を見合わせる。

「そんなはずがないでしょう。個人情報の取扱の問題ですよ。馬鹿馬鹿しい……」

ははは、と二人は笑うが顔が引き攣っている。

「指図に逆らうと罰が当たるってことじゃないんですか？」

さりげなく高虎が言うと、二人の顔色が変わる。

その表情の変化を見て、

「この学校では、誰かの機嫌を損《そこ》ねると罰が当たるみたいですね。校長先生も教頭先生もご存じですよね？　自殺した三人にも罰が当たったと思いますか？」

冬彦が訊く。

「さあ、何のことかわかりませんが……」

「美咲さんも怖いんでしょうけど、警察だって怖いんですよ。ねえ、寺田さん？」

「少し警察の怖さを知ってもらいますかね」

高虎がじろりと二人を睨む。

「待って下さい。そう喧嘩腰になることはないでしょう。教頭先生」

山田校長が顎をしゃくると、平山教頭が立ち上がって内線電話をかける。事務職員に川崎恭子の住所を教えてもらうためだ。その住所をメモして、

「どうぞ」

と、冬彦に差し出す。

「ありがとうございます。もうひとつ、お願いがあるんです」

「他にもあるんですか」

山田校長が露骨に不愉快そうな顔になる。

「美咲さんの小学生当時の写真を見せてほしいんです。エスカレーター式なら小学校の方に行けばクラス写真があるはずですよね？」

「なぜ、そんなものを……？」

「どうして、彼女が『おばけ』とあだなされていたのか知りたいからです。ご存じですよね、そう呼ばれていじめを受けていたことを」

「……」

「今すぐに見せてくれとは言いません。次に伺ったときで結構ですから用意しておいてもらえると助かります」

「また来るんですか？」

平山教頭が泣きそうな顔になる。

「用があれば来ますよ。たぶん、すぐにまた」

では、失礼します、と冬彦と高虎が校長室を出て行く。

「どうするんですか、校長先生？」

「ううむ、どうしたらいいかな……」

「クラス写真なんかないと言いましょうか？」

「ないのかね？」

「いや、探せばあると思いますが……。言いなりになっていいんですか」

「相手は警察だよ」

「警察に協力しない方がいい、と神ノ宮さんから釘を刺されてるんですよ。あれは、協力するな、という意味だと思いますが」

「じゃあ、神ノ宮さんに判断してもらえばいい。知らせてきなさい」

「わかりました」

平山教頭がドアを開けて、校長室から出て行こうとする。

そこに美咲が立っていた。

ぎゃっ、と叫んで平山教頭が腰を抜かしそうになる。

「神ノ宮さん……」

山田校長も驚いている。

「小早川さんに何を話したんですか?」

美咲が無表情のまま訊く。

「そ、それが……」

川崎恭子の住所を教えてしまったこと、美咲が小学生のときのクラス写真を見せてほしいと頼まれたことを山田校長が言い訳がましく説明する。

「写真……」

小さくつぶやくと、美咲は校長室に背を向けて廊下を歩き出す。その表情が憎悪で歪《ゆが》んでいる。

「うるさい奴。小早川って蠅《はえ》みたいだわ。叩き潰してやらなくちゃ」

二二

高虎の運転する車は、早稲田《わせだ》通りから中野通りに入った。哲学堂《てつがくどう》公園の近くにある川崎恭子の家に向かっているのだ。

「こう言うのも何ですが、あの学校に登校するより、欠席して自宅にいる方が安全なんじゃないですかね?」

高虎が言う。

「そんなことはない……なんてことは気易《きやす》く言えませんね。確かに、あの学校にはおかしなところが多すぎますから」

「珍しく意見が一致しましたね」

タバコをくわえながら、高虎が肩をすくめる。


川崎恭子の家はこぢんまりした一軒家だった。

インターホンを押し、

「杉並中央署生活安全課の小早川と申します。高円寺学園高校で連続して起こった女子生徒の自殺について調べておりまして、その件について恭子さんのお話を伺いたいと……」

と来訪の理由を述べると、母親がドアを開けて玄関に入れてくれる。

眉間《みけん》に小皺《こじわ》を寄せ、ひどく疲れた表情だ。

ゆうべから、突然、部屋に閉じ籠もってしまい、声をかけてもろくに返事もしないし、食事も摂《と》らないので両親も途方に暮れているのだという。父親は仕事に出かけたが、母親は娘を心配して外出もできずにいる。

「恭子さんと話をしてもいいですか？」

「部屋から出て来ないんですよ」

「ドア越しに話しかけるだけでも構わないので、お願いできませんか」

「そうおっしゃるのなら」

　母親が冬彦と高虎を二階に案内する。

　冬彦はドアをノックしながら、

「生活安全課の小早川です。覚えてるよね？　自殺した三人について話を聞きたいんだ。調べてわかったこともあるんだよ……」

　返事はないが、恭子が部屋の中で息を潜めている雰囲気を冬彦は感じ取る。学校で龍之介や美咲に会って話をしてきたこと、伊藤あぐりから昔のことを聞いたことなどを淡々とドア越しに語り続ける。

「君が何かを怖れていることはわかる。罰が当たるんじゃないかと心配してるんだよね？　警察が君を守る。だから、安心して話してほしいんだ」

「無理よ！」

　部屋の中から恭子の叫び声が聞こえる。

「守るなんて無理に決まってる。誰も守ることなんかできない」

「どうして、そんなに怖がるのかな？　そういうことも含めて話ができればと思ってるんだけど、駄目かな？」

　それから一〇分ほど、冬彦がいろいろ話しかけてみるが、もう部屋の中からは何の反応もない。

「今日のところは諦めた方がいいんじゃないんですかね」

高虎が言うと、

「そうですね」

冬彦が珍しく素直にうなずく。

玄関先まで見送ってくれた母親に、

「何かあれば、先程渡した名刺の番号に電話して下さい」

「あの……何かって、どういう意味でしょうか？　何かあるんですか」

母親の顔が不安そうに引き攣る。

「そんな深い意味じゃありません。もし話のできる状態になったら知らせてほしいという意味です」


冬彦と高虎が車に乗り込んで走り去る。それを物陰から龍之介と美咲が見つめている。

「兄さんは車で待ってて」

龍之介のベンツは近くのコインパーキングに入れてあるのだ。

「どうするつもりなんだ？」

「知りたいの？」

美咲が冷たい目で龍之介を見る。

「い、いや……」

「ふんっ」

美咲が川崎家に向かって歩いていく。

インターホンを押す。

「はい？」

母親がすぐに応答したのは、冬彦が戻ってきたと思ったのかもしれない。

「恭子さんの同級生です。病気でお休みだと聞いてお見舞いに来ました」

「まあ」

何の疑いも抱かず、母親は美咲を家の中に入れる。

二階の自室に閉じ籠もったまま出て来ないという事情を話すと、

「わたしが話してみます。きっと出てきてくれると思います。お母さまは下にいていただけますか。二人だけの方がいいような気がするので」

「お願いします」

美咲は一人で二階に上がると、とんとんと恭子の部屋をノックする。

「こんにちは、神ノ宮です。ドアを開けてくれるわよね？」

やがて、ドアが静かに開けられる。

恭子の顔色は真っ青で、恐怖心で顔を引き攣らせている。

第三部　ヘッドゲーム

一

八月二五日（火曜日）

冬彦がパソコンのキーボードを叩いていると、

「報告書の作成ですか。精が出ますね」

高虎が冬彦の隣に坐る。

「寺田さんこそ、こんなに早いのは珍しいですね。徹夜麻雀をして、そのまま出勤ですか？」

「普通の公務員が月曜日に徹夜麻雀なんかするはずがないでしょう。そんなことをしたら体がもちませんよ。早出なんかしたくなかったけど、このままだと亀山係長、下痢をしてトイレに籠もるくらいじゃ済まなくなるんじゃないかと心配になりましてね。胃潰瘍《いかいよう》にでもなる前に警部殿と話をした方がいいと思ったんですよ。今後の仕事の進め方について」

「係長の胃が弱いことと、ぼくの仕事に何の関係があるんですか？」

キーボードを叩きながら、冬彦が訊く。

「その鈍感さ、その無神経さ……ある意味、幸せかもしれませんよね。周りのことなんか何も気にしなくていいわけだから。それで社会人として通用するわけだし、キャリアだから、その若さで警部で給料も高いし、ボーナスもがっぽりもらえる。だからといって、少しも羨ましくはない。警部殿になりたいとは思いませんね」

「ぼくも寺田さんになりたいとは思いません。四〇歳くらいで人生の敗残者になるなんて空しすぎますからね」

「無性に暴力を振るいたい気分だけど、係長のために必死に我慢してますよ。それを理解して下さいよ。我慢はするけど、いつ堪忍袋の緒が切れるか自分でもわからないから」

「本題に入って下さい。朝礼前に報告書を作ってしまいたいので」

手を止め、パソコン画面から高虎の顔に冬彦が視線を移す。

「つまり、おれが言いたいのは、ここは『何でも相談室』だということなんですよ」

「わかってますよ。杉並中央警察署生活安全課総務補助係が正式名称ですが、それでは一般市民に馴染《なじ》みにくいので『何でも相談室』を通称にしているわけですよね。もっとも、署内では『0係』と陰口を叩かれている。なぜなら……」

「そんな話をするために早出したわけじゃないんですけどね」

「はあ……」

高虎の表情が険しくなるのを見て、冬彦が口を閉ざす。暴力的な臭いを嗅ぎ取ったからだ。迂闊《うかつ》なことを口にすると殴られそうな雰囲気である。弁は立つが、腕力にはまるで自信がない……それが冬彦なのである。

「どういうことですか?」

「本来、うちが担当しなければならない通報が日々、一般市民から寄せられているわけですよ。だけど、うちはわずか六人の小さな所帯で、係長と鉄の女を除けば実働は四人だ。ところが、警部殿は女子高校生連続自殺の一件に夢中だし、安智と樋村はストーカー事件にかかりきりになっている。つまり、今のうちには通報に対処する余裕がない。仕方なく生活安全課の他の係に尻拭《しりぬぐ》いしてもらってるわけですが、向こうも喜んで引き受けているわけじゃない。都倉《とくら》課長代理は亀山係長の顔を見るたびに、ねちねちと嫌味を言うし、そのたびに係長はトイレに籠もる。血便が出てるという噂も聞きましたねえ」

「それは、おかしいな」

冬彦が首を捻る。

「最近は、いつもに比べて明るい様子だと思ってましたけど……。トイレで鼻唄を歌ってることもあるし。この前は、南沙織《みなみさおり》という歌手の懐メロを歌ってました」

「蠟燭《ろうそく》が消える前には、ほんの一瞬、炎が大きくなるってことを知らないんですか? 亀山係長、もう壊れかかってるんですよ。その原因のほとんどは、いや、原因のすべては警部殿にあるってことを自覚して下さいよ」

「何となく寺田さんの言いたいことは理解できましたが、ぼくはどうすればいいんですか？　生活安全課の他の係が尻拭いしている事件をこっちで引き受けろということですか」

「今の状態で、それは無理でしょう。それに女子高校生の自殺については、最初はおれも半信半疑だったけど、今では何かおかしいという気がしてるんですよ。このまま放っておいたら、また自殺者が出るんじゃないかという嫌な予感もある。他の事件の片手間に扱えるような事件じゃなさそうだ。しかし、自殺に見せかけた他殺だという確証もないし、状況証拠すらない。警部殿とおれの直感が、これは事件だと教えてくれているだけだから、刑事課の手を借りることもできない」

「回りくどいなあ。何が言いたいんですか？　要点だけ言って下さい」

冬彦が焦《じ》れたように言う。

「今週いっぱいで何とかしましょうって話です。来週まで持ち越したら、都倉課長代理だけでなくだるまも黙ってないだろうし、そうなったら、うちの係長、入院してしまうかもしれませんよ」

「事件解決に期限を区切るのは、おかしいでしょう？」

「まだ火曜なんだから、何とかしましょうや。それに、解決が長引けば、川崎恭子という生徒の安全も心配だし」

「ああ、そうか」

冬彦がうなずく。

「川崎さんを守るという観点からすれば、解決を長引かせるのはよくないですよね」

「ふと思ったんですけどね。もしかすると、警部殿にはわかりきっていることなのかもしれないんですが、おれにはわからないことがあるんです」

「何ですか?」

「三人の生徒たちが自殺した理由ですよ。警部殿の言うように、純粋な自殺ではなく、何者かの手によって三人が自殺に追い込まれたとすれば、犯人には何らかの動機があったわけでしょう? その理由というか動機というか、それがわからないんですよ。神ノ宮美咲に意地悪すると罰が当たるってことは納得してるんですけどね。昔、罰が当たった生徒たちのことはわからないけど、少なくとも、自殺した三人は意地悪しそうなタイプじゃないでしょう? だけど、命を奪われるほどの罰が当たった」

「ぼくは副理事長が鍵だと推測しています」

「あのフランク・ミュラー男が?」

高虎が顔を顰める。神ノ宮龍之介のことが嫌いなのだ。

「昨日、彼にいろいろ質問しましたけど、しどろもどろでしたよね。必死に嘘をつこう、何とかごまかそうとしていたけど、かえって、彼の嘘やごまかしが明らかになっただけでした。この事件に副理事長が何らかの関わりを持っているのは間違いないでしょうし、亡くなった三人に対して、かなり後ろめたい感情を抱いている気がしました」

「副理事長が殺したってことですか？」

「そうは思いません」

冬彦が首を振る。

「あの人には、そんな大それたことはできませんよ。何と言うか……小悪党という感じですからね。平気で人を死に追いやることができるような冷血漢ではなさそうですね。もしも、あの小悪党振りが演技だとしたらすごいと思うし、とてもかないませんよ。だけど、そうは思えない」

「つまり、そんな大それたことができるとしたら、それはフランク・ミュラー男じゃなく、妹の方だってことだよね？」

「美咲さんですか……」

冬彦が小首を傾げる。

「彼女は、よくわからない人ですね。副理事長とは対照的です。何を考えているのか、まったくわからない。表情を読み取ることができないんです」

「へえ、警部殿の得意技も通用しないんですか。それは、すごいな。もっとも、あの子が普通でないことは、おれにもわかりますけどね」

「表情からは何も読み取ることができませんが、体の動きにはいくらか感情が表れます。しかし、ほとんどが怒りと侮蔑《ぶべつ》です。動揺や不安が表れたことは一度もありません。その点も副理事長とは、まったく違いますね」

「おれたちに腹を立てたり、おれたちを馬鹿にしたりしてるってことですか？」

「もちろん、ぼくたちに対してもそうですが、面白いのは、そういう感情が副理事長に対してしても向けられることがあるということです。それも、かなり頻繁に」

「鍵は副理事長か……」

「なぜ、三人は死ななければならなかったのか、その理由を探るには副理事長を攻めるのがいいと思います。美咲さんからは何も聞き出せませんよ」

「攻めるといっても、おれたちにできることには限りがあるからなあ……」

高虎が首を捻ったとき、

「お二人さん」

三浦靖子が高虎と冬彦の肩に腕を回す。

「熱く語り合うのは結構だけど、そろそろ朝礼の時間なんですよ。参加をお願いしていいでしょうかねえ？」

二

朝礼が終わると、高虎と冬彦が連れ立って部屋を出て行こうとする。

「小早川君、それに寺田君、出かけるのかい？　もしかして、あの学校に……」

亀山係長が気弱な笑みを浮かべながら訊く。

「心配しなくてもいいですよ、係長。ちょっとばかり鑑識で油を売ってくるだけです」

「あ……そ、そうか。油をね。行ってらっしゃい」

亀山係長はホッとした様子でうなずくと、トイレに向かっていく。

「かわいそうになあ、かなり気にしてるよ、係長」

四階から三階へ非常階段を下りながら高虎がつぶやく。

「早く事件を解決することが係長のためにもなるということですよね」

冬彦がうなずく。

三階には警務課と刑事課がある。刑事課に属する鑑識係は刑事課の横にある小部屋だ。

「おう、邪魔するぜ、どうせ暇なんだろう」

高虎がドアを開けると、コーヒーを淹れていた水沢小春が驚いたように高虎を見る。主任の青山進《すすむ》は朝刊を読んでいる。

「おれたちの分もコーヒーを頼むぞ。あとから、もう二人来るからな」

高虎は携帯電話を取り出して、誰かに電話をする。

ちょうどコーヒーが入ったところに、刑事課の古河祐介主任と中島敦夫がやって来た。

「何かあったんですか、寺田さん？　三〇分後に捜査会議があるんですが」

古河が言う。

「コーヒー一杯くらい付き合えよ」

高虎が言うと、古河と中島がソファに腰を下ろす。

「例の脱法ドラッグ事件、進展はあるのか？」

「売人と客を何人か捕まえたくらいですかね。小物ばかりで何の手柄にもなりませんが……。そっちで何かつかんだんですか？」

古河が冬彦と高虎の顔を順繰りに眺める。

「おれと警部殿は相変わらず女子高校生の連続自殺事件にかかりきりなんだが、ちょいと手詰《てづ》まりでな。『何でも相談室』にできることには限りがあるってことだ。刑事課とは違うからな」

「何かおれたちにできることがあるんですか？」

中島が訊く。

「自殺した生徒の一人、今泉淳子さんから微量の合成カンナビノイドが検出されましたよね。ぼくの推理では、もし検査が為されていたら、自殺した他の二人からも何らかの薬物が検出されたはずなんです」

冬彦が言うと、

「どういう意味ですか？」

古河が膝を乗り出す。

「ええ、それは……」

これまで調べたことを冬彦は簡潔に説明し、三人の女子生徒の死には神ノ宮龍之介と美咲が何らかの形で関わっているに違いないと思われるものの、何も証拠がないのだ、と口にする。

「自殺した三人が脱法ドラッグに手を染めていたとすると、その副理事長が怪しいですよね。本業が薬剤師であれば薬物にも詳しいでしょうし」

古河がうなずく。

「たとえ、杉並に存在するという脱法ドラッグの大量購入客が副理事長だったとしても、専門知識を生かして今の法律に抵触しないように薬物に手を加えているはずですから、それだけで立件するのは難しいかもしれませんよ」

冬彦が言う。

「それは大丈夫じゃないですか。もし女子高校生の死に関与していて、脱法ドラッグにも関わっているとしたら、他にも悪いことをしてるに決まってますよ。おれの直感だけど、あいつは叩けばいくらでも埃の出る体だよ」

高虎が自信ありげにうなずく。

「今泉さんのご両親にも事情聴取したんですが、薬物については寝耳に水だったようで、かなりショックを受けていました。彼女がどうやって薬物を入手したのかわからなかったので、ヒントをもらえて助かりました。おかげで捜査会議で肩身の狭い思いをせずに済みます」

古河が唇に笑みを浮かべる。

「自殺した三人が脱法ドラッグに関わっていたとすれば、その三人と同じ奨学金をもらっている川崎恭子という生徒も関わっているんじゃないですか?」

中島が冬彦に訊く。

「何を考えているかわかるよ。どうして川崎恭子さんを聴取しないのかと言いたいんだよね?　ぼくたちも何度か話を聞いたんだけど、何かを怖れていて……間違いなく、それは美咲さんを怖がってるんだと思うんだけど、正直に話してくれないんだ。今は学校にも行かないで自室に閉じ籠もってるよ。無理に話を聞こうとしても、あの状態では冷静に話なんかできないと思う」

冬彦が言う。

「だから、副理事長から攻めるという作戦を考えたわけだ。『何でも相談室』と刑事課の合同作戦てことだな」

　高虎が言う。

「何だか気持ちの悪い話ですね。学校の中でのいじめも嫌ですけど、それが原因で罰が当たるとか、怪我をするとか、人が死ぬとか……。そんなことがあるんですか、主任？」

　水沢小春が表情を強張らせながら青山主任に訊く。

「詳しい事情がよくわからないけど、聞いた限りだと、幽霊は存在するかどうかというのと同じ次元の話のような気がするなあ。幽霊の存在は科学的に立証できないから、もし幽霊が殺人を犯したとしても幽霊を処罰することはできない。誰かに意地悪したせいで、何か不吉なことが起こったとしても、その因果関係を科学的に証明できなければ、不運な偶然ということになってしまうんじゃないかと思う。そのあたりは、どうなんですか、小早川警部？」

　青山主任が冬彦に顔を向ける。

「今のところ何の証拠もないんですが、だからといって、不吉な偶然で片付けていいとも思えないんです」

　冬彦が答える。

「何らかのトリックを使って、殺人を自殺に偽装しているかもしれないということですか？」

中島が訊く。

「ふんっ、何だかんだと言っても、おまえたちは神ノ宮美咲に会ってないからな。会えばわかる。普通じゃないんだよ。あの冷たい目で睨まれたら、中島なんか小便をちびるぜ。おれでさえ背筋がゾッとしたからな。この娘なら何か普通でないことだってできるんじゃないか、そんな気がするはずだ」

高虎が言う。

「警部殿も寺田さんと同じ考えなんですか？」

古河が訊く。

「ぼくは超常現象なんか信じません。幽霊も存在しないと思ってます。だからといって、三人の自殺がトリックで偽装されたものだとも思えないんです。神ノ宮美咲さんが何らかの形で関わっているのは間違いないと確信していますし、副理事長も深く関与しているはずです。しかし、青山主任の言う『因果関係』がよくわからないんです」

「なるほど……。脱法ドラッグの一件も大切ですが、三人の女子生徒たちの死にその兄妹が関わっているとなると知らん顔はできませんね。わかりました。副理事長に揺さぶりをかけてみますよ。これから捜査会議なので今日中に動けるかどうかわかりませんが、遅くても明日には副理事長に会いに行きます」

古河が言うと、

「よろしくお願いします」

冬彦が一礼する。

三

高虎と冬彦は三階の鑑識係から四階に戻った。

「何でも相談室」に向かっているとき、

「どうして何もしてくれないんですか！」

という女性の金切り声が一番相談室から聞こえてきた。

「あの声……」

冬彦が足を止める。

「遠山さんじゃないでしょうか」

「ストーカー被害を訴えている女子大生か」

高虎がつぶやいたとき、そんなに興奮しないで落ち着いて下さい、という樋村の声が聞こえた。

「ちょっと覗いてみましょうか。樋村君の手に余るみたいですし」

「安智もいるでしょう。二人に任せておけばいいんですよ。あいつらの事件なんだから」

高虎は気が進まない様子だ。

一番相談室のドアが開いて樋村が顔を出す。

「やっぱり、警部殿も一緒でしたか。よかった。寺田さんの大きな声が聞こえたから、きっと警部殿もいると思いました」

「おれの声がそんなに大きいかねえ」

高虎が舌打ちする。

「遠山さんが相談にいらしてるんですが、よかったら一緒に話を聞いてもらえませんか」

「何かあったの？」

「はい。何だか危ない事件になってきた気がします。ぼくと安智さんだけでは手に負えない感じで……」

「寺田さん、いいですか？」

冬彦が高虎に訊く。

「別に構わないんじゃないですか。女子高校生の自殺事件と、このストーカー事件を片付けないことには、うちは他の事件を扱えないわけですからね。自殺事件は一筋縄でいかない感じだし、まずはストーカー事件の解決に力を貸してやって下さいよ」

「ありがとうございます」

「それじゃ、おれは……」

高虎が片手を挙げて立ち去ろうとする。

「どこに行くんですか、寺田さん？」

「部屋に戻るんですよ。おれはストーカー事件には何の関係もないから」

「そうはいきませんよ。みんなが力を合わせないと、今週中にふたつの事件を解決するなんて無理ですよ。寺田さんも力を貸して下さい」

「大して役に立てるとは思えないけどねえ」

ぶつくさ言いながら、高虎も一番相談室に入る。

相談室の広さは四畳ほどで、テーブルと椅子が置かれているだけだ。

遠山桜子がテーブルに突っ伏し、肩を震わせて泣いており、隣に坐った理沙子が慰めている。椅子は四つしかないので、高虎は樋村と冬彦を坐らせ、自身は相談室の隅に立った。この事件との関わりが最も薄く、事件についてもよくわかっていないのだから、そうするのが当然だと考えた。

「遠山さん、小早川です。覚えてますよね？」

冬彦が声をかけると、桜子がゆっくり顔を上げる。顔全体が涙でぐしょぐしょに濡れている。

「は、はい」

「何があったんですか?」

「警部殿、それなら、わたしから説明を……」

横から理沙子が口を出すが、それを冬彦は手で制し、

「話してくれますか、遠山さん? ゆっくりで構いませんから」

「……」

桜子はハンカチで涙を拭うと、何度か大きく深呼吸する。

「ゆうべ、それが届いたんです」

桜子の正面に厚手の事務用封筒が置いてある。B5サイズの大きさだ。

「君たち、触った?」

冬彦が理沙子と樋村に訊く。

「まだです。指紋をつけてはいけないと思って……」

理沙子が答えると、

「ほう、気が利くじゃねえか」

高虎が感心したようにつぶやく。

「……」

冬彦は二本のペンを使って封筒を手許に引き寄せ、封筒の切り口を広げ、中を確認する。ビニールの小袋が見える。

「樋村君、封筒のそっち側をペンで持ち上げて」

「はい」

樋村が言われたようにすると、封筒が傾いてビニール袋が出てきた。

「え」

樋村と理沙子がほとんど同時に声を発する。

高虎もテーブルに近付いてきて、ぽかんとした表情でビニール袋を凝視する。

冬彦は口を閉ざして、じっとビニール袋を見つめている。表情に変化はない。他の三人と違って、あまり驚いていないようだ。

ビニール袋には耳が入っている。刃物で切り取られたのか、切断面には血がこびりついている。

「それ、人間の耳ですか?」

高虎が冬彦に訊く。

その問いには答えず、

「ゆうべ、これが届いたんですね?」

冬彦は桜子に訊く。

「ゆうべというか、明け方近くだと思います。眠りが浅かったので玄関で物音がしたのに気が付いたんです。目が覚めてしまったので玄関に行ってみると、これが落ちていて

「……」

「新聞受けから入れられたということですか？」

「そうだと思います」

「つまり、誰かが直接、これを遠山さんの部屋に持って来たということになりますね。すぐに開けたんですか？」

冬彦が訊くと、桜子は小さな声で、はい、と返事をして手の甲で涙を拭う。また涙が出てきたのだ。

「その後、どうしました？」

「すごく怖くなって、ベッドで布団を被って泣きました。警察に電話しようと思ったけど、見ず知らずのお巡りさんに一から事情を説明する気になれなかったし、それより、少しの間だけ我慢して、ここに来る方がいいと思ったから……」

「ビニール袋を開けましたか？」

そのビニール袋はチャックで密封できるようになっているタイプなのだ。

「開けてません！　見るのも触るのも嫌だったけど、ここに持ってこなければいけないと思って何とか封筒に戻したんです」

「すると、耳には触ってないわけですね？」

「当たり前じゃないですか。触れませんよ、そんなもの」

「これは何だと思いますか？」

「何って……耳でしょう」

「何の耳だと思いますか？」

「そんなこと……知りませんけど、人間の耳じゃないんですか」

「正確に言えば、人間の耳を模した偽物ですね」

「え、そうなんですか？」

「どうしてわかるんですか？」

理沙子と樋村が驚いた様子で冬彦に訊く。

「もし、これが本物だとすれば、切り取られてから何時間も経っているのに、こんなにきれいな色をしているのはおかしいよ。血液が循環しなくなると細胞組織が死ぬから肌に艶がなくなって、色が黒っぽく変わるからね。冷やしておけば、そうはならないけど、見ての通り、そんな処置などされていない。袋に入れてあるだけだ。よくできているけど、たぶん、シリコン製のおもちゃだと思う」

「血もついてますよ。それも偽物ですか？」

高虎が訊く。

「血のりじゃないですか。テレビや映画で使うやつですよ。もっとも、本物の血である可能性も否定できませんね。本物だとしても人間の血ではなく、牛とか豚の血でしょうけどね。それなら肉屋で手に入りますから。本物の血かどうかは封を開ければわかります。本物は生臭いですからね。この耳が本物かどうかも触れば確かめられますけど、証拠を傷める怖れがあるからやめておきましょう。鑑識で調べてもらえばわかることですからね。樋村君、青山主任に頼んできてよ。暇そうにしてたから、すぐにやってくれるよ。それに挟んでいくといいよ」

樋村が持っているバインダーを冬彦が指差す。封筒とビニール袋をペンを使って慎重にバインダーに載せると、樋村が部屋を出て行く。

「誰の仕業だと思いますか?」

冬彦が桜子に訊く。

「決まってるじゃないですか。あの人ですよ」

「名前を言ってもらえますか」

「村井さんです」

「なぜ、村井さんの仕業だと思うんですか?」

「だって、他にこんなことをする人なんか思い当たらないから」

「遠山さんが村井さんから受けたと訴えているストーカー行為は、度を超した数の電話やメール、家の近くでの待ち伏せ……そういうものでしたよね?」

「はい」

「血のついた耳……それが本物かどうかは別としても、これは今までの行為とは次元が違います。脅迫的・暴力的なニュアンスが非常に強く表れた行為です。念のために伺いますが、過去に村井さんから暴力を振るわれたことはありますか？」

「それは……ないです」

「一瞬、ためらいましたね。なぜですか？」

「変なことをしないでほしいと頼むために村井さんのアパートを訪ねたことがあります。一年近く前のことですけど、そのとき、部屋に女の人がいたせいか、村井さんはものすごく怒って、わたしの腕をつかんだり、体を押したりして、すごく乱暴に追い返されたんです。それを暴力と考えるべきかどうか迷ったので……」

「それは、ちょっと違う感じですね。そうではなく、村井さんと二人きりでいるとき、つまり、親密な時間を過ごしているときに暴力を振るわれたことはないかという意味なんですが」

「親密な時間？」

桜子が怪訝な顔になる。

「何を言っているのか……」

「否定するんですか？」

「だって、わたし、先輩と親密になんか……」

「昨日、大学のカフェテリアで、ぼくがいろいろ質問したとき、遠山さん、いくつか嘘をつきましたよね？」

「嘘なんかついてません」

「では、もう一度、質問しますから正直に答えて下さい。村井さんと肉体関係がありましたか？」

「い、いいえ」

「村井さんを好きでしたか？」

「いいえ」

「今でも好きですか？」

「嫌いです」

「デートしたことはありますか？」

「ありません」

「ぼくは四つの質問をしましたが、正直に答えたのはひとつだけですね。『今でも好きですか？』という問いに対して『嫌いです』と答えたときだけです。あとの三つはすべて嘘ですよね？　遠山さんと村井さんは、かつて肉体関係があり、その頃、遠山さんは村井さんが好きだった。当然、デートもしたはずです。否定しますか？」

「……」

「どうして嘘をついたんですか？」

「だって、昔のことだし、もう思い出したくもなかったから……。嘘をつくつもりなんかなかったけど、口に出すのも嫌だったから……。わたしが被害に遭っているのは本当だし……」

桜子が両手で顔を覆い、肩を震わせる。

そこに樋村が戻ってくる。

「今日中に調べてくれるそうです。あの……。どうかしたんですか？」

桜子が激しく泣いているのを見て、樋村が訊く。

「警部殿がいろいろ質問したんだけど……」

理沙子がかいつまんで説明する。

「遠山さんが隠し事をしていたことが事実だとしても、あんなものを自宅に持ってくるのは普通じゃありませんよ。青山主任や水沢さんだって、びっくりしてましたからね。遠山さんが不安を感じるのは当然だと思います。警察が警告しているにもかかわらず嫌がらせ行為をエスカレートさせているわけですから、こちらとしても、より厳しい対応をするべきじゃないでしょうか」

樋村が言う。

「どうすればいいと思うわけ？」

冬彦が訊く。

「とりあえず任意で事情を聞いて、あの封筒やビニール袋から指紋なんかの証拠が出た時点で逮捕状を取ればいいんじゃないですか？　署に同行してもらえば、遠山さんだって安心できるでしょうから」

理沙子が言う。

「ふうん、任意同行か。この時間だと会社にいるだろうから、会社に出向いて、そのまま署に来てもらうことになるね」

そう言いながら、冬彦は、じっと桜子を見つめている。

（笑ったな……）

両手で顔を覆い、肩を震わせているが、理沙子の言葉を聞いたとき、桜子の肩の震え方が微妙に変わったのを冬彦は見逃さなかった。泣いて震えていたリズムが、笑いを噛《か》み殺そうとしたためにほんの一瞬だが変わったのだ。

「任意同行を求めるには、あまりにも根拠が貧弱なんじゃないかな。村井さんの仕業だという疑いは拭いきれないけど、村井さんにしかできないというわけじゃないからね。おもちゃだとすれば、悪質ないたずらだという可能性もある」

「誰がそんなことをするんですか？」

樋村が訊く。

「遠山さん」

その問いには答えず、冬彦がじっと桜子を見つめる。

「は、はい……」

桜子が顔を上げる。

「念のために訊きますけど、自作自演なんてことはないですよね？」

「え」

「あの耳、自分で用意したんじゃないんですか？」

「な、なぜ、わたしがそんなことを……」

「村井さんを陥《おとしい》れるためとか」

「ひどい！」

桜子が声を放って泣き始める。

「警部殿、ちょっと無神経すぎませんか」

理沙子が腹を立てる。

「一応、訊いてみただけだよ。村井さんに任意同行を求めるのは、もう少し待った方がいいと思う。青山主任は今日中に調べてくれるんだから、その結果を待ってからでも遅くない。指紋でも採れたら、すぐに逮捕状が取れるわけだし」

「差し出がましいようですがね……」

それまで黙っていた高虎が口を開く。

「話を聞いていて、おおよそのことはわかりましたけど、ここまで話が大きくなったら、うちの手には負えないでしょう。逮捕状を取ることになったら刑事課にバトンタッチした方がいい。もちろん、逮捕には、おれたちも同行すべきだと思うけど」

「寺田さんの言う通りですね。証拠が出れば、刑事事件として立件できますからね」

冬彦がうなずく。

「結果が出るまで何もしないということですか？」

樋村が訊く。

「そうは言ってないよ。村井さんに会いに行こう。話を聞くべきだと思う」

「それなら任意同行を求めるのと同じじゃないんですか？」

「話を訊く場所が違うよ」

「それは、そうですけど……」

「遠山さんが心配じゃないですか。結果が出るまで一人にできませんよ」

理沙子は不満そうだ。

「そうだね……」

冬彦は桜子に顔を向け、

「どうしますか、夕方まで署にいてもらっても構いませんし、ご家族とかお友達とか、誰か一緒にいてくれる人がいるのなら、そこまでお送りしますが？」

「大学に行きます。友達もいるし、講義に出れば気も紛《まぎ》れるし……。うちに一人でいるより、その方が安心だし」

「樋村君、村井さんに電話してアポを取って。会社にいることがわかれば遠山さんも安心できるだろうし。会う場所は、この前の喫茶店でいいから」

「わかりました」

樋村が部屋を出て行く。

「大学には、ぼくたちが送ります」

「ありがとうございます」

五分ほどで樋村が戻ってきた。

「会社にいました。二時間後に喫茶店で会う約束をしました」

四

遠山桜子を大学に送り届けると、冬彦たちは村井の勤務先のある港区虎ノ門に向かった。昨日も利用したスペイン大使館の近くにある喫茶店で会う約束になっている。

樋村が車を運転し、理沙子が助手席、冬彦と高虎は後部座席に坐っている。

「警部殿、この事件に関しては慎重じゃないですか。女子高校生の件に関しては、これは自殺じゃない、殺人だなんて騒ぎ立てて火のないところに煙を立てたくせに……いや、今では火がないとは言えないけど、とにかく、最初はそうだったし、大抵の場合、猪突猛進するじゃないですか。なぜ、今回だけは違うんですか？」

高虎が冬彦に訊く。

「よくわからないことが多いからですよ。謎に満ちていますね」

「遠山さんが嘘をついていたことが気に入らないんですか？」

理沙子が訊く。

「それもあるよ。だけど、嘘をついていたのは彼女だけじゃないからね。村井さんも嘘をついている。しかも、二人とも同じ部分で嘘をついている。だから、村井さんに会う必要がある」

「そんなに大変な問題なのかなあ。そもそも、ストーキングっていうのは恋愛感情のもつれから始まることが多いわけじゃないですか。かつて二人が深い関係にあったとすれば、かえって、村井がストーカー行為を働く理由が納得できる気がしますけどね」

運転しながら樋村が言う。

「ストーカー行為というのは歪んだ愛情表現だよね。相手に対して一方的に想いを寄せて、想いが受け入れられないと、その想いが歪んだ形で表に出てしまう。無言電話だったり、メールの送りつけだったり、付きまといだったり……。いい悪いを別にして、そういう行動に走ってしまう精神構造は理解できないことはない。とてもシンプルだよね。だけど、あれは、おかしい。本物かどうか、まだわからないけど血まみれの耳を送りつけるというのは、愛情表現ではなく、露骨な悪意の表れだ。敵意と言ってもいいけど、それは愛情とは対極にあるものだからね」

「でも、よく言うじゃないですか。かわいさ余って憎さ百倍って。自分の気持ちを相手に受け入れてもらえないと、愛情が憎しみに変わるんじゃないんですか？」

　高虎が訊く。

「その可能性も否定できませんね。村井さんに会うことには、それを確かめるという意味もあります」

　冬彦がうなずく。


　喫茶店に現れた村井は、心底うんざりしているという顔で椅子に坐ると、

「これは嫌がらせですか？　それとも、人の仕事を邪魔するのが警察の仕事なんですか」

　やや興奮気味に口を開いた。

「お話を伺いたいだけです。正直に話していただければ、すぐに済みますから」

　冬彦が明るい口調で言う。

「昨日、話したばかりじゃないですか。それに何ですか、正直にって？　まるで、ぼくが嘘つきみたいな言い方をして」

「村井さんの言葉、今日は棘《とげ》がありますねえ。とても攻撃的な態度ですよね」

「当たり前でしょう。新入社員だから覚えなければならないことも多いし、先輩や上司に教えてもらうことばかりなんです。自分の都合で会社を抜け出したりすれば、みんなに迷惑がかかるんです」

「日本を代表する一流企業ですし、何かと大変なのはお察しします。警察から電話がかかってきて呼び出されるなんて嫌ですよね。ストーカー行為の疑いをかけられているなんて知れたら、どんな目で見られるかわからないし」

冬彦が言うと、村井は顔色を変え、

「会社に知らせるつもりなんですか？」

と小声で訊く。

「村井さんが潔白なのであれば、わざわざ事を荒立てる必要はないと思っています。だから、こちらも気を遣って会社に行かないようにしてるんですよ。村井さんが協力して下さる限りは」

「こうして来たじゃないですか。何を訊きたいんですか？　早くして下さい」

「まず訊きたいのは、どうして嘘をついたのかということです」

「だから、嘘なんかついてません」

「では、これからいくつか質問しますから、はいかいいえで答えて下さい。遠山さんと親しい関係でしたか？」

「いいえ」

「特殊な感情を抱いたことがありますか？」

「いいえ」

「遠山さんが好きですか？」

「いいえ」

「学生時代は好きでしたか？」

「いいえ」

「デートしたことはありますか？」

「いいえ」

「二人だけで会ったことはありますか？」

「いいえ」

「ふうん、面白いな……」

「何なんですか、これは？」

「今の質問に対する答えにも真実と嘘が混じってましたね。質問と答えを正しく繋《つな》ぎ合わせると、こんな感じになりそうですね。村井さんは、遠山さんに対して特殊な感情を抱いたことがない。今は全然好きじゃないし、それどころか嫌っていると言ってもいい。大学生のときは、今ほどではないにしても、やはり、それほど好きではなかった。嫌いというのでもなかった。たぶん、何の関心も持っていなかったんでしょうね。一般的な意味でのデートもしたことがない。だけど、二人だけで会ったことはあるし、それは偶然どこかで出会《でくわ》したというような、ただの出会いじゃない。ぼくの推測では、二人は肉体関係を持ったことがある……どうですか、どこか間違ってますか？」

「……」

村井が驚愕《きょうがく》の表情を浮かべて黙り込んでしまう。その顔を見れば、かなり的確に冬彦が真実を言い当てたことが察せられる。

「否定しますか？」

冬彦が質問しても、しばらく村井は黙り込んでいたが、不意に顔を上げると、

「桜子がしゃべったんですか？」

と訊く。

「遠山さんも認めましたが、その前から、村井さんが嘘をついていることはわかってましたよ。二人とも肉体関係があったかどうかというところで嘘をついていましたね」

「一度だけです。たった一度……。しかも、偶然というか成り行きというか、別にそんな

ことを望んでいたわけでもないのに何となくそうなってしまっただけなんです。そのこと以外に嘘はついていません。本当のことを話しました」

村井が真剣な表情で訴える。

「なぜ、嘘をついたんですか？」

「なぜって……。ぼくにとっては、どうでもいいことだったし、できれば忘れたいことだったからですよ。それに……」

「それに？」

「学生時代から付き合っている婚約者がいるので、あまり人前では口にできません。楽しかった思い出というわけでもないし、それは桜子だって同じ気持ちだと思いますから」

「村井さん、もう嘘はやめましょう。嘘をつくことで自分の立場がよくなるわけじゃありませんよ。かえって疑いをもたれてまずいことになるんです。ストーカー問題を早く終わらせたければ、何よりも嘘をつかないことが肝心です。わかりますよね、ぼくの言いたいこと？」

「は、はい……」

村井がテーブルナプキンで額の汗を拭う。

「大学生のとき、村井さんと遠山さんは肉体関係を持った。それが一度だけだということは信じましょう。それが村井さんにとって不愉快な記憶だというのも本当だと思います。

しかし、遠山さんが同じ気持ちだというのは嘘だし、それが嘘だということを村井さんは知っていますね？」

「そ、それは……」

「嘘は、なしですよ」

「わかりました」

村井ががっくりと肩を落とす。今度こそ本心から観念したという感じだ。

「今の桜子の気持ちはわかりませんが、関係を持った頃、桜子はぼくとは違う気持ちだったと思います。桜子がぼくに好意を持っていることには気付いていたし、だから、サークルのコンパの後、たまたま二人きりになったとき、ホテルに誘ったら簡単についてきたんだろうし……。言い訳がましいですが、ぼくはかなり酔ってたんです。桜子も酔ってたし、次の日、素面《しらふ》に戻ってから、ゆうべのことは忘れようと言ったんですが、桜子は別れたくないと言い張って……」

「恋人がいたのに浮気したわけですか？」

理沙子が冷たい口調で訊く。

「成り行きだったんです。深い考えがあったわけじゃありません。別に桜子のことが好きだったわけでもないし……」

「都合のいい逃げ口上ですね」

「安智さん　個人的な感情で発言するのはやめましょう。質問を続けてもいいですか？」

冬彦がやんわりと理沙子の口を封じる。

「ええ、どうぞ」

「村井さんは遠山さんに対して特殊な感情を抱いてはいなかったものの成り行きで深い関係になってしまった。少なくとも、そのときは好きでも嫌いでもなかったわけですよね？しかし、その直後から大嫌いになる。なぜですか？」

「昨日も話したように、桜子が付きまとうようになったからです。夜中に何度も電話がかかってきたり、大学で手紙を渡そうとしたり、メールを送ってきたり、アパートを訪ねてきたり、バイト先の居酒屋に現れたり……」

「アパートで恋人に出会《でくわ》したんですよね？」

「そうです」

「それからも遠山さんに付きまとわれたんですか？」

「いいえ、ぱたっとなくなりました。こっちも卒業が近くなって、友達と旅行に行ったり、就職先の研修に呼ばれたり何かと忙しくて大学にもほとんど行かなくなってました。サークルにも顔を出さなくなったから桜子に会うこともなくなりました」

「次に会ったのは、ゴールデンウィーク明けですか？」

「そうです。いきなり会社に訪ねてきました」

「結婚してくれと言ったんですよね？」

「はい」

「あの……」

樋村が口を開く。

「話の腰を折るようで申し訳ないんですが」

「何だい、樋村君？」

「警部殿と村井さんの話を聞いていると、何だか、遠山さんが村井さんのストーカーだったように聞こえてしまうんですが……」

「まだ決めつけるのは早いよ。とりあえず、村井さんにもう少し訊きたいことがあるんだ。ゆうべは、どこにいらっしゃいましたか？　深夜零時頃から朝の六時頃までという意味ですが」

「マンションにいました」

「それを証明できる人はいますか？」

「婚約者と一緒でした」

「お名前と連絡先を伺ってもいいですか？」

「島田奈緒美《しまだなおみ》、連絡先は……」

あまり気の進まない様子で村井が話す。

冬彦はメモを取りながら、

「もしかして、大学時代の恋人というのが島田さんですか？」

「そうです」

「では、遠山さんのことも？」

「話してあります」

「最後にひとつだけ訊いていいですか？　血まみれの耳……何を連想しますか？」

「は？」

「もういいです。お時間を取らせて申し訳ありませんでした」

行こうか、と冬彦が腰を上げる。

「いいんですか？」

樋村と理沙子が驚いた顔になる。

「うん。署に戻ろう」


虎ノ門から杉並に戻る道々、樋村と理沙子が、どういうことなのかきちんと説明してほしい、と頼んだが、

「まだわからないことが多いんだよなあ」

と、冬彦は曖昧な物言いではぐらかした。

「警部殿はケチなんだよ。いつだって、こうやってもったいぶって何も教えてくれないんだ。おれたちを馬鹿だと思ってるんだよ。ま、おれは、そういう扱いに慣れてるけどな」

高虎がふふふっと面白くもなさそうに笑う。

「寺田さんの僻《ひが》み作戦ですか。その手には乗りませんよ。別に隠すつもりはないんですが、まずは青山主任の鑑定結果を待とうということです」

署に着き、四人が「何でも相談室」に入ると、

「ドラえもん君、ついさっき川崎さんという女性から電話があったよ。ひどく取り乱してた。そこに携帯の番号を控《ひか》えておいたから」

三浦靖子が冬彦に言う。

「ありがとうございます」

冬彦が携帯の番号に電話をかける。

「もしもし、杉並中央署の小早川です、お電話をいただいたそうで……」

突然、冬彦が、えっ、という大きな声を発する。

何事が起こったのかと、部屋の中にいた者たちが皆、冬彦に顔を向ける。冬彦が取り乱すのは珍しいからだ。

「わかりました。すぐに伺います」

冬彦が電話を切ると、

「どうしたんですか？」

高虎が訊く。

「川崎恭子さんがスーパーの屋上から飛び降りたそうです」

冬彦の顔が青ざめている。

五

集中治療室前の廊下に置かれたベンチに川崎恭子の母親が一人でぽつんと坐っている。ベンチの横に制服警官が立ち、クリップボードに何やら書き物をしている。事情を聞き、それを書類に書き込んでいるところだと冬彦にはわかる。

冬彦と高虎の靴音に気がついて、制服警官が顔を上げる。高虎がちらりと警察手帳を見せると、制服警官が近付いてくる。冬彦と高虎が名乗ると、

「ご苦労様です」

制服警官が敬礼する。

「何があったんですか？」

冬彦が訊く。母親に電話したときは、かなり取り乱していたせいで詳しい事情が何もわからなかった。かろうじて、恭子がスーパーの屋上から飛び降りたことと、恭子が搬送さ

れた病院を聞き出すことができただけである。署から病院にやって来る道々、冬彦と高虎は恭子が亡くなったものと思い込んで話をしてきた。地下の霊安室に行くことになると思っていたのに、病院の受付で確認すると、思いがけず集中治療室で治療を受けている最中だと聞かされ、ちょっと驚いた。少しでも詳しい事情を知りたかった。

「スーパーの屋上から飛び降りました。周囲の状況から考えて、自殺を試みたと考えて間違いないだろうと思います……」

制服警官は、次のような説明をした。

川崎家から徒歩で一〇分ほどの場所にある四階建て大型スーパーの屋上から、恭子は手すりを乗り越えて飛び降りた。屋上は立ち入り禁止だが、非常扉に鍵はかかっていなかった。巡回中の警備員が階段を上っていく恭子を見つけて不審に思い、声をかけて引き留めようとしたが恭子はまったく反応しなかった。警備員が後を追って屋上に出たときは、もう手すりを乗り越えようとしており、ためらう様子もなく飛び降りてしまったという。

「そのとき屋上に他に人はいなかったんですか？」

冬彦が訊く。

「誰もいなかったそうです」

制服警官が首を振る。

恭子は自ら手すりを乗り越えて飛び降りたわけだし、屋上には他に誰もいなかったのだから誰かに強要されたわけでもなく事故でもなく、恭子が自分の意思で自殺しようとしたのだろう、と制服警官も考えたわけである。

「警備員は無線で同僚に連絡し、救急車を呼んでもらったそうです。わたしも連絡を受けて、すぐに駆けつけました」

「恭子さんの容態《ようだい》は？」

「さっきお医者さんが出てきて、お母さんに処置の説明をしていました……」

腕や腰などを何ヶ所か骨折し、腹と背中にひどい裂傷を負っている。軽傷ではないが、命に関わるほどの重傷というわけではない。頭部を強打したせいで、いまだに意識不明の状態が続いており、集中治療室にいるのは、そのせいだ。

「何とか助かってくれるといいが……」

高虎が心配そうな顔になる。

「いくらか運がよかったのは、防御ネットに引っ掛かったことでしょうね。外壁のコンクリートが劣化しているらしく、それがはがれて地上に落下するのを防ぐために、外壁の補強工事が始まるまでの応急処置として防御ネットを張ったそうなんです。昨日の夜に張ったばかりだそうですから、そのネットがなければどうなっていたことか……。結果的には防御ネットを突き破って地面に叩きつけられたわけですが、ネットのおかげでいくらか衝撃が和《やわ》らいだでしょうから」

「ネットがなければ……」

「地面はコンクリートですからね」

「……」

冬彦と高虎が顔を見合わせる。防御ネットが張られるという偶然がなければ、川崎恭子は屋上から真っ逆さまに地上のコンクリートに叩きつけられていたはずで、そうなれば、冬彦と高虎は集中治療室ではなく、地下の霊安室に直行していたはずだ。

「お母さんの様子は、どうですか？」

冬彦が声を潜めて訊く。

「さっきまで、かなり取り乱した様子でしたが、先生の話を聞いて少し落ち着いたようです。ご主人が勤務先からこちらに向かっているので、間もなく着くだろうと思います」

「話をしてもいいですか？　それとも、まだ事情を聞いている途中ですか」

「いいえ、わたしの方は済みました」

そう制服警官が言うので、冬彦と高虎は母親に近付いていく。

「川崎さん」

冬彦が声をかけると、母親が顔を上げる。ひどく泣いたせいか、目が真っ赤だ。

「電話を下さってありがとうございます」

「何かあれば電話してくれと言われていましたから。まさか、こんなことになるなんて」

ハンカチで目を押さえる。また涙が出てきたのだ。

「何があったんですか？」

「買い物に出かけたんです。一人で外出させるのは心配だったので一緒に行くと言ったんです。大丈夫だから、すぐ帰って来るから……そう言って出かけたんですが、気になったので追いかけました。スーパーの近くで見失って、しばらくしたら、屋上から誰かが飛び降りたらしいと騒ぎになって……。まさかと思って現場に行ったら、恭子が血だらけで倒れていて……」

「出かける前、何か気になることはありませんでしたか？　昨日、お訪ねしたときは、部屋に閉じ籠もったきり、話しかけても返事をしないし、ろくに食事も摂らないとおっしゃっていましたよね？」

「刑事さんたちがお帰りになったすぐ後に、学校のお友達がお見舞いに来て下さって、恭子と二人で部屋で話してました。ゆうべは家族と食事もしてくれましたし、今日は学校には行けませんでしたが、買い物に行きたいと言うし、お友達のおかげで気分が晴れたのかなと安心してたんですが……」

「何というお友達ですか？」

「神ノ宮さんとおっしゃる方です。とてもきれいで礼儀正しい方でしたよ」

「……」

冬彦と高虎がちらりと視線を交わす。

「彼女が恭子さんと一緒にいたのは、どれくらいの時間ですか？」

冬彦が訊く。

「三〇分くらいでしたけど……。それが何か？」

「神ノ宮さんと会った後、恭子さんは、どんな様子でしたか？」

「どうと言われても……。夕食の時間まで部屋に閉じ籠もっていましたから」

「食事中は、どうでしたか？」

「元気がなくて、何か考え込んでいるようでしたけど、それは神ノ宮さんが訪ねてくる前からそうでしたから……。あの人がどうかしたんですか？」

「それは何とも言えません。現場から直接、病院にいらしたんですよね？」

「はい」

「もしかすると部屋に何か書き置きでも残っているかもしれませんね。何か見付けたら、電話していただけませんか」

「わかりました」

「もうひとつ……。薬物検査をするように担当医に話していただけないでしょうか。通常の血液検査に引っ掛からない薬物もあるので」

「薬物？」

ぎょっとしたような顔で冬彦を見る。

「それは、どういう意味ですか？　薬物って、どうして恭子がそんなものを……」

「日曜の夜から、突然、恭子さんは様子がおかしくなり、今日は自殺まで試《こころ》みた。どう考えても普通じゃないですよね？　職業柄、警察官というのは、それまで普通に過ごしていた人が普通でない行動を取ったときには薬物の影響を疑うんです。薬物といっても覚醒剤とか大麻とか、その種の非合法なものばかりではなく、例えば、薬局で販売されている風邪薬だって過剰摂取すれば人間の行動に大きな影響を与えます。恭子さんにそういうものが影響を与えなかったかどうかを確かめるための薬物検査です。あまり大袈裟に考えなくていいんですよ」

「でも、うちの子に限って、そんな……」

「お母さまも、どうして恭子さんが自殺しようとしたのか、その理由がわからないんじゃないですか？」

「……」

母親はしばらく黙り込んでいたが、やがて、あとから先生に話してみます、と溜息をつきながら小声で言った。

駐車場に向かいながら、

「親ってのは大変だ。おふくろさん、さぞ、辛いでしょうよ」

高虎がつぶやく。

「助かったのが不幸中の幸いですね」

冬彦がうなずく。

「意識が戻らないことには安心できないでしょうけどね。警部殿……」

「何ですか？」

「証拠がないのは百も承知だけど、これは、やっぱり、あのマネキンロボットの仕業ですよね？」

「寺田さんの直感ですか？」

「そう、直感。そうとしか言いようがないけど、間違ってない気がするんですけどね」

「実は、ぼくもそう思ってるんです」

「やっぱり」

「神ノ宮さんが川崎さんを自殺に追い込んだに違いないと確信しています。昨日、ぼくたちが訪ねた直後に神ノ宮さんも川崎さんを訪ねたとお母さんが話してましたよね。偶然だとは思えません。たぶん、ぼくたちをつけていたのか、それとも、川崎さんを訪ねると予想してついてきたのか……」

「つけていたとすれば車だな。フランク・ミュラー男が運転手役を務めたんだな。マネキンロボットが脅して自殺させようとしたってことですよね？」

「神ノ宮さんが鍵を握っているのは確かだと思うんですが、どうやって追い込んだのかがわからないんです。いくら神ノ宮さんを怖がっていたとしても、脅かされたくらいで、そう簡単に自殺なんかできますか？　百歩譲《ゆず》って、自殺しようとしたとしても、屋上から何のためらいもなく飛び降りることができるものでしょうか」

「警部殿には無理ですね。高所恐怖症だから」

「ふざけないで下さい」

「おれは高いところなんか、そう苦手でもないけど、やっぱり、いきなり屋上から飛び降りろと言われたら少しはびびるだろうなあ」

「それが当たり前ですよ。人間としての本能です。誰だって死ぬのは怖いですからね」

「あ……。そうか」

高虎がぽんと両手を打ち合わせる。

「だから、薬物検査のことを持ち出したのか。マネキンロボットが脱法ドラッグで川崎さんを操ったと思ってるんでしょう？」

「それは、ちょっと違います。もし薬物が検出されれば、副理事長と結びつくんじゃないかと思っただけですよ。昨日、神ノ宮さんが訪ねた直後に自殺を試みたのであれば薬物の影響も疑えますが、一日経ってますからね」

「昨日、マネキンロボットが川崎さんに脱法ドラッグを渡して、今日になってから使ったとも考えられるんじゃないですか？　ドラッグでハイになってれば屋上から飛び降りるのも怖くないだろうから。ていうか、ドラッグでハイにでもなってないと、何のためらいもなく飛び降りたりできないと思うんですが……。ドラッグでないとしたら、他にどんな可能性が考えられるんですかね？」

「可能性だけなら、いろいろ考えられますよ」

「念力で操ったとか、呪文で罰を当てたとか、そういう類《たぐ》いの可能性ですか？」

「寺田さん」

「冗談ですよ、冗談。ま、ふざけてる場合じゃないのは承知してますが」

「そうじゃありません。珍しく鋭いことを言うなあと感心したんです」

「は？　鋭い、おれが？　念力や呪文が？」

「この世には人智を超えた現象だって起こり得るんです。さて、校長と教頭に会いに行きましょうか。川崎さんの自殺未遂を知ったら、どんな反応をしますかね」

六

「どう思います？」

テーブルを挟んで向かい合っている山田校長と平山教頭に冬彦が切り出す。

「わたしたちも、ついさっき知ったばかりで何が何だか……。担任が病院に向かっていますから、連絡が来れば、詳《くわ》しい事情もわかるのではないかと思っています」

平山教頭がハンカチで額の汗を拭いながら答える。

「川崎恭子さんはスーパーの屋上から飛び降りたんですよ。命が助かったのは運がよかっただけです。それだけわかれば十分じゃないですか？」

冬彦が言う。

「なぜ、川崎さんは自殺なんか……」

山田校長がつぶやくと、

「こっちが訊きたいよ」

高虎が舌打ちする。

「わずか半年足らずで生徒が四人も自殺しようとして三人が死んだ。四人とも同じ学年で、同じ図書クラブに所属している。しかも、同じ奨学金までもらっている。これが偶然なんですかね？」

「もうひとつ付け加えれば、四人とも美人ですよね。容姿端麗であることも奨学金を与える条件なんですか？」

冬彦が訊く。

「まさか……。そんなはずがないでしょう」

平山教頭が驚いたように首を振る。

「昨日、神ノ宮美咲さんの小学生当時のクラス写真を見せてほしいとお願いしましたよね？　探してもらえたんでしょうか」

冬彦が話題を変える。

「川崎さんの自殺未遂に神ノ宮さんが関わっていると考えておられるんですか？」

山田校長が訊く。

「ノーコメントです。推測で口にしていいことではありませんから……。で、写真は？」

冬彦が促すと、平山教頭が立ち上がり、スチールキャビネットから茶封筒を取り出す。

「どうぞ」

茶封筒を冬彦に差し出しながら、

「神ノ宮さんは小学校三年生の秋に転校したので、一年から三年までのクラス写真が残っています。あとは中学校の入学写真ですね。中学生になってから、今現在までの写真も必要であれば用意できます」

「……」

冬彦が茶封筒から写真を取り出す。B5サイズのクラス写真が四枚ある。

「なるほど、中学生になったときには、もう今とあまり変わっていませんね」

中学の入学写真を高虎に渡す。この頃からマネキンロボットなのか、と高虎がつぶやく。

「ふうん、こういうことですか……」

次の写真を高虎に渡す。それを見て、

「ん？」

高虎が怪訝な顔で写真を凝視する。

「その子ですよ、端っこに写ってます。そうですよね、教頭先生？」

「え、ええ……」

「けどさあ……」

高虎が小首を傾げながら、写真に顔を近づける。

「これ、写ってないのと同じじゃないのかね」

そこに写っている少女は、うつむいて、髪の毛で顔が隠れている。顔がまったく写っていないのだ。

「ああ、こっちも……。これもか」

冬彦が溜息をつきながら、それ以外の写真を高虎に見せる。小学校時代の三枚のクラス写真は、どれも髪の毛で顔が隠れている。これでは美咲がどんな顔をしていたのか、なぜ、「おばけ」と呼ばれていじめを受けていたのか、まったくわからない。

「教頭先生」

冬彦が平山教頭の目をじっと見つめる。

「ぼくが写真を見せてほしいと頼んだことを神ノ宮さんに話したでしょう?」

「え」

平山教頭がぎょっとしたような顔になる。

「何を馬鹿な……」

「やっぱり、そうでしたか。この写真なら見せてもいい、そう許可されたわけですよね?」

「いや、それは……」

「教頭先生は思っていたより、ずっと正直な人なんですね。口から出てくる言葉と、表情や体の動きから滲み出る感情が正反対ですよ。どうやら校長先生も教頭先生も本気で神ノ宮さんを怖がっているようですね。罰が当たるのが嫌なんですよね?」

「……」

「何も答えなくて結構ですよ。この写真、お借りしてもいいですか?」

「どうぞ」

「神ノ宮さんに会わせてもらえませんか?」

「今日は欠席ですよ」

答えてから、平山教頭がハッとしたように口を押さえる。あまりにも返事が早すぎたと気がついたのだ。一人の生徒の出欠を教頭が正確に把握しているのは、あまり自然なことではない。美咲を強く意識しているからこそ出欠まで気になるのであろう。

「ふうん、お休みですか。副理事長もいらしてませんよね？　駐車場に車がありませんでしたから」

「今日は来ていませんね」

「じゃあ、ぼくたちは帰ります。またすぐにお邪魔することになると思いますけど」

冬彦が腰を上げると、山田校長と平山教頭は露骨に安堵の溜息を洩らす。

「あんたたちね、生徒が何人も死んでるっていうのに自分の保身ばかり考えてるんじゃないよ。教育者なんだろ？　身を挺《てい》して生徒を守るくらいの覚悟を持ったらどうなんだ？」

しっかりしろよ、と高虎が捨て台詞を吐いて校長室を出る。

廊下を歩きながら、

「これから、どうします？　署に戻りますか」

高虎が訊く。

「そうですねえ……」

冬彦は何か考え事をしている。

「マネキンロボットが事件のキモだってことはわかってるのに、どうにも攻めようがないもんなあ。くそっ、焦《じ》れったいぜ」

「川崎さんが意識を取り戻せば何かわかるでしょうが、それをのんびり待っているわけにはいきませんからね。彼女が四人の同級生を自殺に追い込んだのは、そうしなければならない理由があったからだろうし、それには副理事長が関わっているはずです。美咲さんは手強いから、副理事長から攻めるのがいいでしょうね」

「搦《から》め手から攻めるしかないってことだな。古河と中島の追い込みに期待する……。念のために訊くんですが、これで終わりなんですかね？」

高虎が声を潜める。

「何がですか？」

「自殺者ですよ。奨学金をもらっていた四人のうち三人が死んで、一人が重体だ。言い方は悪いけど、これで一区切りついたと考えていいんですか？」

「何とも言えませんよね。なぜ、その四人が自殺に追い込まれたのか、その理由がわからないわけですから」

「副理事長がらみの理由ってことですよね？」

「たぶん、そうでしょうね」

「ふうん、それなら、あの子のことは心配しなくていいのかな……」

「あの子？」

「伊藤あぐりっていう女の子ですよ。マネキンロボットの幼馴染みだし、いろいろ知ってるみたいだから……。犯罪物のドラマでよくあるでしょう、秘密を知りすぎた人間は消されるんですよ。まあ、ドラマと現実は違うし、もう退学しちまって副理事長との接点もなさそうだから心配ありませんかね」

「まずい……」

冬彦がハッとしたように立ち止まる。

「どうしたんですか、表情を強張らせて……。腹でも痛くなったんですか？　それなら、ここでトイレを借りて……」

「美咲さん、今日は欠席していると教頭先生が話してましたよね？」

「伊藤あぐりさんに何かをするために……もしかすると、自殺に追い込むために学校を休んだと思ってるんですか？　まさか、いくら何でも、それは考えすぎでしょう」

「そうかもしれませんが、ぼくたちが油断していたせいで川崎さんはスーパーの屋上から飛び降りてしまったんです。同じ轍《てつ》を踏みたくないんです」

「そう言われると何だか気になってくるなあ……。署に戻る前に駅前で探してみますか？」

「まず自宅に行ってみましょう。といっても、親御さんと折り合いが悪くて、おばあさんの家で暮らしていると話してましたけどね」

「教頭先生に住所を教えてもらいましょうか」

高虎が踵《きびす》を返して校長室に向かう。

七

平山教頭に頼んで伊藤あぐりの住所を事務室で調べてもらったところ、自宅住所の他に、緊急連絡先として祖母の住所が登録されていた。自宅は南荻窪三丁目、祖母の家は成《なり》田《た》東四丁目である。

アポを取らずに、いきなり祖母の家を訪ねることにしたのは、電話などすると、かえって伊藤あぐりを警戒させることになるかもしれないと考えたからだ。昨日、ファミレスで話を聞いたとき、伊藤あぐりはひどく怯えており、

「わたし、殺されたくない」

と口にした。

それほど美咲を恐れていた。

祖母の家は成田東四丁目、税務署の近くにあった。立地はいいが、木造平屋の小さな家で、かなり古ぼけている。

チャイムを鳴らすと、腰の曲がった小柄な老婆が現れた。冬彦と高虎は警察手帳を見せて名乗り、伊藤あぐりさんはご在宅ですか、と問う。

「また孫が何かしたんでしょうか？」

老婆が表情を曇《くも》らせる。

高校を中退してから、あぐりが何度も補導されていることを冬彦と高虎は老婆の話から知った。両親と不仲になったのも、高校を中退したことだけが理由ではなく、中退した後、人に言えないようなアルバイトをしたり、飲酒や喫煙で補導されたりして警察の厄介《やっかい》になったことが大きく影響していることもわかった。

「ゆうべから帰っておりません」

昨日の夜、友達の家に泊めてもらうから心配しなくていい、とあぐりから電話があったという。そう頻繁に外泊するわけではないが、それほど珍しいことでもないので心配していなかったという。

「実家に戻ったということはありませんか？」

「それはないと思いますよ。よほどのことがない限り、親には会いたがりませんから。今年も、わたしと一緒にお正月に帰っただけです」

「あぐりさんが泊まった友達の名前や連絡先はわかりますか？」

「いいえ」

老婆が情けなさそうな顔をして溜息をつく。

「恥ずかしいことですが、孫が外で何をしているのか、どんな人たちとお付き合いしているのか何もわからないんです。こちらから急ぎの用があるときは携帯に連絡するようにしています。さっきもお友達が訪ねてきて下さったから、あぐりに伝えようとしたんですが留守電になっていて話ができませんでした。どこにいるのか……」

「お友達？」

ハッとした表情で、冬彦と高虎が顔を見合わせる。

「名前を聞きましたか？」

「ええっと、何とおっしゃったかしら……確か、神ノ宮さん、そうだわ、神ノ宮さんです。品がよくて、とてもきれいなお嬢さん。あぐりにもこんなお友達がいたのねえと嬉しくなりましたよ」

「神ノ宮さんが訪ねてきたのは、どれくらい前でしょうか？」

冬彦の声も心なしか上擦っている。

高虎は顔を引き攣らせている。

「そうですねえ、二時間くらい前かしら」

「どこに行くか話してましたか？」

「急いであぐりに会いたいようなことを言ってましたね。あぐりがどこにいるか教えてほしいと言われましたけど、わたしにもわからないし……。時々、駅前でアルバイトしてるみたいですよ、と話したくらいです」

冬彦は、あぐりの携帯の番号を教えてもらうと、礼を言って辞した。高虎が車を発進させると、冬彦はあぐりの携帯に電話をかけてみる。

しかし、繋がらない。留守電だ。

「寺田さん、急ぎましょう」

「わかってるよ」

ほとんど信号につかまらなかったので南阿佐ケ谷駅まで一〇分ほどで着いた。冬彦は駅前で車を降り、高虎はコインパーキングに駐車しに行く。周囲に忙《せわ》しなく視線を走らせながら冬彦が小走りに移動する。伊藤あぐりを探しているだけでなく、神ノ宮美咲も探している。美咲よりも先にあぐりを見つけられるのが一番いいが、それが無理なら美咲を見つけたいと考えている。肝心なのは二人を接触させないことだからだ。

だが、二人とも見付からない。キャッチをしている若い女性はいるのだが、あぐりはいない。

そこに高虎もやって来た。

「いますか?」

「いません。逆側も探してみましょう」

二人は反対側の出口に向かう。

しかし、ここにも、あぐりや美咲の姿はない。

「そうだ。来て下さい」

冬彦はもとの場所に戻ると、駅前から、ビルとビルの谷間の小路に駆け込んでいく。古ぼけたビルの前で足を止める。先週の木曜、初めてあぐりに会ったときに連れ込まれたビルだ。

階段を駆け上ると、ドアを開けて部屋に入る。

殺風景な部屋の中は衝立でいくつにも区切られており、それぞれのスペースにはスチール机とパイプ椅子が置かれている。スーツ姿の男たちがキャッチで連れ込まれたカモたちの手相を見ている。

「失礼ですが、どちらさまでしょうか。勝手に入られると困るんですが……」

髪をオールバックに撫《な》でつけ、ちょび髭《ひげ》を生やしたスーツ姿の男が近付いてくる。

「伊藤あぐりさんを探しています。いますか？」

「そういう方は、うちにはおりませんが……」

「おい」

高虎が前に踏み出し、ちょび髭の胸倉をつかむ。

「てめえと押し問答してる時間がもったいないんだよ。訊かれたことにきちんと答えろ」

「あ」

冬彦が声を発し、部屋の中に走り込む。

「荒船さん！」

和服姿の荒船義法の姿を見つけたのだ。木曜日に冬彦をカモにしようとしたインチキ占い師である。

荒船は頭の禿《は》げた年寄りの手相を見ている。緑色の数珠の入ったケースを机の上に置いてあるから、今まさに数珠を売りつけようとしているところなのであろう。

「今日、伊藤あぐりさんは、ここに来てますか？」

「何ですか、あなたは？」

「先週、ここに来たじゃないですか。最初、その数珠を一〇〇万円で売りつけようとして、ぼくが買う気を見せないと三〇万に負けてくれましたよね。だけど、それって、仏具店に行けば三〇〇〇円くらいで買える安物ですよね」

冬彦が三〇〇〇円と口にすると、手相を見てもらっていた年寄りがぎょっとしたような顔で荒船を見る。

「先生、確か、これは二〇〇万だと……」

「まったく何を勘違いしているのかな」

わははは っ、と大きな声で笑いながら荒船が椅子から立ち上がり、冬彦を壁際に引っ張

っていく。声を潜め、

「伊藤君なら、休憩中です。すぐに戻ってきますから大きな声で騒がないでいただきたい」

「ここで待たせていただきますよ」

「それは困る」

「こっちにも事情があるんですよ」

「お。戻ってきた。伊藤君に用があるのなら、外で話してもらいましょうか」

冬彦が振り返ると、伊藤あぐりが部屋に入ってきたところだ。冬彦と目が合うと、踵を返して部屋から出て行こうとする。

「寺田さん！」

高虎に声をかけて、冬彦があぐりを追いかける。

階段の踊り場で追いついた。

「待って下さい」

「放してよ。何も話さないからね。もう関わりたくないんだから」

「川崎さん、飛び降りましたよ」

「え？」

あぐりがぎょっとしたように足を止める。

「死んだの？」

「何とか助かりそうだけど、意識不明の重体だよ」

「……」

「学校を休んで部屋に閉じ籠もってたんだけど、昨日、ぼくたちが訪ねた後に神ノ宮さんも川崎さんを訪ねた。川崎さんは、今朝、スーパーの屋上から飛び降りた」

「かわいそうだとは思うけど、わたしには何の関係も……」

「おばあさんのお宅に行ってきた。神ノ宮さんが訪ねてきたそうだよ」

「え？」

「何度も携帯に電話をかけたとおばあさんが話していたよ。それを知らせるために」

「……」

「ゆうべ、よそに泊まったそうだけど、神ノ宮さんが探しに来ることを恐れていたからなのかな？」

「そ、そんなこと……」

あぐりが冬彦から視線を逸らす。

下の方から誰かが階段を上ってくる靴音が響く。何気なく、そちらに顔を向けたあぐりが、あっ、と叫んで、腰が抜けたように尻餅をつく。神ノ宮美咲だ。

「……」

冬彦も高虎も言葉を失っている。

「あぐり、元気そうね」

「わ、わたし……」

あぐりは真っ青な顔で、ぶるぶる震えている。

「話したいことがあるんだけど、ちょっといいかしら？　二人だけで話したいのよ」

「え、ええ……」

蛇に睨まれた蛙《かえる》のように、あぐりは美咲の顔から目を逸らさずに立ち上がろうとする。

「目を見ないで！」

冬彦があぐりの目を手で隠す。

「寺田さん、ここから伊藤さんを連れ出し、車に乗せて遠くに連れて行って下さい」

「よし、わかった」

高虎はあぐりの腕をつかむと、

「一緒に来るんだ」

と引きずるように階段を降りていく。

二人の後ろ姿を目で追いながら、

「なぜ、邪魔ばかりするんですか？」

美咲が冬彦に言う。

「それは、こっちの台詞だと思うけどな。伊藤さんに会って何をするつもりだったの？」

「話をしたかっただけですよ。昔からの友達ですから」

「川崎恭子さんがスーパーの屋上から飛び降りた」

「そうなんですか？」

「知らなかったの？」

「知りませんでした」

「全然驚かないんだね」

「驚かないといけませんか？」

「友達じゃないの？」

「別に親しくはありません」

「昨日、川崎さんの家を訪ねたよね？　お母さんには友達ですと言ったでしょう」

「言葉の綾です」

「なぜ、訪ねたの？」

「図書クラブの部長だし、気になったのでお見舞いに行っただけです」

「ぼくたちが川崎さんの家を出た直後だよね？　つけてたんでしょう、お兄さんの車で」

「ノーコメントです」

「お兄さんに確認してもいいんだよ」

「どうぞ」

「ふうん、口止めしてあるわけか」

「もう帰ってもいいですか？」

「伊藤さんを追いかけるんでしょう？　それは困るなあ。君と伊藤さんを二人きりにしたら、伊藤さんが自殺するかもしれないから。自分の意思で自殺するわけじゃないよ。君が自殺するように仕向けるんだよね。率直に訊くけど、どうやって人を操るの？」

「そんなことしてませんよ」

「お、珍しいね、感情を表に出すなんて。今、怒ったでしょう？」

「……」

「駄目だよ、睨んでも。ぼくは君の目を見るつもりはない。まだ確証はないけど、君の目に秘密があると睨んでるんだ。君に意地悪をすると、怪我をしたり、自殺に追い込まれたりするんだよね？　それを学校の関係者は『罰が当たる』という言い方をしてるみたいだけど、それはおかしいよね。罰が当たるというのは、悪事を為した者に対する神仏の懲らしめというのが本来の意味だ。君に意地悪した人たちが不幸に見舞われるのは神仏のせいではなく、君のせいなんだから、『罰が当たる』という言い方は不適切だと思う。それとも、神ノ宮さんは自分を神様だと思ってるの？」

「小早川さん」

美咲が冬彦を睨む。もっとも、冬彦は美咲の足許に視線を落とし、目を見ないようにしている。

「わたし、あなたが嫌いです。ものすごく嫌いです。この世から消えてしまえばいいと思うくらいに嫌いです。注意した方がいいですよ。本当に罰が当たるかもしれませんから」

「そうならないことを願うよ」

「帰ります。それとも力尽くで引き留めますか？」

「まさか。そんなことはしないよ」

美咲の後ろから冬彦も階段を降りていく。

ビルの入り口で、

「失礼します」

小さく一礼すると、美咲は歩き去った。駅の方向ではないので、

（どこかで副理事長が待っているのかもしれないな……）

と、冬彦は思った。

「さて、と……」

高虎があぐりを連れ出してから、まだ二〇分くらいしか経っていない。車に乗せて、どこかに行ったとすれば、まだ戻って来ないだろうから、一足先に署に戻ろうかと考えた。

駅に向かって歩き出すと、ロータリーの方から高虎が小走りに駆けてくるのが見えた。

「あれ……寺田さん、早いですね」

「車に乗せようと思ったんだけど、あの子が電車で友達のところに行くから大丈夫だって言い張るもんで……。心配しなくても、ちゃんと電車に乗るのを見届けましたから。無理にでも車で送った方がよかったですかね？」

「伊藤さんがそうしたいと言ったのなら、それで構わなかったと思います。とりあえず、神ノ宮さんとの接触を防《ふせ》ぐことはできたわけですから。もっとも、これから先もずっと見張り続けることはできないから、心配と言えば心配なんですが……」

「あの子も同じことを感じたみたいですよ。よっぽど怖かったんだろうな。駅に着くまで、ずっと震えてましたよ。こう言っては何だけど、そのおかげで協力する気になってくれたから、こっちにとってはありがたかったけどね」

「協力って、どういうことですか？」

「川崎さんが自殺を図ったことを知って、次は自分の番かもしれないって、びびってるわけですよ。そんなことにならないように、さっさと事件を解決するために、明日、署に来てくれるそうです。こっちの知りたいことを何でも話してくれるそうです」

「それは、ありがたいですね」

「しかもね……」

高虎がにやりと笑う。

「どうやら、マネキンロボットの写真を持ってるらしいんですよ。つまり、おばけと呼ばれていた頃のね。それも明日、持ってきてくれるそうですよ」

「やりますね、寺田さん」

「たまにはね」

高虎が満更《まんざら》でもない様子で笑う。

二人が肩を並べて駅に向かっていく。

「伊藤さんはすぐに電車に乗せたんですけど、戻ってくるとき、あのばあさんに会ったんですよ」

「あのばあさんて……」

「ほら、二〇〇〇円貸してやったでしょう」

「ああ、富永さんですか。お金、返してくれたんですか?」

「それが……」

駅前をうろうろしているから、どうしたのかと思って声をかけた。高虎の顔を見ると、富永千代子は、顔色を変え、しばらく黙り込んだ後、おもむろに次のような事情を説明した。昨日貸してもらった二〇〇〇円を返そうと思って家を出た。駅前でバスを降りたらお腹が空いてきたので蕎麦屋に入った。天麩羅《てんぷら》蕎麦を食べて支払いをしようと思ったら財布には一〇〇〇円札が一枚と小銭しか入っていない。何とか支払いはできたものの、あとには小銭しか残らなかった。こんなはずはない、借りた二〇〇〇円の他に手土産《てみやげ》でも買うつもりで一〇〇〇円、合わせて三〇〇〇円を財布に入れたはずだ。そこまで考えて、あっと声を上げた。お金を落としたりしたら大変だから、その三〇〇〇円はポーチに入れ、肩からぶら下げるつもりだった。出かける間際にトイレに入ったとき、いつも持ち歩いているトートバッグとポーチをテーブルの上に置いたが、トイレを出て、玄関に向かうとき、いつもの癖でトートバッグだけを肩にかけて外に出てしまった……そんな事情を涙ながらに語りながら、千代子は、

「申し訳ありません、申し訳ありません」

と何度も高虎に頭を下げたという。

「で、どうしたんですか？」

冬彦が何事かを考えながら訊く。

「すぐ近くに車を停めてあるから、うちまで送ってやると言ったんですが、これから病院にも行かなければならないから、なんて遠慮するんですよ。病院代も薬代もないけど、病院に頭を下げて何とかしてもらうなんて溜息をつきながら言うもんで……」

「また貸したんですか？」

「だって、放っておけないでしょう。困ってるんだからさ」

「いくら貸したんですか？」

「二〇〇〇円ですけどね」

「合わせて四〇〇〇円か……。いつ返してもらえるんですか？」

「明日か明後日には署に返しに来ると話してたけど、まあ、忘れてないのなら、そんなに急がなくてもいいと言っておきましたよ」

「優しいんですね、寺田さん」

「それほどでもないけどね」

鼻孔を広げ、得意気に高虎がうなずく。

「その優しさが仇《あだ》にならなければいいですけどね」

八

冬彦と高虎が「何でも相談室」に戻ったときには、すでに西日が差していた。

樋村が機嫌よさそうに鼻歌交じりに報告書を作成している。

「どうしたんだよ、樋村。いいことでもあったのか。おまえのことだから道で百円玉を拾ったとか、自販機のジュースがおまけでもう一本当たったとか、どうせ下らないことで喜んでるんだろうな」

高虎が椅子に坐りながらからかう。

「ふんっ、何とでも言って下さい」

樋村は少しも意に介する様子がない。これも珍しいことだ。

「事件を解決したときくらい胸を張って威張ればいいのよ」

三浦靖子が指笛を吹く真似をする。

「え、事件解決って……何の事件？」

冬彦が訊く。

「嫌だなあ、警部殿。例のストーカー事件に決まってるじゃないですか」

「どういうことなの？」

「そうだ。教えろ。おれたちにも関係あるからな」

「何て言うか、急転直下と言いますか……」

樋村が次のような説明をする。

遠山桜子の自宅に届けられた血まみれの耳は、やはり、冬彦が推測したように、精巧《せいこう》に作られたシリコン製のおもちゃだった。血液に見えたものも、映画やテレビなどで使われる血のりだった。

「それだけじゃないんですよ、何と、おもちゃの耳からは村井道彦の指紋が出たんです」

「ふうん、指紋が出たのか。じゃあ、決まりじゃねえか」

高虎が興味を失ったように言う。

「検出された指紋は村井さんのもので間違いないの？　他にはなかった？」

冬彦が訊く。

「正確に言うと、三つの指紋が確認されて、そのうちふたつが村井道彦の指紋でした。あとのひとつは遠山さんのものです。でも、遠山さんは被害者ですから、指紋があったとしても不思議じゃありませんからね」

「あの耳はビニール袋にチャックで密閉されていたよね。だから、偶然、指紋がつくはずがないし、遠山さん自身、ビニール袋を開けていないし、耳にも触れていないと断言していたじゃないか」

「勘違いじゃないんですか」

「そんなことを勘違いするとは思えないけどなあ」

「何だか感じが悪いなあ」

樋村がぼやく。

「おもちゃの耳から指紋が出たから事件解決ってことなのか？」

高虎が訊く。

「まだ続きがあるんですよ。だけど、警部殿が揚げ足取りみたいなことばかり言うから話が先に進まないんですよ」

「それなら話せよ。警部殿、とりあえず、樋村の話を聞きましょうや」

「指紋が出たんで村井道彦に任意同行を求めることにしたんですよ……」

「わかりました」

理沙子と樋村、それに刑事課の古河と中島も同行して四人で虎ノ門の会社に向かった。古河たちが同行したのは、たとえ、おもちゃの耳だったとしてもいたずらにしては悪質だし、これまでのストーカー行為との絡みもあり、十分に刑事事件として立件できると判断したからだ。そうなると、生活安全課ではなく刑事課が担当する事件ということになる。

村井道彦は体調が優れないという理由で早退していた。四人は村井道彦のマンションに向かい、任意同行を求めたところ、村井道彦はおもちゃの耳を遠山桜子の自宅に届けたことを否認し、自分は無関係だと主張はしたものの、任意同行を拒絶はしなかった。もちろん、喜んで承知したわけではない。万が一、拒否すれば、この一件との村井道彦の関わりを会社には秘密にするという約束を守ることができなくなるかもしれない、と理沙子がやんわりと脅しをかけたのだ。

村井道彦は一人ではなかった。マンションには学生時代からの恋人・島田奈緒美も一緒にいた。島田奈緒美は刑事たちの姿を見て動転し、村井道彦が警察に連れて行かれると知ると、その場に泣き崩《くず》れた。そして、遠山桜子に対するストーカー行為は自分の仕業だと白状した。

「それで事件解決なのか？」

高虎が訊く。

「警部殿や寺田さんに相談してから動いた方がいいかもしれないと思ったんですが、もうひとつの事件の方で忙しそうだったので、ぼくと安智さんの二人で解決したんですよ」

樋村が自慢気に語る。そこに理沙子が戻ってきた。刑事課に出向き村井道彦の事情聴取に立ち会っていたのだ。

「あら、警部殿に寺田さん、お帰りなさい」

「お手柄だったそうじゃないか。樋村から話を聞いてたんだ」

「誉《ほ》めてもらうのは、まだ早いと思いますよ。村井道彦も島田奈緒美もすべてを認めたわけじゃありませんからね」

「おもちゃの耳から指紋が出たんだろう？　言い逃れしようのない証拠じゃないか」

高虎が言う。

「シリコン製のおもちゃだと知って、これは学生時代に仮装パーティーで使った仮面の耳じゃないかなんて言ってますよ。そのパーティーで使って、その後、行方がわからなくなったそうです」

「なるほど……」

冬彦がうなずく。

「それが本当なら、村井さんの指紋がついていた説明がつくなあ」

「そんなの嘘に決まってますよ」

樋村が肩をすくめる。

「恋人の方は。どうなの？」

冬彦が訊く。

「遠山さんに無言電話をかけたことを認めました。でも、待ち伏せや付きまといなんかしてないし、メールを送ったこともないと言い張ってますよ」

理沙子が答える。

「二人で共謀してストーカーしたんじゃねえのか」

「古河さんたちも、それを疑っているようですね」

理沙子がうなずく。

「二人とも事情聴取されているの？」

「村井は、そうです。頑固に何も認めないので時間がかかってますね。島田奈緒美は、もう帰宅させましたよ。まだ遠山さんから正式に被害届も出ていませんし、相談を受けただけですから。一部とはいえ、ストーカー行為についても認めたわけですし、帰宅させても問題ないと刑事課でも判断したようです。あとは告訴するかどうか、遠山さんの意向次第ですね。もっとも、遠山さんとしても事を荒立てたくないみたいでしたね。事件が解決して、ストーカー行為がなくなれば、それで十分だし、これで安心して眠れると喜んでいました」

「ちょっと待って。遠山さんに話したの？」

冬彦の顔色が変わる。

「ええ、それが何か……」

「大変だ。彼女の身が危ない」

冬彦が椅子から立ち上がる。

「もうストーカー行為をしていたことが警察にばれたのに、いくら何でも遠山さんを襲ったりしないでしょう」

樋村が言うと、

「馬鹿だな。危ないのは遠山さんじゃないよ。村井さんの恋人・島田奈緒美さんの身が危ないんだよ！」

珍しく冬彦が大きな声を出す。

九

島田奈緒美は母親に付き添われて自宅に帰ったはずだ、と理沙子は言う。

「電話してみてほしい」

冬彦は慌てている。

しかし、理沙子が携帯にかけても、自宅の固定電話にかけても留守電になっていて誰も出ない。遠山桜子にかけても同じだった。

ますます冬彦は慌てた。相手が電話に出ないというだけのことに過ぎなかったが、それが冬彦には深刻な事態に思えるらしかった。

「行ってみましょう」

「どこに行くんですか？」

高虎が訊く。

「島田奈緒美の家ですよ」

島田奈緒美の自宅は下井草《しもいぐさ》にある。最寄り駅は西武《せいぶ》新宿線の下井草駅で、近くに銀杏《いちょう》稲荷《いなり》神社がある。閑静な場所にある一戸建てだ。両親と祖母、弟の五人家族だが、父親は仕事で海外出張中で不在、祖母は数日前から友人たちと京都に遊びに行っており、やはり、不在である。弟は仙台《せんだい》の大学に通っているから普段は家にいない。従って、今現在、自宅で生活しているのは奈緒美と母親の二人だけだ。

冬彦たちは車で下井草に向かった。

樋村が運転し、助手席に高虎が坐る。後部座席に冬彦と理沙子が村井道彦を挟んで坐っている。

「どういうことなんですか？」

不安そうな顔で村井道彦が訊く。

事情聴取を終えて帰宅しようとしているところに冬彦が飛んできて、島田奈緒美の身が危ない、一刻を争うから一緒に来てほしい……そう言われて車に乗せられたものの、まだ詳しい事情を聞かされていないのだ。

「ひとつ質問していいですか？」

冬彦が村井道彦に訊く。

「島田さんと婚約したのは、いつですか？」

「四月です。入社式が終わって、配属先も決まって少し落ち着いたので婚約しました。結婚式はもっと先になる予定ですが……」

「大学時代のサークル仲間も、それを知ってますか？」

「みんなが集まって、お祝いしてくれましたから」

「遠山さんは、どうですか？」

「パーティーには出席しませんでしたが、たぶん、誰かから聞いたとは思います」

「なるほど、それでスイッチが入ったな」

冬彦がつぶやくと、

「何のスイッチですか？」

理沙子が訊く。

「遠山さんには、アブノーマルな素質があるんだよ。普段は理性で抑圧されているけど、何かのきっかけで、その素質が顔を出してアブノーマルな行動を取らせる。村井さんと肉体関係を持った後にも一度スイッチが入りそうになってるね。だから、村井さんに付きまとった」

「それは収まったじゃないですか。村井さんのアパートで島田さんと出会《でくわ》した後に」

理沙子が言う。

「推測だけど、スイッチが完全に入っていなかったから理性の力で抑え込んだという可能性もあるね。ところが、村井さんと島田さんの婚約を知って完全にスイッチが入ってしまった」

「それで村井さんの会社を訪ねて、結婚してくれと言い出したわけですか?」

運転している樋村が訊く。

「そう。彼女は村井さんを自分のものだと思い込んでいるから、島田さんに奪われそうになって常軌《じようき》を逸《いっ》した行動を取ったわけだね」

冬彦がうなずく。

「でも、その後、しばらく何もしてませんよね。村井さんの会社を訪ねたのがゴールデンウィーク明け、村井さんにストーカーされていると署に相談に来たのは八月の下旬ですよ。やはり、理性がアブノーマルな素質を抑え込んだわけですか？」

理沙子が訊く。

「抑え込んだとしてもぎりぎりの状態だったんじゃないかな。抑え込んだのではなく、村井さんを確実に自分のものにする方法を練《ね》っていたのではないか……そんな気がする」

冬彦が小首を傾げる。

「とすると、スイッチが入るきっかけになったのは、島田奈緒美さんの無言電話なんですかね？」

助手席の高虎が冬彦に訊く。

「そうでしょうね。頭の中で様々な計画を練ったとしても、その計画を実行するかどうかは別問題です。最後の最後の段階で理性が抑えていたのかもしれない。そこに島田さんからの無言電話という要因が加わり、それに後押しされてスイッチが入ってしまった。完全にスイッチが入ってしまうと、もう止めようがありません。妄想が溢れ出し、現実と妄想の区別がつかなくなって暴走に次ぐ暴走を重ねているわけです」

「妄想って、どんな妄想なんでしょうね？」

樋村が訊く。

「樋村君が仕事中に時々、頭の中で想像しているようなことだよ。人には言えず、口にも出せないような恥ずかしいことさ」

「え」

驚いて樋村がハンドル操作を誤り、ハイエースが蛇行して大きく傾く。

「ふざけんな、樋村！　おまえが変態だってことは、みんなが知ってるんだよ。大袈裟に驚くことじゃないだろう。ちゃんと運転しろ！」

理沙子が怒鳴る。

「それにしても、どうして島田さんは無言電話なんかかけたのかね？　婚約が成立して、幸せの絶頂だったはずなのに……」

高虎が首を捻ると、

「それは、さっき島田さんが説明してくれましたよ。婚約するとき、お互いに何も隠し事をしないと誓い合って、それまでの性体験を打ち明け合ったそうです。それで遠山さんとの関係も知られたんですよね？」

理沙子が村井道彦に訊く。

「は、はい。桜子がアパートに押しかけてきたとき、奈緒美も部屋にいましたから……。そのときは何とかごまかしたんですが、ずっと桜子との関係を疑っていたみたいで、婚約が決まったとき、正直に話したんです。まさか、こんなことになるなんて……話さなければよかった」

村井道彦が頭を抱える。

「遠山さんとの関係に嫉妬して島田さんが無言電話をかけたのは、ただのきっかけに過ぎませんよ。遅かれ早かれ、遠山さんは行動を起こしていたはずです。ある意味、島田さんの無言電話は遠山さんに利用されたと言っていいかもしれませんね。ぼくの想像ですが、ゴールデンウィーク明けに遠山さんが村井さんの会社を訪ねて結婚してくれと言ったとき、彼女の頭の中では村井さんとの婚約が成立したんじゃないでしょうか。当然、結婚までのストーリーができあがっているはずです」

冬彦が言う。

「冗談じゃない。ぼくは追い返しましたよ。誤解されるようなことは何も言ってません。誰があんな女と結婚なんか……」

「村井さんが何を言ったかは関係ないんです。すべては彼女の頭の中で練り上げられた妄想ですから。さっき言ったように、現実と妄想の区別ができなくなってるんですよ」

「遠山さんが訴えていたストーカー行為は、島田さんの無言電話以外は、すべて自作自演だったということですか？」

理沙子が訊く。

「自作自演というか、狂言というか……。待ち伏せされたとか、誰かに付きまとわれているとか、証拠もないし、遠山さんがそう言ってるだけだからね。大量の嫌がらせメールにしても、複数のサーバーを経由させて送信元を割り出せないようにするなんて、そう簡単なことじゃない。咄嗟《とっさ》の思いつきではできないよ。用意周到に計画した匂いがするんだよなあ」

冬彦が言う。

「すごいなあ……。警部殿、最初から真相を見抜いていたんですか？」

樋村が感嘆した様子で訊く。

「最初から狂言だと疑っていたわけじゃないけど、遠山さんの態度が不自然だな、どこか変だな、とは感じていたよ。でも、村井さんに会って、村井さんも嘘をついていることがわかったから、ちょっと混乱した。今になってみれば、遠山さんとの過去を忘れたかったから嘘をついただけだとわかるけど」

冬彦がちらりと横目で村井道彦を見る。

「根本的な疑問なんですが、なぜ、遠山さんはこんな狂言を仕組んだんでしょうか？　こんな回りくどいやり方をしなくても他にもっと簡単な方法がありそうな気がするんですけど……」

理沙子が小首を傾げる。

「村井さんを自分のものにするためには、これは手っ取り早くて効果的な方法なんだよ」

冬彦が答える。

「おれは頭の回転が鈍いんでわからないんだけど、ストーカーされていると警察に訴えると、何で村井さんを自分のものにできるんですか？」

　高虎が訊く。

「遠山さんの訴えを真に受けて、警察が村井さんを参考人聴取すれば、いずれ会社にも知られることになります。会社は、どう対応すると思いますか、村井さん？」

　冬彦が村井道彦に訊く。

「警察沙汰なんか起こしたら、ただでは済みませんよ。たとえ身に覚えがないとしても……」

　村井道彦が青ざめた表情で答える。

「そうですよね。さすがにクビにはならないでしょうが、経歴に傷がつくし、出世の道は閉ざされそうですよね。閑職《かんしょく》に左遷《させん》されて将来を悲観すれば、まだ若いし、退職を決意するかもしれない。島田さんは支えてくれるでしょうか？」

「たぶん……そう思います」

「あまり自信がなさそうですね。ストーカー事件がきっかけとなって、村井さんが退職することになれば、島田さんが村井さんとの結婚に不安を感じて婚約を解消するに違いない。そうすれば、村井さんが自分のもとに戻ってくる……そんなことを遠山さんは考えたんじゃないでしょうか」

「馬鹿馬鹿しい」

村井道彦が吐き捨てるように言う。

「ところが、雲行きが怪しくなってきたわけですよ。村井さんの嘘だけでなく、遠山さんの嘘までばれてしまったし、自分が期待したように警察が動かないから村井さんにプレッシャーをかけることもできない。計画に狂いが生じたという焦《あせ》りが遠山さんに更に過激で露骨な手段を選ばせたわけです」

「だから、血まみれの耳を送りつけたんですか？　まあ、おもちゃだったわけですけど……」

理沙子が訊く。

「たとえ、おもちゃの耳だとしても、これは明確な脅迫行為だから、今度こそ警察が動くだろう、村井さんは悪質なストーカーとして逮捕され、会社にもいられなくなるだろう……そう遠山さんは期待したわけだね。ところが、それほど大事にはならず、島田さんは帰宅を許され、村井さんは事情を聞かれているだけだとわかった」

「わたしが知らせたから……」

理沙子がハッとしたように両手で口を押さえる。

「前にも言ったことですが、ストーカー被害に遭った振りをして村井さんを陥《おとし》れようとしたこととは次元の違う行為なんですよ。脅迫的であり、暴力的なニュアンスが色濃く滲んだやり方です。恐らく。遠山さんはかなり苛立《いらだ》ってたんでしょうね。自分の怒りを抑えることが難しくなっている可能性が強い」

「つまり、その怒りが……」

「村井さんを退職に追い込むことで島田さんと村井さんの仲を引き裂き、その上で自分が村井さんを手に入れる……そんな遠回りなやり方を放棄して、怒りを直接的に島田さんに向け、島田さんを暴力的に排除しようと考えるかもしれないということです」

「それは、どういう意味ですか？　まさか……桜子は奈緒美を殺すつもりなんですか」

村井道彦が訊く。

「今言えることは、遠山さんが何をしても不思議はないということです。正常な思考ができる状態ではありませんから」

冬彦が答える。

「そ、そんな……」

村井道彦が絶句する。

一〇

下井草に着くと、車を島田奈緒美の自宅から少し離れた場所に停めた。

「安智さん、もう一度電話してもらえないかな」

冬彦が頼むと、理沙子が携帯を取り出す。島田奈緒美の携帯、自宅の固定電話、遠山桜子の携帯に順繰りにかける。

「出ませんね」

理沙子が首を振る。

「かなりやばい状況ってことですかね?」

高虎が冬彦に訊く。

「そうでないことを祈りたいですね……」

ふと冬彦は何かを思いついたように、

「島田さんと遠山さんの携帯は電源が切られているのかもしれない。それだと相手と話しようがないけど、固定電話なら少なくとも留守電にメッセージを残すことができるし、そばに誰かいれば、そのメッセージを聞くこともできる。それを利用して、最悪の事態を回避してみようか」

「最悪の事態……」

村井道彦が青い顔でつぶやく。

「島田さんの家に遠山さんがいて、島田さんとお母さんに怒りをぶつけようとしているかもしれないということですよ。もちろん、杞憂《きゆう》に過ぎない可能性もあります」

「それなら、さっさと行って確かめましょう。急いだ方がいいですよ」

理沙子がドアを開けようとする。

「それは、まずいよ」

冬彦が理沙子を止める。

「遠山さんの今までの動きを見ていると、新しい次元の行動を起こすときには、必ず、理性が衝動を抑えようとしている。葛藤《かっとう》が生じるんだよ。だけど、何かがきっかけになって、結局は行動を起こしている。島田さんと村井さんの婚約、島田さんの無言電話のようなことだ。血まみれの耳を送りつけたことで、危険な領域に足を踏み入れたことは確かだけど、だからといって平気で殺人を犯すことができるようになったとは思えない。それをするには新たなきっかけが必要だ」

「わたしが、そのきっかけになりかねないということですか？」

理沙子が訊く。

「警察に追い詰められたと感じれば、そのプレッシャーが次の次元に突き進むきっかけになってもおかしくないという意味だよ。まずは遠山さんを刺激しないやり方で、遠山さんがあの家にいるかどうかを確かめよう。家にいたら、どういう状況なのかを知りたい」

「そんなやり方があるんですか？」

「村井さんに手を貸してもらえればうまくいくかもしれない」

冬彦がじっと村井道彦を見つめる。

一一

遠山桜子は一人掛けのソファに坐っている。背筋をピンと伸ばし、両手を膝の上に載せている。手の下には大きな出刃《でば》包丁がある。桜子は目を瞑《つむ》って静かに呼吸を繰り返している。まるで眠っているかのように見える。

その斜め前には三人掛けのソファがあり、島田奈緒美と母親が並んで坐っている。二人は手錠をかけられ、手拭《てぬぐ》いで猿轡《さるぐつわ》をされている。血の気の引いた真っ青な顔で、ぶるぶる震えている。二人が桜子から目を逸らすことができないのは、今は静かな様子に見えるが、いつまた豹変して自分たちを殺そうとするのではないか、出刃包丁を振り回して暴れるのではないか、という恐れを感じているからだ。

固定電話が鳴る。

桜子は無反応だ。

呼び出し音が続く。

やがて、留守電の応答メッセージが流れる。

「ピーッという音がしたら、二〇秒以内にお話し下さい」

というメッセージだ。

「もしもし道彦です。ようやく事情聴取が終わって帰宅を許された。奈緒美が何をしたか刑事さんから聞かされた。桜子にひどいことをしたんだな。嫌がらせの無言電話をかけるなんて陰険じゃないか。おれは怒っている。奈緒美を許せない。桜子がかわいそうでたまらない。桜子に申し訳ない気持ちでいっぱいだよ。この件に関して、おれにも考えがあるから、これから、そっちに行く。留守電を聞いたら、どこにも出かけないで待っていてほしい。奈緒美と話してから桜子に会いに行くつもりだ。きちんと謝りたいし、桜子に会いたいからだ……」

録音の制限時間が切れる寸前、突然、桜子がカッと目を見開き、電話に飛びついて子機を取る。

「道彦さんなの？」

「桜子か？」

「うん」

「どうして、そこにいるんだ？」

「島田さんが嫌がらせ電話をしていたことを刑事さんから聞いたの。どうして、そんなひどいことをしたのか直接、島田さんに訊いてみたかったのよ」

「奈緒美もいるんだろう？　なぜ、桜子が電話に出たんだ？」

「もう誤解は解けたのよ。ちょっとした行き違いがあっただけ。わたし、島田さんを許してあげた。すっかり仲良しになったわ」

「奈緒美に代わってくれないか？」

「なぜ？」

「怒ってるからさ。奈緒美を許せないんだ」

「今は無理……。トイレに入ってるの」

「お母さんは？」

「買い物に出かけたわ」

「もう用事は済んだんだろう？　どこかで待ち合わせないか。桜子に会いたいんだ」

「わたしも道彦さんに会いたい」

「それなら……」

「ここに来てほしいな」

「え？」

「ねえ、道彦さん、わたしのこと愛してるでしょう？　結婚の約束をしたものね」

「そ、それは……」

「愛してるよね？」

「も、もちろんだよ」

「それなら、愛してるって言って。口に出して言ってほしい」

「……」

「言ってくれないの？」

「愛してるよ」

「嬉しい。わたしも愛してるよ。島田さんが嫌がらせ電話をかけたのは、わたしたちに嫉妬したせいだと思う。この際、きちんと婚約を解消した方がいいわ。道彦さんが本当に愛しているのが誰なのか、はっきり言ってあげるのが島田さんのためよ」

「奈緒美を電話に出してくれないか」

「トイレよ」

「このままじゃ腹の虫が治まらない。馬鹿な真似をしたことを叱《しか》りたい」

「ここに来てからでいいじゃない。早く来て」

「……」

「道彦さん？」

「おれが本当に愛してるのが誰か、はっきり奈緒美にわからせたいんだ、少しでも早く」

「道彦さん、本当に嬉しいわ。ようやく心が通じ合った気がする。ちょっと待ってね」

桜子は子機の保留ボタンを押すと、奈緒美の猿轡を外す。

「どうして、こんなことをするの……。もうやめて……」

奈緒美が泣きながら頼む。

「うるさい！　道彦さんからの電話に出てもらうからね。道彦さんが本当に愛しているのが誰なのか、おまえに教えてやる。余計なことを言うんじゃないよ。黙って、道彦さんの話を聞けばいいんだ。もし余計なことを言ったら……」

桜子が奈緒美の首に出刃包丁を当てる。

「ぶっ殺してやる。おまえだけじゃない。ばばあも一緒にぶっ殺す。わかったか？」

「は、はい……。わかったから乱暴をしないで」

奈緒美が啜り泣きながらうなずく。

「スピーカーにして聞いてるからな。騙《だま》そうとしても無駄だからね」

親機のスピーカーボタンを押し、子機の保留を解除してから、

「道彦さん、島田さんに代わるわね。忙しいみたいだから、ちょっとだけしか話せないらしいの。さっきのこと、はっきり言ってやってね」

桜子の声が部屋の中に響く。子機を奈緒美の耳に当てると、

「話せ」

と低い声で言う。

「奈緒美です……」

「おれだ、道彦だよ。大丈夫なのか？」

「わ、わたし……」

奈緒美の目にどっと涙が溢れる。

桜子は子機を自分の耳に当てると、

「道彦さん、何を言ってるの？　話が違うじゃないの」

「何だか、奈緒美の様子がおかしかったからさ。どこか具合でも悪いのか？」

「そんなことないわよ。普通よ。ちょっとお腹が痛いとは言ってたけど」

「これから、そっちに行く」

電話が切れる。

桜子は子機をテーブルに置くと、

「道彦さん、わたしに会いに来るのよ」

自慢気に奈緒美に言う。

「……」

奈緒美は、ぶるぶる震えながら泣き続けている。

「あんたなんか愛されてないんだから。道彦さんが愛してるのは、わたしなのよ。プロポーズされたわ。結婚したいんだって。あんたとの婚約は解消よ」

「な、なぜ、こんなひどいことを……。自分が何をしてるのか、わかってるの？」

「うるさい！」

いきなり出刃包丁をソファに突き刺す。

きーっ、とヒステリックに叫びながら、出刃包丁を何度も何度もソファに突き刺す。ソファが裂け、中の詰め物が散乱する。

「誰にも邪魔させない。もう二度と、わたしと道彦さんは離れないのよ、心も体もね」

「狂ってる……」

「何だと?」

桜子がじろりと奈緒美を睨む。

「だ、だって、あなたの言ってること滅茶苦茶だもの。道彦さん、あなたのことなんか何とも思ってないんだし……」

「……」

桜子は立ち上がると、奈緒美を見下ろす。二人とも青白い顔をしているが、奈緒美は恐怖のせいで、桜子は怒りのせいで顔から血の気が引いたのである。

「今の言葉、もう一度、言ってみなさいよ。道彦さんがわたしをどう思ってるっていうの?」

「そ、それは……」

余計なことを口走ってしまったことに気がついて、奈緒美の顔に脂汗《あぶらあせ》が浮かぶ。

「道彦さんを殺して、わたしも死ねば、二人の愛は永遠に美しいままでいられる。あんたも道連れにしちゃおうかな……。あんたが二人の仲を裂こうとしたせいで、道彦さんに誤解されたりして、わたしはものすごく辛い思いをしたんだから。正直に言えば、あんたのことが憎くて憎くてたまらないの。この包丁をあんたの心臓に突き刺したら、胸がすーっとするんじゃないかという気がするのよね」

「ごめんなさい。許して……。お願い。殺さないで……」

「嫌な女！　わたしと道彦さんの邪魔ばかりして」

桜子の目尻が吊り上がる。

出刃包丁の切っ先が奈緒美の胸に向けられる。奈緒美が、ひぃーっと叫びながら身をよじる。殺気を感じたのだ。娘の危機を察した奈緒美の母親も暴れる。

そのとき、インターホンが鳴る。

「道彦さん」

奈緒美が泣きながら名前を呼ぶ。

「うるさい！」

桜子が奈緒美に猿轡を嚙ませる。

それから、インターホンの受話器を取る。

「はい？」

「村井だ。早く開けてくれ」

「来てくれたのね。ちょっと待って。すぐに開けるから」

受話器を戻すと、桜子はソファの横に置いてあるトートバッグから化粧ポーチを取り出し、手鏡で素早く化粧を直す。口紅を塗って、手鏡に向かってにこりと微笑むと出刃包丁を手にして玄関に向かう。チェーン錠をしたまま、桜子がドアを少しだけ開ける。目の前に村井道彦が立っている。強張った表情で、視線を足許に落としている。隙間から視線を左右に走らせる。

「念のために訊くけど、一人よね？」

「うん」

「今、開けるね」

一度ドアを閉めて、チェーン錠を外す。ドアを開けると、

「道彦さん、会いたかった！　わたしを見て、そして、愛してるって言って」

「反吐《へど》が出る！」

「え？」

「クソ女！　奈緒美とお母さんに何をした」

村井道彦が桜子につかみかかろうとする。そのせいで、物陰に身を潜めていた高虎が玄関に飛び込もうとしたとき、桜子と高虎の間で道彦が邪魔する格好になった。

「村井さん、後のことは、ぼくたちに任せて下さい！」

高虎の後ろにいる冬彦が叫ぶ。

「警察！」

桜子の形相が一変する。道彦の胸をどんと突くと、くるりと踵を返す。リビングに駆け戻ろうとする。

が……。

奈緒美と母親のそばには理沙子と樋村が待ち構えている。インターホンで桜子を玄関に誘《おび》き寄せている隙に裏口から家に忍び込んだのだ。

それを見ると、またもや桜子は向きを変えて玄関に戻る。

「ちくしょう、よくも騙したな！」

出刃包丁を振り上げ、両目をカッと見開いて道彦に襲いかかる。その顔を見て、恐れをなした道彦が逃げようとする。高虎とぶつかり、二人が足をもつれさせて後退する。冬彦が取り残される形になる。

「死ねーっ！」

桜子が冬彦に切りかかる。

「わ」

包丁の切っ先が胸元をかすめる。

冬彦が下がると、桜子が踏み込んでくる。出刃包丁を振り下ろす。際どいところで、それをかわすと、冬彦は桜子の手首をつかみ、体を半回転させながら桜子を腰に乗せて投げる。桜子が背中から床に落ち、仰向けにひっくり返る。そこに高虎が飛びかかって出刃包丁を奪う。リビングから駆けつけた理沙子が桜子の胸を押さえる。

「警部殿、やればできるじゃないですか」

理沙子が感心したように言う。

「安智さんが道場でしごいてくれたおかげです。道場では投げられてばかりだったけど……」

冬彦は力が抜けたように尻餅をつき、呼吸を整えながら手の甲で額の汗を拭う。

「あ……。血が出てます。大丈夫ですか？」

理沙子が訊く。

冬彦の左腕から血が流れており、Ｔシャツにも血が滲んでいる。

「たぶん、アドレナリンが出ているせいだと思うけど、何も痛みは感じない。切られたことも覚えてないよ」

「名誉の負傷ですかね」

ふふふっ、と高虎が笑う。

一二

「やっぱり、病院に行った方がいいんじゃないですか?」

三浦靖子が冬彦を手当てしているのを覗き込みながら理沙子が言う。手当てといっても、傷を消毒して軟膏《なんこう》を塗り、絆創膏を貼っているだけだ。

桜子を取り押さえた後、冬彦たちは直《ただ》ちに署に応援要請をし、救急車を呼んだ。島田奈緒美と母親は病院に搬送され、遠山桜子は逮捕されて署に送られた。駆けつけた古河や中島にざっと事情を説明し、あとのことは刑事課に任せて、0係の面々は署に戻った。

「大袈裟ねえ。かすり傷じゃないの。それにしても悪運が強いよね。相手は出刃包丁を持ってたんでしょう? よくこんな傷で済んだわねえ。ひ弱なキャリア君が殉職《じゅんしょく》してもおかしくなかったわよね」

「三浦さん、その言い方は、ちょっとまずいんじゃないかなあ。不適切というか……」

亀山係長が控えめに注意する。

「まさか母親と娘を縛り上げて出刃包丁を振り回してるとは思わなかったもんなあ。こっちに襲いかかってきたとき、完璧に目がいかれてた。思い出しても、ゾッとするな」

高虎が首を振る。

「役回りを間違えましたよね。寺田さんと警部殿が裏口から入ればよかったんですよ。そうすれば、あの女と戦うのは安智さんだったでしょうから。警部殿があの女と対決することになるなんて思ってませんでしたからね」

樋村が言う。

「それは結果論でしょうが。包丁を振り回してリビングに飛び込んできたら、わたしたちだけじゃなく、人質に取られていた二人も危険だったんだよ。あんた、身を投げ出して人質を守る覚悟があった？」

理沙子が樋村を睨む。

「そ、そりゃあ、ぼくだって……」

樋村が強がるが、言葉に力がない。

「どうしたんです、警部殿が黙り込むなんて珍しいじゃないですか。さすがにショックでしたか」

高虎が冬彦に訊く。

「確かに驚きましたね」

「ストーカー被害を訴えてきた女子大生が、実は凶暴なストーカーだったなんてねえ。誰だって、びっくりするわよ。インド人もびっくりよね」

「三浦さん、そういう言い方もちょっと……」

「あら、これも不適切ですか、係長？」

「ま、まあね……インド人に失礼だからね」

うふふふっ、と亀山係長が薄く笑う。

「遠山さんなんですが、たぶん、過去に似たような事件を起こしてるんじゃないかなあ」

冬彦がつぶやく。

「なぜ、そう思うんですか？」

理沙子が訊く。

「あまりにも行動が飛躍しすぎているからだよ。村井さんを退職に追い込み、島田さんとの仲を壊すためにストーカー事件を捏造《ねつぞう》することと、島田さんの家に乗り込んで、島田さんとお母さんを縛り上げ、出刃包丁を振り回して警察官に襲いかかることは、まったく次元の違う犯罪だ。ちょっとやそっとの違いじゃない。賢い女子大生だからストーカー事件の捏造を計画したことには驚かないけど、暴力的な犯罪を起こすことは頭のよさとは関係ないからね。暴力的な因子を遠山さんが持っていたとすれば、今まで一度も暴力的な事件を起こしたことがないということはあり得ない。きっと何かやってるはずだよ」

「彼女は被害者という立場を装っていたので、こっちも彼女の犯歴なんか調べてませんからね」

樋村がうなずく。

「どうせ刑事課が調べるだろうけど、速攻で調べるように中島に言っておきますよ。警部殿も気になるでしょうからね」

　高虎が言う。

「わたしも知りたいですね」

「ぼくも」

　理沙子と樋村がうなずく。

　電話が鳴る。三浦靖子が出る。お待ち下さい、と言って冬彦に受話器を差し出す。

「川崎さんという方から」

「はい、小早川ですが……」

　二分ほど、冬彦は相手の話に耳を傾けた。時折、相槌《あいづち》を打つだけで、冬彦の方からはほとんど話さない。電話を切ると、

「何かあったんですか?」

　高虎が低い声で聞く。それまで話していたのと声の感じが変わったのは、もしや川崎恭子の容態が急変したのではないか、という危惧のせいであった。

　それを察した冬彦は、

「まだ意識は戻らないそうですが、とりあえず、容態は安定してるみたいです」

「そうですか」

「薬物検査の結果が出たので電話で知らせてくれたんですよ。微量の薬物が検出されたそうです」

「脱法ドラッグだな……」

高虎が顔を顰める。

「ただ、あくまでも微量に過ぎないので、それが原因で錯乱《さくらん》し、屋上から飛び降りたとは考えられないみたいです」

「先週、梅里のマンションから飛び降りた子からも、脱法ドラッグが検出されたんですよね？」

理沙子が訊く。

「うん、今泉淳子だ」

高虎がうなずく。

「今年の春から四人飛び降りてる。同じ高校の、同じ学年の、同じ図書クラブの、同じ奨学金をもらっている女子生徒たちだ。しかも、四人ともかなりの美形という点も共通している。脱法ドラッグが検出されたのは今泉淳子と川崎恭子の二人だけだが、最初の二人だって検査をすれば、きっと検出されたに違いない。そうですよね、警部殿？」

「そう思います。寺田さんの言葉に付け加えるとすれば、この一連の自殺事件には副理事長の神ノ宮龍之介と、その妹の神ノ宮美咲が深く関与していますね。それも確かだと思います」

「自殺に見せかけた他殺という意味ですか?」

樋村が訊く。

「いや、自殺は自殺だけど、何らかの方法で本人の意思に関係なく自殺に追い込んでいるんだ」

「そんなことができるんですか?」

「できるからこそ、次々に生徒たちが飛び降りるんだよ。その方法がわかれば、この事件も解決できるんだが……」

第四部　秘密

一

八月二六日（水曜日）

朝礼が終わると、刑事課の古河と中島が「何でも相談室」に現れた。

「昨日の件ですけどね……」

古河が切り出したのは、桜子の過去の犯歴についてである。過去に似たような暴力事件を起こしているのではないか、という冬彦の推測を高虎が古河に伝え、それを古河が調べたのだ。

「やっぱり、何かやってたのか？」

高虎が訊く。

「少年犯罪で、しかも、立件されなかったので調べるのに苦労しました」

「もったいぶらずに早く教えろよ」

「ええ……」

古河が話したのは、次のようなことだ。

遠山桜子は中学三年生のとき、通っていた進学塾の講師の腹部を刃物で刺した。命に別状はなかったものの、その講師はしばらく入院を余儀なくされた。

個室でマンツーマン指導を受けているとき、講師からセクハラされたので、自分の身を守るために刃物を振り回したら、たまたま刺さってしまった、というのが桜子の主張だった。桜子の供述内容は混乱しており、矛盾点も多かった。なぜ、鞄にナイフを入れてあったのかという説明もできなかった。

しかも、桜子が講師に一方的に想いを寄せ、たびたびラブレターを送っていたことも明らかになった。講師がまったく相手にしてくれないことに腹を立てたのか、次第に「裏切り者」「絶対に許さない」「必ず先生と結婚する。この世で無理なら、あの世で結婚する」などという脅迫紛いの手紙も送るようになった。講師を刺したのは「先生を殺して、わたしも死ぬ」という手紙を送った直後だった。

状況は桜子に不利で、少年院送致されてもおかしくなかったが、マスコミに騒がれて評判に傷がつくことを恐れた塾側が講師を説得し示談に応じたため、桜子は罪を逃れた。

「驚いたな。中学生のときに人を刺してたのか」

高虎が目を丸くする。

「あの出刃包丁で誰かを刺してもおかしくなかったわけですか。ゾッとしますね」

樋村が言う。

「思った通り、遠山さんはおとなしいストーカーではなかったね。精神的に追い詰められると何をするかわからない暴力的で危険なストーカーだった。迂闊だったなあ。もっと早く気がつかなければいけなかった」

桜子を精神的に追い詰めたことを後悔しながら冬彦が溜息をつく。

「怖いなあ。誰かに熱烈に愛されるというのも善し悪しなんですね」

樋村がつぶやくと、

「心配するな。おまえには、その心配はないよ」

中島が樋村の背中をどんと叩く。

「厳密に言うと、遠山さんは村井さんを熱烈に愛していたわけではないと思うね。本人が、そう思い込んでいただけだよ。彼女は明らかに心を病んでいるからね。何かが欲しくなると、その欲望を抑えることができないんだよ」

冬彦が言う。

「中学生のときは、講師にラブレターを書いて、その気持ちに応えてもらえないと、いきなり、刃物で刺したわけじゃないですか。今回は、ストーカー事件の捏造とか、おもちゃの耳を使うとか、手の込んだやり方をしていますよね。最終的に暴力事件に発展してしまったのは同じでしたけど、それでも村井さん本人を狙ったわけではない。この違いは、なぜなんでしょうか？　彼女も成長して、少しは理性で欲望を抑制できるようになったということなんでしょうか」

理沙子が訊く。

「そうかもしれないし、もしかすると、より狡猾《こうかつ》になっただけなのかもしれない」

冬彦が答える。

「狡猾？　どういう意味ですか」

高虎が訊く。

「この事件、たぶん、裁判にはなりません」

「心の病だからですか？」

「精神鑑定を受ければ、彼女を刑務所に入れても何の解決にもならないことはわかるはずです。彼女に必要なのは処罰ではなく、治療ですからね。もしかすると、彼女は、それを自覚しているのかもしれないということです」

「悪いことをしても刑務所には入らず、精神病院に入院して治療を受け、すぐに退院するってことですか？　しかも、それを意識的にやっている……」

「その可能性もあるということです。今の段階では何とも言えません」

冬彦が首を振る。

「退院したら、また同じことをするかもしれないということですよね？　そんなこと許されるのかしら……」

　理沙子がつぶやく。

「あんたたち、いつまで無駄話をしてるのよ。仕事が山積みでしょうが。係長がトイレに閉じ籠もる前に仕事を始めてよ」

　三浦靖子が大きな声を出す。その横で亀山係長が青い顔をしている。

「また何かわかったら知らせますよ」

　古河と中島が出て行こうとする。

「あっちも忘れちゃ困るぜ」

「副理事長を締め上げる件ですね。覚えてます」

「頼むわ」

「ああ、すごい事件を解決した後だと何だか力が入らないなあ」

　樋村が溜息をつく。ストーカー事件が決着したので、樋村と理沙子は溜まっている事件をひとつずつ処理していかなければならないのである。

「どんな事件があるんだよ？」

　高虎が訊く。

「事件だなんて言わないで下さい。ただの苦情です。苦情の山です。ぼくたちは苦情処理係なんですよ。近所の犬が散歩の途中に家の前の電柱におしっこをするのをやめさせてくれ、公園で鬼ごっこをしている子供たちの声がうるさいから何とかしてくれ……これは警察の扱う仕事なんですか？」

　樋村がぼやく。

「きちんと対応すれば、警察の評判もよくなるじゃないか。立派なＰＲ活動なんだよ」

「それなら、寺田さんが代わって下さいよ」

「馬鹿野郎。おれには大事な仕事が残ってるんだよ。女子高校生連続自殺事件の真相解明という」

「大丈夫ですよ。寺田さんがいなくても警部殿が解決してくれますからね」

「うるせえ！　身の程をわきまえて、黙って自分の仕事をすればいいんだよ」

　高虎が樋村の後頭部を平手打ちする。

「また暴力ですか。自分に都合の悪い話になると、すぐに暴力でごまかそうとする。皆さん、今の寺田さんの理不尽な暴力、ちゃんと見てましたよね？」

　樋村がぐるりと部屋の中を見回す。

　誰も樋村など見ていない。皆、戸口をじっと見ている。

　そこに伊藤あぐりが立っている。

二

冬彦と高虎は伊藤あぐりを一番相談室に案内した。

「恭子の具合は、どうですか？」

椅子に坐ると、あぐりは視線をテーブルに落としたまま訊いた。

「まだ意識は戻ってないけど、容態は安定しているみたいだよ。ただ……」

冬彦が一呼吸置く。

「血液検査の結果、ドラッグが検出された」

「ドラッグって……麻薬？」

あぐりが顔を上げる。

「いわゆる脱法ドラッグのことだよ。法律で規制されていない成分を使って合成されたものだけど、効果は違法薬物とさほど変わらない。先週、飛び降り自殺した今泉さんからも検出された。思い当たることがあるよね？」

「何で、わたしが……」

「嘘はやめよう。そんなことをしても時間の無駄だ。それは君にだって、わかってるはずだよね？　だから、ここに来てくれたんじゃないのかな」

「……」

あぐりは、ハッとしたように黙り込むが、ふっと息を吐くと、

「そうよね。恭子まで狙われたんじゃ、次はわたしの番だもん。事務所に美咲が現れるのを見て、今度は、わたしに罰《ばち》を当てる気なんだなって思った。まだ死にたくないから刑事さんに協力する気になったわけだし……」

「脱法ドラッグについて知っていることを教えてほしい」

「よく知らないの」

あぐりが首を振る。

「噂は聞いたことがあるけど、わたしは使ったことなんかないよ。もちろん、自分で持ってるはずもないし。恭子や淳子だって、そうだと思う」

「どんな噂を聞いたのかな？」

「副理事長が使うらしいって……。『シスター』の中からお気に入りを選んで、脱法ドラッグを使って何かするらしいって……。だけど、実際に何をするのかは知らない。そんな噂をするだけでも、びくびくものだったから。万が一、美咲の耳に入ったら、ただじゃ済まないって、みんなわかってたから」

「君も誘われたことがあるのかな、副理事長に？」

「一度だけある。そのときは美咲が庇《かば》ってくれた。わたしは美咲の幼馴染みだし、他の

『シスター』とは立場が違っていたから」

「その『シスター』っていうのは何なのかね?」

高虎が訊く。

「何て言えばいいのかな……美咲の親衛隊みたいな感じ? 図書クラブの部員はみんな『シスター』だよ。美咲は自分が気に入った子しかクラブに入れないから」

「友愛的な組織ということなのかな?」

冬彦が訊く。

「ユウアイ?」

「仲のいい者同士が助け合うという意味だよ」

「それは違うんじゃないかな。わたしたち、助け合ったりしてなかったもん。いつも美咲が一方的に命令するだけ」

「質問を変えるけど、『シスター』から抜けることはできるのかな? 君は抜けたよね」

「ううん、それは無理」

あぐりが首を振る。

「わたしのことは特別に許してくれたの。わたし以外に抜けた人はいないと思う。そんなことをしたら罰が当たるって、みんな知ってるし」

「蒲原好美さん、唐沢陽子さん、今泉淳子さん、川崎恭子さんの四人は罰が当たったと思うの？　彼女たちは『シスター』から抜けようとしたのかな」

「好美が悩んでいたのは確か。副理事長絡みだと思う。『シスター』から抜けようとしたというより、副理事長が何かひどいことをして、それを学校とか警察に訴えようとしていたんじゃないかな。相談には乗ってたんだけど、口が重くて、なかなか詳しい話をしてくれなかったの。秘密を知ると、わたしにも迷惑がかかるからって」

「秘密？　どんな秘密なのかな」

「それを聞く前に罰が当たって死んじゃった」

「蒲原さんの自殺は、罰が当たったせいだと思うんだね？　それは蒲原さんの自殺に美咲さんが関わっているという意味だよね」

「うん、そう思う……」

あぐりが小さくうなずく。

「だって、美咲は普通じゃないんだもん。昔からそうなのよ。見る？」

「見るって……。あ、写真を持ってきてくれたの？」

「古い写真だけど、一枚だけ持ってるの。昔の美咲の写真なんか、いくら探しても見付からないと思うよ。美咲は写真を撮られるのをものすごく嫌がってたから、そもそも数が少ないし……。クラスで記念写真を撮るときだって、いつもうつむいて、髪の毛で顔を隠すようにしてたから。この写真は、偶然、うちの親が撮ったんだよね。こんな写真を持ってることを美咲に知られたら、とっくの昔に罰が当たって、わたしはこの世にいなかったと思う。信じられない写真なのよ。それでも見る？」

「もちろん」

冬彦がうなずくと、あぐりがポケットから封筒を取り出す。その中に写真が入っているらしい。

「どうぞ」

あぐりが封筒を冬彦に押しやる。

冬彦が写真を取り出す。かなり黄ばんでいる。

高虎も横から覗き込む。

その瞬間、

「え」

という声が高虎の口から洩れる。

冬彦も呆然とし、瞬きもせずに写真を凝視する。

三

冬彦と高虎は、伊藤あぐりが持参した美咲の写真を凝視する。二人は言葉を発することもなく、瞬きすらせずに、ひたすらその写真を見つめる。

やがて、高虎がふーっと息を吐きながら、椅子に深くもたれる。額に汗の粒が浮いている。手の甲で汗を拭いながら、

「念のために訊くけど、その写真、インチキじゃないよね？」

「インチキって、どういうことですか？」

あぐりがむっとする。

「これは本物ですよ」

冬彦はリュックから取り出した虫眼鏡で写真の細部まで綿密に調べている。

「だけど、何だかおかしくありませんか？」

「顔のパーツの位置がおかしいと言いたいわけですよね？　位置がおかしいだけでなく、パーツの大きさも不揃《ふぞろ》いでバランスが取れていない。何らかの理由で顔の形を保つことができず、目や鼻や口があるべき場所にないだけです」

「だけ、って……」

「頬骨や下顎が欠如しているわけではないから最悪というわけではないな」

「頬骨や下顎の欠如って……」

「この写真に写っているのが美咲さんなら、整形手術を受けたのは間違いないでしょうね。一度では済まず、たぶん、何度も受けたと思います。時間も費用もかかるし、手術に

は苦痛を伴います。海外に行った理由もわかる。この種の整形手術の技能に関しては、アメリカが最も進んでますから」

「すご〜い、小早川さんって何でも知ってるんですね。刑事さんというより、お医者さんみたい」

あぐりが尊敬の眼差しを冬彦に向ける。

「一応、ありがとう、どういたしまして、と言っておくけど、この程度のことは図書館で本を読めばわかるし、図書館に行くのが面倒なら、インターネットで調べればいいんだよ。誰にでもできることだから、誉められても大して嬉しくはないね」

「ふうん、小早川さんて謙虚なんですね」

「謙虚なのではなく正直なだけだよ。伊藤さんのおかげで、ひとつはっきりしたことがあるよ」

「何です？」

高虎が訊く。

「美咲さんに会うたびに、すごく不思議だったのは、彼女の表情から何も読み取ることができないということだったんですよ。誰だって、多かれ少なかれ心の動きが表情に表れるものなんです。意図的にコントロールできないこともありませんが、それにも限度がありますからね。ところが、ボディランゲージからは割とはっきり喜怒哀楽を読み取ることができました。なぜ、そんなアンバランスが生じるんだろうと疑問を感じていましたが、美咲さんが整形手術していたことが確かなら、その謎は解けます。本当の顔の上に別の顔を作ったから、感情が表に出ないんですよ。そういう意味では、寺田さんは本質をついていましたね」

「何のことですか？」

「美咲さんをマネキンロボットと呼んでいたじゃないですか。その通りだったんですよ。少なくとも、彼女の顔は人工的に拵えられたものだったわけですからね。本能的に彼女の正体を見抜いていたわけですね。すごいです」

「いやあ、それほどでも……」

「伊藤さん、もうひとつ訊きたいことがあるんだ。正直に答えてほしい」

「ええ、わたしにわかることなら……。そのつもりで、ここに来たわけだし」

「美咲さんに意地悪したり、美咲さんが気に入らないことをすると罰が当たるんだよね？」

「そうよ、ひどい目に遭うの」

「だけど、ぼくは罰が当たるのではなく、誰かが罰を与えていると思うんだ。誰かというのは、もちろん、美咲さんだよ。だけど、その方法がわからない。君は知ってるんじゃないのかな？」

「方法って何のこと？」

「川崎恭子さんがスーパーの屋上から飛び降りる前日、ぼくは川崎さんと話したけど、自殺しそうな様子には見えなかった。学校に行くのが怖いから家に閉じ籠もっているように見えた。ぼくが帰った後、美咲さんが川崎さんに会いに行った。その翌日、彼女は飛び降りた。それは偶然なのかな？」

「そんなこと……」

「わからない？」

「ええ」

「蒲原さんにも、唐沢さんにも、今泉さんにも、そして、川崎さんにも自殺しなければならない理由なんかなかったんじゃないのかな。だけど、副理事長は、そうじゃない。彼女たちの死を願っていたかもしれない。さっき、君が言ったように蒲原さんが学校や警察に何かを訴えようとしていて、それに副理事長が関わっていたとすれば、副理事長には彼女たちの口を封じたい理由があったということになるからね。しかし、副理事長には彼女たちに罰を当てるような力はない。その力があるのは美咲さんだ」

「……」

あぐりの顔色が悪くなってくる。

「昨日、美咲さんが君に会いに来たのは、君に罰を当てるためだったんじゃないのかな？

つまり、君にも飛び降り自殺をさせようとした。違うかな？」

「たぶん、そうだと思う」

溜息をつきながら、あぐりがうなずく。

「君は自殺したいの？」

「まさか！」

あぐりが首を振る。

「死にたくないから、ここに来たのよ」

「こういう言い方をすると気分が悪いかもしれないけど、昨日、美咲さんと二人きりになっていたら、君も飛び降り自殺を試みてたかもしれない……そうは思わない？」

「うん、そう思う」

「どんなやり方をしているのか、教えてくれないか？　自殺したいなどと露程《つゆほど》も考えていない人間に、どうすれば自殺を強要できるんだろう？」

「わからない。だって、罰が当たった人たちは死んじゃうんだよ。たとえ命が助かっても、人が変わったようになって、何もしゃべらないの。わたし、そういう人たちを何人も見てきた。だから、美咲には逆らわなかったんだ。どうやってるのかなんて考えたこともないいし、誰からも聞いたこともないわ。だって、迂闊なことを口にして、それが美咲の耳に入ったらどうなる？　きっと罰が当たって死ぬことになるんだよ」

あぐりは青い顔で心底恐ろしそうに言う。

「月曜に会ったとき、死んだのは三人だけじゃないと教えてくれたよね？　それは高校生になってからの数字で、もっといるんだって。あのとき、君はこう言った、『おばけが美少女に変身したのをからかう子もいた』『死んだ子はいなかったけど、階段から落ちて足を骨折したり、車に轢かれて入院したり、中には、自分の目を刺した子もいた』覚えてるよね？」

「う、うん……」

冬彦の顔から目を逸らして、あぐりがうなずく。

「死んだのは三人だけじゃないと言いながら、直後に『死んだ子はいなかった』と矛盾したことを口にしている。うっかり真実を口にしてしまったので、慌てて嘘でごまかそうとしたのかな？　それとも、記憶が曖昧で混乱していただけなのか。それを知りたいな」

「わたし、別に嘘なんか……」

「じゃあ、記憶が混乱していただけなのかな。きちんと確認しておこうか。階段から落ちて足を骨折した国枝正広《くにえだまさひろ》君だけど、怪我をした二ヶ月後に自宅で首を吊って自殺したんだよ。知らなかった？」

冬彦が手帳を開いて確認しながら訊く。

「あいつ、バカだったもん」

居心地悪そうに体をもじもじ動かしながらあぐりが答える。

「罰が当たったことがわかってなかったの。足を骨折したくらいでラッキーだったのに、その後も美咲をからかうのを止めなかった。もっとひどい罰が当たるんじゃないかなあって、みんながひそひそ噂してたら死んじゃった」

「どうして最初から本当のことを言ってくれなかったの？」

「あのね、今ここにいるのは、もう腹を括ってるっていうか、このままだと、わたしにも罰が当たって死ぬことになるなって怖いからだよ。死ぬのは嫌だから警察に協力してるわけ。早く解決してほしいから。そうじゃなければ何も言わないよ。嘘をつくつもりなんかないよ。昔からそうなんだけど、罰が当たったことを噂したりすると美咲に睨まれるの。だから、みんな、心の中ではいろいろ考えても、決して口に出さなかった。口に出すと自分にも罰が当たるから。だから、国枝に忠告してやろうと思ってもできなかった。そんなことが美咲の耳に入ったら怖いもん。国枝は本当にバカ。怪我しただけですんでラッキーだったんだから、本間《ほんま》や山科《やましな》みたいに転校すればよかったんだよ。そうすれば死なずにすんだのに……」

「自分の目を刺した本間敏夫《としお》君は転校した半年後に自殺したよ」

「え」

あぐりが驚いたように両目を大きく見開く。

「知らなかった？」

「全然」

「本間君は東京を離れて、親戚のいる北海道の中学に移ったんだ。彼の自殺に美咲さんが関わっているかどうかはわからない。美咲さんが北海道に本間君を訪ねたかどうか確かめようがないからね。直接的に関わっていないとしても、彼が転校を余儀なくされたのは目を刺したことが原因だろうから……」

「美咲のせいってことよね」

あぐりがうなずく。

「美咲さんがきれいな顔になって戻ってから、中学の同級生が二人自殺し、高校の同級生が三人自殺、一人は意識不明の重体だ」

「山科は生きてるの？」

「車に轢かれてしばらく入院した後、山科浩介《こうすけ》君は転校した。不登校になってしまったようだし、高校にも進学していないみたいだけど、自殺してはいない。生きてるよ」

「よかった。学歴なんかより命が大事だもん」

あぐりがホッとしたように息を吐く。

「もう帰っていいかな？　何だか疲れちゃった」

「それじゃ送ろう。一人で帰すのは心配だ」

高虎が言う。

「この時間には美咲だって学校にいるでしょ。だから、大丈夫」

「どこに帰るの？」

「事件が解決するまで友達の家に泊まらせてもらうつもり。仕事にも行かない」

「おばあさんが心配するんじゃないかな」

冬彦が言う。

「わたしが死んだら、もっと悲しむと思うよ。心配させるのは申し訳ないけど、死ぬよりはましでしょ？　それに小早川さんがすぐに事件を解決してくれると信じてるし」

あぐりが腰を上げ、相談室を出て行こうとする。

ふと何かを思いついたように立ち止まって振り返ると、

「関係あるかどうかわからないんだけど……。美咲のお母さんも自殺したんだよ。美咲が海外に行く半年くらい前だけどさ」

明るく手を振りながら、あぐりは帰っていった。

冬彦と二人だけになると、

「あの神ノ宮美咲って子、まるで魔女だね」

高虎が言う。

「人の命を操るなんて、とても信じられないことだし、決して許されないことです。何よりも恐ろしいのは、美咲さんが自分の力を意図的に用いていることですよ。しかも、昨日や今日のことじゃない。ずっと昔からです。美咲さんの周辺で起こった事件を改めて徹底的に洗い直す必要がありますね」

「でも、どうやって罰を当てているか、その方法がわからないから、すべては推測に過ぎないわけですよね？」

「わからないことは、もうひとつあります」

「何ですか？」

「なぜ、美咲さんが副理事長の尻拭いをするのかということですよ。蒲原好美さんは副理事長の悪事を告発しようとして自殺に追い込まれた。蒲原さんの死に副理事長が関与しているというのなら理解できますが、なぜ、美咲さんが関与したのか？」

「そりゃあ、兄妹だからじゃないんですか。兄妹は庇い合うもんでしょう」

「だけど、あの二人を見ていると、明らかに美咲さんの方が力が強いですよね。副理事長が悪事に手を染めているのなら、それをやめさせればいい。しかし、そうはしないで副理事長の好きにさせて、まずいことが起こると尻拭いをする。その理由がわからないんです。美咲さんは、とても賢い人です。それに、とても冷酷でもある。副理事長の悪事に自分が巻き込まれることより、副理事長を切り捨てる方を選びそうな気がするんですよ」

「そう言われればそうだなあ……」

「寺田さん、何か見当がつきますか?」

「いや、まったく」

高虎が首を振る。

「警部殿にわからないことが、おれなんかにわかるはずがないでしょう」

「なるほど、それもそうですね」

冬彦が真顔でうなずく。

「これから、どうします?」

「少し調べたいことがあるので、お昼から出かけましょう。伊藤さんの最後の言葉も気になるし」

「まさか母親まで自殺していたとはな。もしかして、それも、あの子が……?」

「海外に行く半年前だと、美咲さんが小学校低学年の頃ですよね。その頃から人の死を操る力があったのかなあ……」

「それが本当ならゾッとするよ」

「調べ物が済んだら、まずは山科浩介君を訪ね、次は神ノ宮病院の院長、すなわち、副理事長と美咲さんのお父さんを訪ねましょう」

「いよいよ本丸に突入か」

「それから学校ですね。校長と教頭は、まだ隠し事をしてる気がするんですよね」

「おれも、そう思う。さて、古河と中島の尻でも叩いてきますかね。副理事長に圧力をかけてもらわないとね」

「美咲さんのアキレス腱は副理事長ですからね」

冬彦がうなずく。

四

首都高は混み合っていたが、京葉《けいよう》道路に入ると、車の流れがスムーズになった。

「ああ、ようやく普通に運転できる」

「渋滞でイライラしてましたよね」

「誰だって、そうなんですよ。運転すればわかります。そうだ、警部殿。たまには運転してみますか。一般道路を走るより、空いてる高速道路を運転する方が楽ですよ。真っ直ぐ走ればいいだけなんだから。練習しないと、いつまでも上達しませんよ」

「ぼくと一緒に自爆する覚悟があるんですか、寺田さん？」

「冗談に聞こえないから怖いよなあ。今日のところは、やめておこう。事故を起こされたら洒落にならない。まだ死にたくないし、事件も解決できなくなる。しかし、千葉の乗馬クラブなんていうから、どんな田舎なんだろうと思ってたけど、高速を使えば、すぐなんだな。首都高が空いていれば、都内から一時間もかからない」

「一般道路に降りてから三キロくらいですね。千葉市内だし、そんなに田舎でもなさそうですよ」

膝の上で千葉市の地図を広げながら、冬彦がうなずく。

中学生のときに美咲の同級生だった山科浩介は、罰が当たったせいで車に轢かれ、入院生活を送った後に転校した。転校先の中学で不登校になり、高校にも進学していない。今は千葉市郊外にある乗馬クラブで研修生として仕事をしている。

「幼稚園、小学校、中学校、高校とエスカレーター式に進学していって、最後は有名大学に合格する……親とすれば、それが当たり前だと思っていただろうに、途中で歯車が狂って、中学で不登校になり、高校にも行かず、今は乗馬クラブか……。どうなんですかね、そういう生き方は？」

「ぼくも不登校だったから訊くんですか？」

「気を悪くしましたか」

「いや、別に」

冬彦が首を振る。

「ぼくは中学で不登校になり、高校に行かないで、資格試験を受けて大学に入ったんです。端からは回り道に見えるかもしれませんけど、今になって振り返ると、自分にとっては一番いい道だったと思います。一口に不登校と言っても、そうなってしまう事情は人それぞれだから、決めつけるような言い方はできませんが、人生は長いんですから、いろいろな選択肢があっていいんじゃないかと思いますね」

「もちろん、おれだって、いい学校を出て、大会社に入れば幸せになれるなんて信じてるわけじゃありませんよ。自分自身、高卒の巡査長に過ぎないわけですからね。中学生のときも高校生のときも成績は悪かったし、バカな奴らとバカなことばかりしてたけど、それなりに楽しかったんですよ。警部殿が不登校になったのは中学生になってからだし、うちみたいに小学生で不登校になったりしたら、どうなるんだろう、学校に行くのは辛いかもしれないけど、学校でしか手に入らないものだってある、その大切な機会を逃してるんじゃないか……そんなことも考えるんですよ」

「美香ちゃん、今は学校に通ってるんじゃないんですか？」

「まだ夏休みだからね。夏休み前に学校を休むようになってたらしい。学校が始まったら、きちんと登校してくれるのかどうか……」

「奥さんとは話してるんですか？」

「話さなければいけないんですけどね……」

高虎が言葉を濁す。

「山科君が不登校になって乗馬クラブで働いていることをご両親がどう考えているのかは

わかりませんが、自殺されるよりはいいんじゃないでしょうか」

「ああ、そうか。そう言われると、この子は、ただの不登校じゃなかった。すごい経験をしてるんだもんなあ。生きてるだけで大したもんだ」

「この事件の謎を解く鍵は山科君じゃないかと思うんです。美咲さんの怒りを買うと『罰が当たる』と言われています。中学の同級生は三人に罰が当たり、そのうち二人が死んでいます。高校生になってから、三人が続けざまに自殺し、四人目の川崎恭子さんは意識不明の重体です」

「つまり、罰が当たった七人のうち、まともに話ができるのは、その子だけってことか」

「そういうことです」

冬彦がうなずく。


閑静な住宅街の中にあるが、山科乗馬クラブの周囲には緑が多い。道路を挟んで隣接する土地には大きなテニスクラブや、広い日本式庭園のある老舗《しにせ》蕎麦屋がある。

砂利の敷かれた駐車場に車を停めると、冬彦と高虎がアーチ型のゲートを潜ってゲストハウスの方に歩いて行く。馬場が見える。縦二〇メートル、横六〇メートルの馬場を仕切りで三つに区切ってある。それぞれの馬場に、騎乗した会員とインストラクターが一人ずついる。馬場の中央に立ったインストラクターが様々な指示を出し、会員がその指示に従って馬を動かしている。

「平日の昼間に乗馬とは優雅だねえ」

「やっぱり、競馬が好きだと馬そのものも好きになるんですか？」

「馬は好きですよ。競馬で儲《もう》かると、高級な馬刺しを食いますからね。安月給の公務員にとっては滅多に味わえない贅沢ですよ」

「なるほど、そういう意味ですか。寺田さんには競馬より乗馬の方が向いてると思うんですけどね」

「そんな優雅な人間に見えますかね？」

「優雅になんか見えるはずがないでしょう。乗馬にはセラピー効果があるんですよ。馬と触れ合うことで尖った神経が和らぐんです。寺田さん、仕事でもプライベートでもストレスが溜まってるみたいですから乗馬で癒《いや》されるのがいいかと思ったんです」

「仕事でストレスが溜まってるとしたら、その原因は警部殿なんですけどねえ」

高虎が肩をすくめる。

受付に行くと、二〇代のポニーテールの女性が、

「いらっしゃいませ」

と微笑んだ。

紫色のシャツ、グレーのキュロット、乗馬ブーツという格好だ。

「杉並中央署の小早川と申します……」

冬彦が名乗る。署を出る前に、乗馬クラブの山科社長に電話を入れ、アポを取ってある。山科浩介が出勤していることも確認済みである。それを女性に伝える。

「そちらにおかけになってお待ち下さい」

壁際にテーブルが三つ置かれ、それぞれのテーブルに椅子が四つずつある。そこから馬場を見渡すことができる。今は誰もいない。椅子に坐って冬彦と高虎がレッスン風景を眺めていると、

「お待たせしました」

半袖の白いポロシャツにジーンズ地のキュロット、乗馬ブーツという格好の五〇歳くらいの男性が現れた。この乗馬クラブの社長・山科久雄《ひさお》だ。浩介の叔父である。

「浩介と話したいそうですが、どういうご用件でしょうか？　電話では、よくわからなかったんですが……」

「中学生のとき、交通事故に遭って入院しましたよね？　その前後の事情について伺いたいことがあるんです」

冬彦が言う。

「事故のことですか……」

山科社長の表情が曇《くも》る。

「まずいですか？」

　相手が何を考えているかを表情の変化から読み取るのが冬彦の得意技だ。事故のことには触れてほしくない、という思いが濃厚に伝わってくる。

「あの事故をきっかけに浩介は変わってしまいました。明るくて元気な子だったのに、家に閉じ籠もって人に会うのを嫌がるようになったんです。事故の後、何ヶ月かはろくに口も利きませんでした」

「転校先で不登校になったんですよね？」

「あの様子では、それも仕方なかったでしょうね。浩介だけでなく、兄夫婦も憔悴《しょうすい》してしまって、うちの中がおかしくなってましたから……。正直に言えば、わたしは浩介が自殺でもするんじゃないかと心配でした。だから、中学を卒業した後の進路について兄から相談されたとき、無理に高校に進学させるより、まずは普通に生活できるようにするのが先決じゃないかと話しました。うちで預かって仕事をさせて、本人がやる気になったら定時制の学校に通わせるという手もあるわけですから」

「でも、牧場なんかと違って、乗馬クラブだと人の出入りも多いでしょうし、他人と接する機会も多いんじゃないんですか？　そういうことに抵抗はなかったんでしょうか」

　冬彦が訊く。

「客商売ですから、確かに人の出入りは多いです。インストラクターであれば、会員さんにレッスンしなければなりませんから、それなりの社交性も必要になります。ただ、インストラクターとは別に馬の世話をするという裏方も必要ですからね。浩介には、もっぱら、そういう仕事をさせているので、あまり会員さんとは顔を合わせませんね。インストラクターとして会員さんにレッスンできるほど乗馬がうまいわけでもありませんし」

「なるほど、馬と触れ合うことにはセラピー効果がありますからね」

高虎がちらりと冬彦を横目で見ながら訳知り顔に言うと、

「よくご存じですね。実際、うちにも鬱《うつ》病になって会社に行けなくなり、治療の一環としてレッスンに通っている会員さんが何人かいますよ。浩介にも、人と接することが苦手なら、まずは馬と接してみろ、というつもりで仕事をさせています。だからといって、楽な仕事というわけじゃありません。毎朝五時には起きて馬に餌《えさ》を与え、馬房掃除をします。餌は一日に三度与え、馬房掃除は夕方にもします。レッスンが終わると馬が汗をかきますから、洗い場でお手入れをしてやります。それ以外にも細々とした雑務が多いので、ほとんど休む暇はありません。のんびり昼ご飯も食べられないんですよ。それは浩介だけでなく、スタッフみんながそうなんです。仕事が終わるのは早くて夕方六時、時には七時になることもあります」

「かなりの重労働なんですね」

冬彦が言うと、

「休みなしに働くという点では刑事に似てるかな」

と、高虎がつぶやく。

「仕事はきついです。だからといって給料が高いわけじゃない。お金のことだけを考えれば、コンビニでバイトする方がずっといいでしょうね」

「給料が安くて仕事がきついのに、どうして、この仕事を選ぶ人がいるんですか？」

好奇心を覚えて冬彦が訊く。

「馬が好きだからですよ。浩介も朝と夕方、馬房掃除が終わった後、一時間ずつ馬に乗ってるんです。お客さんとして乗馬クラブに来れば、その費用は決して安くありません。でも、社員なら、ただで馬に乗ることができる。だから、馬が好きでないと務まらない仕事なんですよ」

「馬の世話をするようになって浩介君は変わったんですか？」

「以前より話すようになったし、笑顔も多くなりましたね。だからこそ……」

また山科社長の表情に影が差す。

「だからこそ、あの事故については触れてほしくない……そういうことですね？」

「ええ、できれば、そっとしておいてやりたいんです。どうしても必要なことなんでしょうか？」

「はい。必要です。人の命に関わることですから」

「そうですか。じゃあ、仕方ないですね。熊沢《くまざわ》さん、浩介を呼んできてもらえないかな」

山科社長が受付にいるポニーテールの女性に声をかける。

三分ほどすると、その女性と一緒に浩介がやって来る。野球帽を被り、薄いポロシャツを着て、黒っぽいキュロットを穿いている。他のスタッフと違うのは、軍手をはめ、ブーツではなく長靴を履いている点だ。顔に大粒の汗を浮かべているから厩務《きゆうむ》作業をしているところだったのであろう。

ほっそりしているが、ひ弱な感じはしない。顔も腕も真っ黒に日焼けしているし、腕にはかなり筋肉がついている。ニキビが多く、表情にもまだ幼さが残っている。

「浩介、こちらは杉並中央警察署の刑事さんたちだ。おまえに訊きたいことがあるらしい。坐りなさい」

山科社長が言うと、浩介はうつむいたまま、はい、と小さく返事をして椅子に腰を下ろす。

「馬が好きなの？」

「はい、好きです」

「辛いことはない？」

「別にないです」

「学校に行くより、ここで仕事をする方がいい？」

冬彦が訊くと、一瞬、浩介がびくっと体を震わせる。

「はい」

軽くうなずく。

「今は警察官だけど、ぼくも中学時代に不登校になって高校にも行かなかったんだよ。自分で勉強して大学に入学する資格を取ったんだ」

「……」

浩介が驚いたような顔で冬彦を見る。

「不登校になる理由は、人によって違うと思う。ぼくにはぼくの理由があったし、山科君には山科君の理由があったんだよね。その理由について、あれこれ訊かれるのはものすごく嫌だし、不愉快だよね。逆の立場だったら、ぼくだってすごく嫌だよ。当然だよ。よくわかる。でも、今のぼくは警察官だから、どうしても山科君に質問しなくてはならないんだ。わかってもらえるかな？」

「はい」

「高円寺学園中学校に通っていたときのことを訊きたいんだ。君の同級生だった国枝正広君と本間敏夫君を覚えてるかな？」

「はい」

浩介が小さな溜息をつく。

「それなら、神ノ宮美咲さんも覚えてるよね？」

「……」

浩介の顔色が変わる。

「国枝君は階段から落ちて足を骨折した。本間君は自分の目を刺した。そして、山科君は交通事故に遭って車に轢かれた。罰が当たったせいなのかな？」

「わ、わかりません……」

真っ青な顔で首を振る。

「国枝君と本間君がどうなったかは知ってるかな？」

「国枝は死にました。本間のことは知りません」

「本間君も死んだよ。北海道に転校して、半年後に自殺したんだ」

「うっ……」

浩介の顔からだらだらと脂汗が流れ落ち、顔色も悪くなっている。青ざめた顔が今では白く見える。

「刑事さん、申し訳ないんですが、これ以上は遠慮していただけませんか」

浩介の異変を察知して、山科社長が止めに入る。

「待って下さい。もうちょっとだけ……。山科君、辛いのはわかる。思い出したくなんかないよね。だけど、これは昔の話じゃないんだ。今年の春から神ノ宮さんの同級生の女子高校生が三人続けて自殺している。昨日、四人目の生徒がスーパーの屋上から飛び降りた。幸い、命は助かったけど、今も意識が戻っていない。だから、何があったのかわからないんだ。なぜ、自殺しようとしたのか、お母さんにも心当たりがないというしね。ただ飛び降りる前日、神ノ宮さんに会ったことはわかっている。ぼくたちは、これ以上、犠牲者が出ないようにしたい。さっき警察署で伊藤あぐりさんに会った」

「伊藤に？」

「君のことも話していた。生きててよかった、と喜んでいたよ。だけど、今は彼女が怯えている。自分にも罰が当たるんじゃないか、自分も死ぬんじゃないかって」

「刑事さん、これは、いったい何の話なんですか？」

山科社長が険しい顔で冬彦を睨む。

「いじめてるつもりなんかなかったんです。国枝も本間もぼくも神ノ宮とは幼稚園のときから一緒で、おばけと呼ばれていたのも知ってたから、何で突然、きれいになったんだろうって不思議だっただけなんです。神ノ宮は昔のことに触れられるのが嫌だったみたいで、ぼくも悪ふざけが度を超している気がしたから、もうやめようと言ったんだけど、国枝も本間も面白がって……。で、三人で昔の姿を思い出しながら、絵を描いて黒板に貼ったんです」

「絵って、神ノ宮さんの絵？」

「はい。おばけと呼ばれていた頃の絵です」

「神ノ宮さんは？」

「大きな声を出して怒るとか、そんなことはなかったんです。何も言わずに、じっと絵を見てました。でも、内心、ものすごく怒ってたのかもしれません。次の日、国枝が階段から転がり落ちて、足を骨折しました。あのとき、そばにいたけど、急に落ちたんです。足を滑らせたとか、誰かに押されたというんじゃなくて自分から転がったという感じでした。頭から落ちて、くるくる転がったから、よく足の骨折だけで済んだと思いました。本間は授業中にいきなり手に持っていたシャープペンシルを自分の目に刺したんです。あのときは、みんながパニックになったと言うか……。机とか床とかも血まみれになったし、すぐに救急車が呼ばれて病院に連れて行かれましたけど……。国枝と本間が怪我するのを見て、すごく嫌な予感がしたのを覚えています。何となく次は自分の番だとわかってたんだと思います」

「車に轢かれてしまったんだよね」

「そうじゃないんです」

「え？」

「いや、車に轢かれたのは本当ですけど、あのときは自分から車に飛び込んだんです」

「おい、浩介――」

山科社長が驚いたように浩介を見る。

「おまえ、自殺するつもりだったのか？」

「そうじゃないんだよ、叔父さん。自殺なんかしたくなかった。でも、どうしても車に飛び込まないといけなかったんだ。飛び込まずにはいられなかったと言えばいいのか……」

「慌てなくていいから、そのときの気持ちを説明してもらえるかな？」

冬彦が訊く。

「何て言えばいいのか……。頭の中で声がするんです。車に飛び込め、車に飛び込めって。自分としてはそんなことをしたくないんだけど、その声には逆らえないんです」

「その声って……もしかして、神ノ宮さんの声なのかな？」

「あの……」

浩介が居心地悪そうに体をもじもじさせる。

「ここで話したことなんですが、神ノ宮にも知られてしまうんでしょうか？」

「大丈夫だよ。秘密は守るから」

「絶対ですか？」

「うん、約束する」

「本間が目を刺した後、神ノ宮に音楽室に呼び出されたんです。神ノ宮は『わたしを見て。わたしの目を見るの』と、ぼくの腕をつかみました。神ノ宮の目を見た瞬間、すーっと意識が遠くなって、気がついたら、音楽室の床に倒れてました。別に怪我なんかはしてなかったんですけど、それから、頭の中で声がするようになったんです。最初は、嫌だ、絶対に車に飛び込んだりしないと思ってたんだけど、そのうちに何だか疲れちゃって、その声に従う方が楽かなと思って……」

「自分から飛び込んだの？」

「はい」

「それは『罰が当たった』せいだと思う？」

「そう思います」

「そのこと誰かに話した？」

「いいえ、今が初めてです」

「もうひとつだけ質問させてほしい。すごく不愉快な質問だと思うけど、できれば答えてほしいんだ。国枝君も本間君も罰が当たった後に自殺してしまったよね？　だけど、山科君は生きている。この違いは、なぜなのかな？」

「それは……」

浩介がふーっと大きく息を吐く。

「ぼくが神ノ宮に頼んだからです」

「頼んだ？」

「国枝が死んだ後、次は、本間とぼくも死ぬことになると思いました。そもそも、車に飛び込んで助かったのも運がよかっただけなんです。あまりスピードを出していない乗用車に轢かれたから助かったけど、もっとスピードを出していたり、乗用車ではなく大型車に轢かれていたら、たぶん、死んでいたと思います。神ノ宮に謝りにいこう、許してもらおうと本間を誘ったんですが、本間は耳を貸してくれませんでした。だから、一人で神ノ宮に会いに行ったんです。おれが悪かった、どうか許してほしい……土下座して頼みました。死にたくなかったから」

「神ノ宮さんは？」

「二度とわたしの前に顔を出すな。もし、どこかで出会うことがあれば、今度こそ許さないと言われました。神ノ宮の目を見ているうちに、また何もわからなくなって、気が付いたら一人でした。だから、ぼくは親に頼んで転校させてもらったんです。でも、転校しても、どこかでばったり神ノ宮に会うかもしれないと思うと、恐ろしくて外に出られなくなりました」

「それで不登校になり、高校にも行かなかったんだね？」

「東京の高校なんかには絶対に行くつもりはありませんでした。どうしていいかわからないでいたら、叔父さんが乗馬クラブで働いてみないかと誘ってくれたんです。ここに来て、よかったです。神ノ宮に会うこともないだろうし」

五

「今日のところは、これで失礼します」

中島が手帳を閉じると、

「改めて詳しいお話を伺うことになるかもしれません。そのときは、署に来ていただくことになります。よろしいですね？」

古河がソファから腰を上げる。

「警察署にですか？」

神ノ宮龍之介が上擦った声で聞き返す。

「何か不都合なことでもありますか？」

「い、いいえ、別に……」

「脱法ドラッグを大量に買い付けた客の特徴が神ノ宮さんによく似ているものですから。でも、身に覚えはないんですよね？」

「ありません」

龍之介が首を振る。

「脱法ドラッグを所持しているだけでは罪になりませんが、それを悪用すれば、もちろん、刑罰の対象になります。では、またご連絡しますので」

軽く会釈して古河と中島が図書館の事務室を出て行くと、龍之介はふーっと大きく息を吐いてソファに坐り込む。事務室といっても、実際には龍之介専用の豪華な副理事長室である。

「困ったことになった……」

両手で頭を抱えていると、ドアが開く。その気配に気がついて龍之介が顔を上げると、美咲が冷たい目で見つめ返す。

「警察が来たのね。だけど、生活安全課の小早川たちじゃない」

「刑事課の刑事たちだよ……」

古河と中島が何しにやって来たのか、龍之介が美咲に説明する。

「ふうん、脱法ドラッグを大量に買った客として目をつけられているわけか」

龍之介の向かい側に坐りながら、美咲がうなずく。

「どうしよう、警察なんかで取り調べを受けたら、いつまで耐えられるか自信がないよ」

「脱法っていうくらいなんだから違法じゃないわけでしょう？　客として買っただけなら逮捕なんかされないでしょう。どうして、そんなに慌てる必要があるの？」

「何のために買ったんだという話になる」

「自分で使ったと答えればいいじゃないの」

「一人で使うには量が多すぎる、と突っ込まれたらどうする？　実は、あれは、こういうことに使ってしまいました……と白状してしまいそうだ」

「馬鹿じゃないの？　どうして、そんなに弱気なのよ。逮捕されたわけでもなく、参考人として事情聴取されただけなのに、そんなにびくびくして……。兄さんが余計なことをしゃべらなければ何の心配もないのに、今から白旗を揚《あ》げてどうするの？」

「おまえみたいに強くないんだ」

「それなら、どうしてあんなことをしたのよ？」

「こんな風に手に負えなくなるとは想像もしていなかったから……」

「嘘つき！　途中で止める機会は何度もあったのに兄さんが止めようとしなかったのよ。どうなっても知らないわよ」

美咲が立ち上がる。

「おれを見捨てるつもりか？」

「わたしにできることはした。好美も陽子も淳子も口封じをした。恭子は意識不明の状態が続いているそうだけど、たとえ意識が戻っても何もしゃべらないと思うわ。そんなことをしたら必ず死ぬことになるとわかってるだろうから。どういうことかわかる？　あとは兄さんだけなのよ」

「ま、まさか……」

龍之介がぎょっとしたように両目を大きく見開く。

「おれの口封じをするっていうのか？」

「兄さんには恩義がある。ふたつの大きな恩義がね。お母さんのことと、それに……」

美咲が自分の顔にそっと触れる。

「この顔も兄さんのおかげよ。感謝しているわ。だからといって、わたしだって永遠に恩返しを続ける気はないのよ。兄さんだって、自殺したくないでしょう？　それなら警察なんかに負けないことね」

「……」

龍之介が言葉を失い、瞬きもせずに美咲を見つめる。

六

「杉並中央署生活安全課の小早川です」

「同じく寺田です」

冬彦と高虎が挨拶するが、神ノ宮総一郎《そういちろう》は表情ひとつ変えず、何の反応も示さない。神ノ宮美容整形外科病院の院長、すなわち、龍之介と美咲の父親である。

実は、これまでに何度も冬彦が面会のアポを取ろうとしたが、その都度、断られた。今日はアポなしで病院を訪れ、「院長に会うまでは帰りません」と受付で粘《ねば》ったのだ。そのおかげでオペとオペの合間のわずかな時間に会うことができた。

「こういう強引なやり方は迷惑です。弁護士を通すようにお願いしたはずです」

「お話を伺いたいだけです。弁護士を通す必要がありますか？　何か後ろめたいことでもあれば別ですけどね」

「その言い方も気に入りませんな」

「高円寺学園高校で今年の春から三人の女子生徒が飛び降り自殺をしたことをご存じですか？」

「聞いています」

「昨日、四人目の女子生徒が飛び降りました。幸い、命だけは助かりましたが……。全然驚かないんですね？」

「わたしが驚かなければならない理由がありますか？」

「図書館が新設されたことを記念して奨学生を募集しましたよね？　四人とも奨学生で、図書クラブに所属しています。図書クラブの部長は美咲さんで、図書館運営の責任者は副理事長でもある龍之介さんです」

「ふむ……」

総一郎が掌で自分の顔を撫でる。

「それで？」

「なぜ、四人の女子生徒が飛び降りたと思いますか？」

「知りませんね」

「罰が当たったんですよ」

「罰？」

「その反応だと、本当にご存じないようですね。美咲さんに逆らったり、美咲さんを怒らせたりすると罰が当たるんです。罰が当たると不幸なことが起こります」

「馬鹿馬鹿しい。あなた、何を言ってるんだ？」

「今に始まったことじゃありません。中学時代にも三人の男子生徒に罰が当たって、そのうち二人は死んでますよ」

「帰っていただきましょう。そろそろ、オペの時間ですから」

「神ノ宮由紀子《ゆきこ》さん、つまり、先生の奥様で、美咲さんや龍之介さんのお母さまですが、美咲さんが海外に行く前に自殺なさってますよね？　失礼なことを訊くようですが、もしかして、奥様にも罰が当たったんですか？　美咲さんを怒らせたとか？」

冬彦が言うと、総一郎の表情が一変した。激しい怒りで顔が真っ赤になったのだ。

「帰ってくれ。これ以上、下らない話を聞くつもりはないし、何も答えるつもりはない。これからは弁護士を通さない限り、あなたたちとは会わない」

「そうですか。じゃあ、失礼します」

冬彦があっさり引き下がったのは、

(もう何もしゃべらないだろうな)

と察したからだ。いくら食い下がっても無駄だと悟ったのである。


その夜……。

神ノ宮総一郎、龍之介、美咲の三人が食卓を囲んでいる。どうしても外せない用事がない限り、できる限り、三人で夕食を摂るというのが神ノ宮家の数少ないルールだ。お手伝いさんが二人いて、彼女たちが給仕をしている。

あまり会話は弾《はず》まないが、それはいつものことだ。

総一郎と龍之介が病院事務の打ち合わせをしたり、龍之介が高校の理事会の内容を報告したり、堅苦しい話題が多く、美咲はほとんど口を挟まない。

「そう言えば……」

ボルドーの赤ワインを口に含みながら、総一郎が美咲に顔を向ける。

「刑事が二人訪ねてきた。強引なやり方をする、感じの悪い連中だった」

「何ていう刑事?」

ナイフとフォークを動かす手を止めて、美咲が総一郎を見る。

「小早川とかいったな。それに寺田」

「何しに来たの？」

「高校の女子生徒たちが飛び降り自殺したのは、罰が当たったせいだとか、わけのわからないことを言っていた。由紀子のことまで持ち出してきたから、追い返してやった」

「お母さんのことを？」

「由紀子が死んだのも罰が当たったせいですか……そんなバカなことを大真面目な顔で訊いてきた。だらしのない格好をして、あれでも本当に刑事なのか。不愉快だったよ」

「……」

美咲と龍之介が黙っているので会話が続かず、何となく気まずい雰囲気になる。

「ごちそうさま」

総一郎が先に席を立つ。

「あいつ、許さない。絶対に許さない」

美咲が怒りを押し殺した低い声で言う。

「まさか、母さんのことまで持ち出すなんて……。あまりにも非常識すぎる」

「小早川について、兄さんに調べておいてもらってよかった。向こうがその気なら、こっちも遠慮なんかしないわ」

「相手は刑事だぞ」

龍之介が声を潜める。

「何も本人を自殺させる必要はないわ。仕事ができなくなるくらいのショックを与えてやる。誰にだって弱味があるんだから」

美咲が目を細めて口元に笑みを浮かべる。

七

八月二七日（木曜日）

朝礼が終わると、

「今日も一日、しょぼい苦情処理ばかりだ……」

樋村が椅子に坐り込んで溜息をつく。

「大袈裟なことを言うんじゃねえよ」

樋村の机の上に置いてある前日の報告書を高虎が覗き込む。

「ん？　汚水と汚泥でいっぱいの排水溝から貴金属類を発見……何だ、これ？」

「酔っ払って朝帰りしたホステスが転んだ拍子に排水溝にハンドバッグの中身をぶちまけちゃったんですよ。たまたま指輪やブレスレットをバッグに入れてあったらしくて……」

「それをおまえが発見したのか？」

「ええ、地面に腹這いになって、汚水の中に手を突っ込んで泥を搔き回したんです」

「安智もやったの？」

高虎が訊く。理沙子が答える前に、

「まさか！　そんなことを安智さんがするはずないじゃないですか。汚れ役はいつだってぼくがやらされてるんですよ」

樋村が口を尖らせる。

「男のくせにぎゃあぎゃあうるさい。ゴム手袋をしてたんだから別に汚くないじゃん」

「それなら自分が……」

「樋村君」

冬彦が樋村の肩をぽんぽんと叩く。

「適材適所という言葉があるだろう。警察官としての能力は明らかに安智さんより劣《おと》っているわけだし、かといって事務能力が優れているわけでもない。人の嫌がる仕事を体を張って引き受ける以外に生き残る道はないよ。君の学力では巡査部長への昇進試験に受かりそうもないし、無駄な勉強なんかやめて、滅私奉公《めっしほうこう》の精神で汚れ役を引き受けるべきだよ。あと二〇年くらいすれば、それが認められて巡査長にしてもらえるよ。寺田さんみたいにね」

「最後のひと言だけが余計だよなあ」

高虎が溜息をつく。

「そ、それって、ぼくがバカっていうことですか」

「バカとは言ってないよ。同僚に面と向かってバカと言うなんて失礼だからね。君の口から出てきたから言うけど、その言葉は端的に樋村君の能力を示しているね」

「ぼくは、バカなのか……」

「ほら、行くぞ、デブウンチ。バカと言われて、今更、驚く方がどうかしてるよ。最初からわかってたことなんだし。今日もおまえにぴったりの仕事だ。子供が公園の池に宝物を落としたらしいよ。ゴム手袋だけじゃなく、長靴も持っていけば？」

理沙子が樋村の後頭部をぺしっと叩いて、部屋から出て行く。

「ぼくは奴隷《どれい》だ……」

肩を落とし、足を引きずるようにして樋村も理沙子の後を追う。樋村と入れ違いに刑事課の古河主任と中島が部屋に入ってくる。

「おう、来たな」

高虎が片手を挙げる。

「情報交換しましょう。一番相談室が空いてます」

古河が言うと、冬彦と高虎が腰を上げる。

八

「あの副理事長、神ノ宮龍之介ですが、脱法ドラッグを大量に買い付けたのは間違いありませんね。昨日、中島と二人で高校に会いに行きましたが、胡散臭《うさんくさ》い匂いがぷんぷんしましたよ。なあ、中島？」

古河が中島を見る。

「いろいろ悪いことをしてそうな感じでした。でも、脱法ドラッグを買っただけでは逮捕できません」

「甘いことを言うんじゃねえ。別件で引っ張ればいいだろうが。ガサ入れすれば、きっと何か出てくるさ。脱法ドラッグを大量に買い込んでくるくらいだから、きっと違法薬物だって持ってるに違いない」

高虎が言う。

「薬剤師ですしね」

中島がうなずく。

「悠長に構えている余裕はないんだよ。女子高校生の連続自殺と脱法ドラッグに何か関連があるのは確かだ。このままだと更に死人が出そうなんだよ」

「神ノ宮美咲という女子生徒は何らかの手段で気に入らない同級生を自殺に追い込んでいる。しかし、立件は難しい。そういうことですよね？」

　古河が訊く。

「おれたちが知っているだけで、中学時代に二人、今年になって三人自殺してる。五人も死んでるんだぞ。それ以外にも車に撥《は》ねられて大怪我をしたり、自殺を試みて意識不明状態が続いている子もいる」

「母親の自殺にも関与しているとしたら死者は六人になります」

　冬彦が付け加える。

「信じられない話ですけどね」

　中島が首を捻る。

「おまえが信じようと信じまいと現に人が死んでるんだよ。しかも、まだ終わってない」

「それは本当です。今も美咲さんの同級生だった伊藤あぐりさんが美咲さんを恐れて身を隠しています。このままだと、きっと伊藤さんも自殺させられることになる。だから、一刻の猶予《ゆうよ》もないんです。しかし、美咲さんを直接的に止める手段はない。副理事長という搦め手から攻めて、美咲さんを止めるしかないんです。美咲さんが中学時代に同級生を自殺に追い込んだのは自分がからかわれたからです。でも、高校の同級生を自殺に追い込んだのは副理事長のためだろうと思うんです」

「脱法ドラッグ絡みなんですかね?」

古河が訊く。

「自殺した三人の女子生徒たちと副理事長の間に何らかのトラブルが発生し、副理事長は窮地《きゅうち》に追い込まれた。だから、美咲さんの力を借りた。ぼくは、そう思っています」

冬彦が答える。

「ということは、副理事長を逮捕して悪事を暴《あば》けば、もう自殺者が出ることもないということですか」

「さっきから、そう言ってるんだよ。だから、のんびりしていられないんだ。副理事長の身辺を徹底的に洗って、今日中に逮捕しちまえよ。立ち小便でも違法駐車でも何でもいいんだ」

高虎が苛立ったように言う。

「立ち小便や違法駐車で逮捕するのは難しいでしょうが、任意同行を求めることはできます。何か材料を探しますよ。こんな大事件に関わっている割には線の細い感じの男だったし、ちょっと締め上げれば、すぐに歌いそうな気がします」

古河がうなずく。

「意識不明の女子生徒ですが、どんな具合なんですか?　その子が意識を回復すれば手掛かりが得られるんじゃありませんか」

中島が冬彦に訊く。

「ゆうべ、お母さんの携帯に電話してみたんだけど、まだ意識が戻らないらしいんだ。かなり憔悴《しょうすい》している感じだったし、容態が悪化しているのかもしれないね。そこまで電話で訊くのは失礼だと思ったので、今日か明日にでも病院を訪ねてみるつもりだよ」

「回復してくれるといいけどなあ」

高虎がつぶやく。

九

打ち合わせを終えて四人が一番相談室を出ると、冬彦の携帯が鳴った。

「お兄ちゃん？」

「千里か。どうした？」

「わたしね、死ぬことにした」

「え」

「悲しまないでほしいの。だから、電話したのよ。お兄ちゃん、無神経で鈍感な人に見られがちだけど、本当はそうじゃないもんね。だから、中学生のとき不登校になったんだし。この前、久し振りにお兄ちゃんに会って、いろいろ弱気なことも言っちゃったし、わたしが死んだら自分のせいじゃないかなんて悩みそうだよね。だから、そんなことはない、お兄ちゃんのせいじゃないって伝えたかったの」

「どうして、突然、死ぬなんて言い出すんだ？　千里が悩んでいることはわかってるけど、そんなに思い詰めていたのか？　いきなり死ぬだなんて……」

「何だかわからないけど死にたくてたまらないの。わたしなんか生きていては駄目なの。死ななければならないの。死んだ方がいいって言うし、そうしようかなって思って……」

「ちょっと待って。誰が言うんだ？」

冬彦はピンときた。山科浩介が同じようなことを口にしていた。頭の中で声がして、その声に逆らうことができず、山科浩介は車に飛び込んだのだ。

「頭の中で声がするんじゃないのか？　その声が死んだ方がいいって言うんじゃないのか」

「そうなの。頭の中で声が聞こえる。死んだ方がいいって言ってる。わたしも、そう思うし……」

「その声は何をしろと言ってるんだ？」

「わたし、空が飛べるんだって。屋上からジャンプすると、そのまま天国まで飛んでいけるらしいよ」

「今すぐでないといけないのか？」

「だって、声が聞こえるから……」

「どこにいるんだ？」

「わからない……。高いところ。屋上」

「なあ、千里……」

冬彦が大きく深呼吸する。対応を誤《あやま》れば、千里は、すぐにでも飛び降りてしまうに違いない。携帯を握る冬彦の手が汗ばんでいる。

隣で高虎が驚愕の表情を浮かべている。冬彦の言葉から何が起こっているかを察したのだ。冬彦は車を運転する仕草をする。わかった、と大きくうなずくと高虎が「何でも相談室」に車の鍵を取りに走る。冬彦は非常階段に向かって歩き出す。駐車場に下りるつもりなのだ。すぐに高虎が追いついてくる。

「太陽の方を向いてくれないかな。何が見える？」

「ええっと……」

「何でもいいから目についたものを教えてくれ」

「お風呂屋さんの煙突《えんとつ》が見える。森も見える。公園なのかな。それに教会……」

「お風呂屋さんの名前、わかる？」

「高円寺温泉……」

「教会は？」

「新高円寺カトリック教会」

「ゆっくり体を右に回転させて……。今度は何が見える。目についたものを何でもいいから話して」

「あ……。お寺がたくさん見える。いくつもある」

そういうやり方で冬彦は千里を三六〇度回転させ、目につくものを答えさせた。

車に乗り込むと、冬彦はダッシュボードから東京都の区分地図を取り出し、杉並区のページを開いて、高虎に新高円寺駅を指し示した。

高虎は黙ってうなずくと、車を発進させる。

冬彦は千里が口にした建物に印をつける。それらの印が歪《いびつ》な円を描く。その円の中心付近に千里はいるはずだ、と見当をつける。

（あ……。ここは……）

ひらめいた。千里がどこにいるかわかったのだ。

その建物の名前をメモして、冬彦は高虎に渡す。

高虎がメモをちらりと見てうなずく。高虎も知っている場所なのだ。場所はわかった。

あとは、その場所に冬彦たちが到着するまで千里を飛び降りさせないことが重要だ。

「お兄ちゃん、止めようとしても無駄だよ。心の中の声には逆らえないんだから」

「ひとつだけ最後の願いをかなえてくれないか」

「何？」

「以前、おまえが好きだっていう歌を教えてもらったじゃないか。カラオケで歌ってたよな？　何ていう曲だったかなあ……」

「お兄ちゃんとカラオケか。懐かしいね」

「一番好きな曲だと教えてくれただろう？　何とかっていう四人組のグループの曲。ミスター……」

「Ｍｒ．Ｃｈｉｌｄｒｅｎ？」

「ああ、そんな名前」

「お兄ちゃんとカラオケに行った頃の曲だから……『Ｓｉｇｎ』だよね。好きだったな」

「その曲、歌ってくれないか」

「え？　わたし、これから死ぬんだよ」

「だから、頼んでるんじゃないか。最後の頼みだ。歌ってくれよ」

そんな話をしているうちに車は目的の場所に近付いていく。

一〇

「本当にここでいいんですか？」

高虎がマンションの前で車を停める。新高円寺駅前にあるウェストアヴェニュー新高円寺という七階建てのマンションである。

「そのはずです」

冬彦がうなずく。

なぜ、ここに千里がいると推測したのかと言えば、六月半ばに唐沢陽子がこのマンションの屋上から飛び降り自殺したからだ。千里の心の中で聞こえているのは美咲の声に違いないと冬彦は確信している。唐沢陽子と同じ場所で千里に自殺させようという美咲のブラックジョークだと考えた。蒲原好美と今泉淳子が自殺したマンションの屋上は立ち入り禁止になり、部外者が入れないようにされてしまったから、このマンションを選んだのに違いない、と思った。

冬彦の携帯からは、微かに千里の歌声が洩れ聞こえている。歌い終える前に千里を見つけ出さなければならない。

非常口のドアを押し開けて、冬彦と高虎が屋上に走り出る。

「いたぞ」

高虎が顎をしゃくる。屋上の外縁付近に千里が立っている。フェンスの内側にいるが、一メートルそこそこの高さしかないフェンスだから、その気になれば簡単に乗り越えられる。髪を風になびかせながら、携帯に向かって歌い続けている。

「おれは、あっちから回って近付きます。警部殿は正面から近付いて気を引いて下さい。隙を見て確保しますから」

高虎が小声で言う。

「わかりました」

青ざめた顔で冬彦がうなずく。高虎が離れていくと、冬彦はごくりと生唾《なまつば》を飲み込んでから、ゆっくり千里に歩み寄る。

「千里」

声をかけると、千里がびくっとしたように体を震わせて冬彦に顔を向ける。

「お兄ちゃん……」

「それ、いい曲だよな」

「さすが刑事。簡単に居場所を突き止めるなんて」

「おまえが死ぬなんて言い出すから必死で頭を働かせたんだよ」

「冗談だと思った？」

「本気だとわかってる。だから、ここに来た」

「自分でもよくわからないの」

「心の中で声が聞こえるんだろう？　その声が死ぬことを命じている。その声には逆らえない」

「うん、そうなの」

「その声には一人では抵抗できない。だから、力を貸すよ。ぼくたちがおまえを守る」

「ぼくたち？」

千里が小首を傾げたとき、

「死ぬには早すぎるぞ。まだ若いんだから」

背後から近付いた高虎が千里の腕をつかむ。


冬彦と高虎は千里を車に乗せて署に連れ帰った。

冬彦と千里は後部座席に並んで坐った。

「前から声が聞こえてたのか？」

「ううん、今日が初めて。ほんの何時間か前」

「神ノ宮美咲という名前に心当たりはないかな？」

「知らない。聞いたことのない名前だわ」

「おまえと同じ高校二年生なんだけど……」

冬彦が美咲の外見的な特徴を千里に説明する。

「ああ……」

千里がうなずきながら、

「その人になら、今朝、会った気がする。道を訊かれたの。ものすごくきれいな人だと思った」

「他には何か訊かれなかったか？　何か言われるとか、何か頼まれるとか……」

「目にゴミが入ったみたいだから、ちょっと見てくれないと頼まれたけど」

「なるほど、そういうことか……」

冬彦が渋い顔で黙り込む。美咲がどんな力で千里を操ったのか、わかったのだ。

「すごく疲れた……」

千里が溜息をつく。

「何だか、すごく眠い。我慢できないくらい眠い」

と何度も目をこすり、横になっていいかな、と口にすると、冬彦の膝に頭を載せた。署に着いたときには寝息を立てて熟睡していた。

二人で千里を医務室に連れて行き、ベッドに寝かせた。目を離すわけにはいかないので、三浦靖子に事情を話して付き添ってもらうことにした。自分が付き添いたいと冬彦は思ったが、それでは事件を解決できないし、事件を解決しない限り、同じことが繰り返されるとわかっているので靖子に頼んだ。

「何でも相談室」に戻ると、

「何はともあれ、無事でよかったですね。ホッとしましたよ」

ソファに腰を下ろし、タバコに火をつけながら高虎が言う。

「最初から自殺させるつもりはなかったんですよ。もちろん、駆けつけるのが遅れていれば自殺させられていたでしょうけど、今回はその余裕があった。今までの被害者は家族や友達に電話をかけることもできずに飛び降りてますからね。これは、ぼくに対する無言の警告だと思います」

「警告っていうと……？」

「捜査から手を引かせたいんですよ」

「たとえ警部殿が手を引いても、ここまで話が大きくなったら捜査そのものが打ち切られるってことはない。意味のない警告じゃないですか」

「美咲さんは、そう思ってないんです。副理事長と脱法ドラッグの関係なら古河さんたちが暴いてくれるでしょうけど。それだけでは大した罪に問われることはない。問題は、どうやって同級生たちを自殺に追い込んだのかということです。それを暴けるのは、ぼく以外にはいない。だから、ぼくが捜査から手を引けば自分は安泰《あんたい》だ……そう美咲さんは考えているんだと思います」

「何もかも、マネキンロボットの仕業だと思ってるんですか？」

「それについては疑問の余地はありません。間違いなく美咲さんが千里を操って自殺させようとしたんですよ。警告であると同時に自分の力を誇示してるのだと思います。この警告を無視して、ぼくが捜査を続けて美咲さんを追い込むような真似をすれば、今度こそ千里は自殺させられてしまいます」

「まずいじゃないですか。どうするんですか?」

「捜査を続けます。この事件を解決する以外に美咲さんの暴走を止める手段はありませんからね」

「じゃあ、高校に行きますか。やっぱり、あの子と直に対決するしかないんじゃないんですか?」

「ぼくもそう思っていたところです」

二

青梅街道を走っている途中で、

「図書館に寄りましょう」

と、冬彦が言い出した。

「何か調べ物ですか?」

こんな切羽詰《せっぱつ》まっているときに、何を言い出すのかと呆れたような顔で高虎が訊く。

「美咲さんの魔力の正体を見極めてから会いに行く方がいいんじゃないかと思うんです」

「魔力の正体？　何ですか、それは？」

「図書館で説明します」


高円寺図書館に寄ると、冬彦は世界史のコーナーに向かう。ギリシア史と区分された書棚の前で足を止めると、イラストや写真が豊富に収録されているギリシア神話の大判の本を取り出した。

それを脇に抱えると、次にロシア史の書棚に向かう。帝政ロシア末期の解説書を何冊か手に取り、閲覧コーナーに向かう。

並んで椅子に坐ると、

「これをご存じですか？」

ギリシア神話の本をめくって、冬彦が訊く。

「ん？　何ですか、それは……。気持ち悪いなあ」

「ゴルゴンという怪物です……」

元々はメドゥーサという美しい娘だったが、自分の美貌《びぼう》を女神アテナイに誇《ほこ》ったため、アテナイの怒りを買って怪物に変えられた。頭部には髪の毛の代わりに生きた蛇が生えており、ゴルゴンの顔を見た者は石に変わってしまう。多くの者たちが石に変えられたが、ついに英雄ペルセウスがゴルゴンの首を切り落として退治した……そんな説明をする。

「頭に蛇がついている怪物か。こんな気持ちの悪い怪物が元は絶世の美女だったなんて信じられませんけどねえ。ところで、その英雄は、どうやって怪物を退治したんですか?」

「ゴルゴンの顔を見なかったんですよ。鏡の盾で、ゴルゴンに自分の姿を見せ、ゴルゴンが石に変わったところを狙って首を刎《は》ねたんです」

「ふうん、面白い話だけど、わざわざ寄り道する必要があったんですか? ひょっとして、この怪物をマネキンロボットになぞらえてるわけですか? でも、ゴルゴンは美女が怪物に変わったんでしょう。マネキンロボットは、おばけから美女に変わったわけだから逆じゃないですか」

「それは、どうなんでしょうね。整形手術で見かけは変わったかもしれないけど、それによって、本当の怪物になったのかもしれませんよ。ゴルゴンは自分の顔を見た者を石に変える。美咲さんは自分の目を見た者を自由に操ることができる。どっちも恐ろしいじゃないですか?」

「だけど、これは神話の中の怪物でしょう。警部殿は、あの子が超能力者だとでも思ってるんですか、それとも、魔女だと?」

「いいえ、そんなことは思っていません。美咲さんが特殊な能力を持っているとは思っていますが、超能力ではないと思います。もちろん、魔法でもありません。今度は、これを見て下さい」

冬彦が帝政ロシアの解説書を開く。そこに白黒の肖像画が載っている。

「今度は、おっさんですか。誰なんです？」

「グリゴーリイ・エフィーモヴィチ・ラスプーチンです」

「長い名前だなあ。全然覚えられない」

「ラスプーチンでいいです」

「スプーンチンチン？」

「もういいです。名前のことは忘れて下さい」

冬彦が溜息をつく。

「退屈だと思いますが、少しだけ我慢して聞いて下さい……」

そう前置きして、冬彦はラスプーチンについて説明を始める。

ラスプーチンは帝政ロシア末期に現れた宗教家である。当時の皇帝はニコライ二世で、世継ぎの皇太子はアレクセイだ。アレクセイは血友病を病んでおり、病状が重くなると激しい発作を起こした。母であるアレクサンドラ皇后《こうごう》はアレクセイの治療のために、ありとあらゆる手段を講じた。

貧しい農民の子として生まれたラスプーチンは二〇歳を過ぎてから神の啓示を受け、巡礼の旅に出た。三三歳のときにロシア帝国の首都・サンクトペテルブルクに現れ、

「神の恵みを施《ほどこ》す」

と公言し、数多くの病人を治癒させた。

その結果、ラスプーチンを「神の如《ごと》き人」と崇める信者が増えた。その評判を耳にしたアレクサンドラ皇后はラスプーチンを宮廷に招き、アレクセイの治療を懇願《こんがん》した。そのときアレクセイは激しい発作に苦しんでいたが、ラスプーチンが治療を始めて間もなく発作が治まり、すやすや眠り始めた。

アレクセイが苦しむとラスプーチンが呼ばれるようになり、その都度、アレクセイの症状を軽くすることに成功した。ラスプーチンはニコライ二世とアレクサンドラ皇后から絶大な信頼を勝ち取り、次第に政治に容喙《ようかい》するようになっていく。

「ふうん、偉い医者の話ですか。すごいなあとは思うけど、なぜ、今、そんな話をするんですか？」

高虎が首を捻る。

「ラスプーチンは医者ではなく宗教家です。彼が医療行為をしたという記録は何も残っていません」

「だけど、病気を治したんでしょう？」

「治したのではなく、病気が治ったと病人に信じさせたんです。ぼくの推測ですから断定はできませんが……」

「意味がわかんないなあ」

「こういう逸話があります……」

あるとき、皇帝夫妻とラスプーチンがお茶を飲んでいるとき、

「わたしにはできないことなど何もありません」

と、ラスプーチンが口にした。それを聞いたニコライ二世は、

「招待状なしに宮廷に入ることはできまい」

と笑った。宮廷は警戒が厳重で、招待された者や特別に許可を得た者以外は立ち入ることができず、怪しい者が立ち入ろうとすれば直ちに衛兵が射殺する、という決まりになっていた。

たとえラスプーチンであろうと招待もされていないのに勝手に宮廷に入ろうとすれば撃ち殺されてしまうはずであった。

「では、明日にでも試してみましょう」

ラスプーチンはにやりと笑った。

翌日、皇帝夫妻が居室でお茶を飲んでいるとドアをノックする者がある。

「入れ」

ニコライ二世が言うとラスプーチンが立っていた。

「不思議な話だと思いませんか？　何十人もの衛兵たちの目をどうやってかいくぐったん

でしょうね」

「こっそり屋根裏とか地下室から忍び込んだんじゃないのかね。あまり興味もないけど」

「堂々と正面玄関から宮廷に入り、衛兵たちの前を通って皇帝の居室に向かったんです、もちろん、変装もしていません。いつも通りの姿でです」

「じゃあ、衛兵たちが居眠りでもしてたのかね」

「皇帝もおかしいと思って、衛兵たちを厳しく取り調べさせたんです。彼らは皆、同じことを口にしたそうです。不審な者など通していない。自分の目の前を通ったのは皇帝陛下だけだ、と」

「それはおかしいでしょう。玄関から入ったのはスプーンチンチンなんだから」

「ラスプーチンは衛兵たちに暗示をかけ、自分は皇帝だと信じ込ませたんです。その腕前から察するに、彼には瞬間催眠術を使う力があったに違いありません。だって、一瞬で暗示をかけなければ撃ち殺されてしまいますからね。病人たちに病が治癒したと信じさせたのも催眠術の力によるものだと思います。そう信じさせただけで、医療行為をしたわけではないから、彼は医者ではないんです」

「瞬間催眠術？　そんなことができるんですか」

「最も有名な例としてラスプーチンを挙げましたが、世の中には瞬間催眠術を操ることのできる人間が存在します。彼らは相手と目を合わせた瞬間に催眠術をかけ、その相手を自在に操ることができます」

「あのマネキンロボットも瞬間催眠術を使っていると警部殿は言いたいわけですか。それを使って、同級生を自殺させた……」

「そういうことです。他に考えようがありません」

一二

図書館を出ると、冬彦と高虎は高円寺学園高校に向かった。警備員に門扉を開けてもらい、駐車場に車を停める。車から降りると、校舎の方から平山教頭が小走りにやって来るのが見えた。警備員が連絡したのであろう。

「小早川さん、今日は何の用事ですか?」

「神ノ宮美咲さんに会いたいんです。どこにいますか? 授業中でしょうか」

「今日は自主学習の日ですから授業はありません。いるとすれば図書館だと思いますが……」

「ああ、そうですか」

冬彦と高虎が図書館の方に歩き出す。その後ろを平山教頭もついてくる。

高虎が肩越しに振り返り、

「案内は結構ですよ。場所はわかってますからね」

ぴしゃりと言うと、平山教頭は驚いたように口をぽかんと開け、その場に足を止める。

図書館は、しんと静まりかえっている。生徒の数も少ないし、おしゃべりするような者もいない。一階は全面ガラス張りなので明るい光が室内に満ちている。冬彦と高虎は光の中をゆっくり歩いた。まずは一階を探し、それでも見付からなければ二階に移動するつもりなのだ。

「警部殿」

高虎が冬彦の肩を軽く叩き、前方を顎でしゃくる。椅子とテーブルが並んでいる読書コーナーがあり、窓際の席に美咲が一人で坐っている。

二人が近付いていくと、その靴音に気がついたのか、美咲が本から顔を上げる。まったくの無表情で、喜怒哀楽がかけらも表れていない。

「こんにちは、神ノ宮さん」

「小早川刑事、それに寺田刑事、こんにちは。わたしに何かご用ですか?」

「できれば少し話したいんだけど。いいかな?」

「構いませんよ。少しだけなら」

美咲は開いているページに栞《しおり》を挟んで本を閉じる。

「どんなことですか？」

「ぼくの妹を知っているよね？　小早川千里。今朝、会ったと思うんだけど」

「知りません」

「お互い本音で話したいんだ。嘘やごまかしはなしでね。寺田さん、二人だけにしてもらえませんか」

「いいんですか？」

「ええ、真実を知るためですから」

「わかりました」

高虎が離れていく。

冬彦は美咲の向かい側の椅子に腰を下ろす。

「今朝、妹が飛び降り自殺しそうになった。何とか止めることができたけどね。千里を自殺させようとしたのは君だよね？　否定するかい」

「否定も肯定もしません。ノーコメントです。ただ……」

「何かな？」

「妹さんがいらっしゃるのなら大切にしてあげて下さい。そう言いたかっただけです」

美咲の口元に冷たい笑みが浮かぶ。

「今朝の出来事は、ぼくに対する警告だろうと受け止めているよ。その気であれば、君は千里を飛び降りさせることができたはずなのに、敢《あ》えてそうはさせなかった。言うまでもないけど、君に優しさがあったからじゃない。あっさり飛び降りさせてしまうより、いつだって飛び降りさせることができると脅す方が、より効果的だと判断しただけのことだよね。千里が飛び降り自殺なんかさせられたら、ぼくは絶対に君を許さないし、どんなことがあろうと君の罪を暴こうとする。そんなことになれば、かえって面倒だから、今朝は強烈な警告を与えるだけで満足した。そうだよね?」

「ノーコメントです」

「君のやり方には、ものすごく腹が立ったよ。でも、おかげで謎が解けた」

「そうなんですか?」

「うん。君のやり方はわかってるんだ。千里に催眠術をかけたんだろう? 君には瞬間的に相手に催眠術をかける力がある。催眠術をかけて相手の心に入り込み、相手を好きなように操ることができる。催眠術にかかると、その相手は君に刷り込まれたことを行動に移してしまう。心の中で声が聞こえて、その声に逆らうことができない……そう千里は話していた。ものすごい力だよね。当たり前の催眠術なら訓練することで身に付けることができるけど、君の力は訓練では身に付けられない。生まれつきの才能が必要だね。ぼくのような平凡な人間から見れば、超能力のようにしか思えないくらいだ」

「仮にそんな力を持っている人がいるとして、その人が力を悪用した場合、法律で裁くことができるんですか？」

「できないだろうね」

　冬彦が首を振る。

「それなら刑事さんたちの捜査は無駄じゃないんですか？」

「現に自殺に追い込まれている人が何人もいるのに知らん顔はできないよ。たとえ法律で裁くことができないとしても、そんな卑劣なやり方を止める手段はあると思う。そのためにも、すべての謎を解き明かしたいんだ。君が瞬間催眠術という特殊な力を操ることができることはわかった。わからないのは、なぜ、その力を使って同級生を死に追いやったりするのか、ということだよ。中学時代の同級生、国枝正広君と本間敏夫君が死んだのは君に意地悪をして何の反省もしなかったからだよね？　だから、君は罰を当てた。でも、蒲原好美さん、唐沢陽子さん、今泉淳子さんの三人は君に意地悪をしたわけじゃない。川崎恭子さんだって、そうだろう？　罰を当てる必要なんかなかったはずだよ。にもかかわらず、君は四人を飛び降りさせた。そこがわからない。自分のためではないよね？　副理事長であるお兄さんのためじゃないのかな？　彼が何らかの罪を犯し、それを彼女たちに告発されそうになったから、君の力を借りて彼女たちを死に追いやろうとした。いくら兄妹とはいえ、なぜ、そこまでする必要があるのか、それがわからない。教えてくれないか」

「ノーコメントですよ」

「ぼくの推測だけど、君は副理事長に何らかの負い目を感じてるんじゃないのかな？　だから、恩返しのつもりで副理事長を助けようとする。その負い目が何なのか……お母さまの自殺が関係しているんじゃないのかな？　それに君がアメリカで整形手術を受けたことも関係しているのかもしれない」

「……」

美咲が冬彦の顔を見つめようとする。

咄嗟《とっさ》に冬彦はうつむく。美咲と目を合わせるのは危険だと承知しているからだ。

「どうしたんですか、わたしと話したいんでしょう？」

「このままでも話はできる」

「じゃあ、何も言いません。ずっとノーコメントですよ。好き勝手に推測するのは自由ですけど、それが真実を知ることになるんですか？　わたしが語らなければ真実を知ることにならないと思うけどな」

「真実を語ってほしい」

「顔を上げて、わたしの目を見たらどうですか？　刑事さんが知りたいことを教えてあげますよ」

「君の言葉は信じない」

「わたしの言葉を信じないのなら、どうして真実を知ることができるんですか？　心配しなくても大丈夫ですよ。嘘は言いませんから。わたし、嘘をつくのが嫌いなんです。だから、嘘でごまかさなくて済むように、答えたくないときはノーコメントで通すんです。真実を知るチャンスをあげますよ。但《ただ》し、一度だけです。今だけです。そのチャンスを生かすかどうかは刑事さん次第です。どうします？」

「……」

冬彦は、すぐには返事ができなかった。

ゴルゴンの目を見るということは、ゴルゴンの魔力に無防備に身をさらすことであり、それは自らの肉体が石に変わることを意味する。

美咲はゴルゴンと同じくらい恐ろしい力を持っている。その力を冬彦は少しも侮《あなど》ってはいない。美咲の目を見たが最後、自らの意思とは関わりなく美咲の思うがままに操られてしまうだろう。冷静に考えれば、拒否するべきであろう。あまりにも危険で分が悪すぎるからだ。すぐに拒否できなかったのは、

（いったい、それは、どんな力なんだろう？）

という好奇心を抑えられなかったせいである。

美咲が持っている謎の力の正体が瞬間催眠術だと見抜いたとはいえ、あくまでも推論に過ぎないし、具体的にそれがどんなものなのかまでは冬彦にも想像できない。本当の意味で真実を知るには、冬彦自身も体験する必要がある。

事件を解決することだけが目的であれば、そんな危険な体験をしたいとは考えなかったに違いない。小早川冬彦という一人の人間が真実を知りたい、と疼《うず》くように願っているのだ。ラスプーチンがロシア皇帝を手玉に取ったのと同じ力を自分の肉体で味わってみたいという強烈な好奇心をどうにも抑えようがないのだ。もしかすると自分も自殺に追い込まれてしまうのかもしれないという恐怖を感じないわけではないが、最後には好奇心が恐怖に打ち勝った。

「わかった」

冬彦が顔を上げ、真正面から美咲の顔を見つめる。美咲と視線が合った瞬間、何ものかが自分の体に入り込んできたような不快な違和感を覚えた。反射的に目を瞑ろうとするが、すでに自分の肉体をコントロールできなくなっている。

(小早川さん)

美咲の声が聞こえる。

耳で聞いているのではなく、心の中で響いている。

(緊張しなくてもいいんです。リラックスしましょう。ほら、体が温かくなって、気持ちよくなってきたでしょう？　力を抜いていいんです。何も我慢しなくていいんです。辛いことばかりありましたよね？　嫌なことばかりありましたよね。背伸びして、無理して生きてきましたよね。よく頑張りましたよ。でも、もういいんです。頑張らなくていいんで

す。もう悩むことなんかありません。生きることが辛いのなら生きなくてもいいんです)

(死んでもいいっていうこと?)

(そうです。死んでもいいんです。それで悩みや苦しみがなくなるのなら、死ぬのは悪いことじゃない……そう思いませんか?)

(そうかもしれない)

(今日、妹さんが飛び降りようとしたマンションを覚えてますよね? あの屋上からジャンプすると、実は、空を飛べるんです。そのまま天国に行けるんですよ。不愉快でみじめな人生にさようならして、天国に行けるなんて素敵だと思いませんか?)

(本当に天国に行けるのなら……)

(行けるんですよ! ジャンプするんです。明日の朝、八時ちょうどにジャンプしてみませんか? わたしも応援に行きます。マンションの下から小早川さんが天国に飛んでいくのを応援しますよ)

(そうだなあ……)

冬彦が返事をしようとしたとき、突然、

「あんたは、やっぱり、おばけよ!」

という声が聞こえ、それに続いて、

「ぎゃあっ!」

という悲鳴が聞こえた。

冬彦はハッと我に返った。

美咲が両手で顔を押さえて蹲《うずくま》っている。

その傍らにビーカーを手にした伊藤あぐりが呆然とした表情で佇んでいる。

一三

八月二八日（金曜日）

朝礼が終わると、冬彦はパソコンで報告書の作成を始める。高虎は椅子の背にもたれて、だるそうにタバコを吸い始める。隣の樋村が嫌な顔をするが、気にする様子もない。

そこに刑事課の古河主任と中島がやって来た。

「神ノ宮が落ちましたよ。何もかも洗いざらい歌いました」

古河が言うと、

「おおっ！」

高虎が拳で机をどんと叩く。

刑事課は神ノ宮龍之介に対する逮捕状を取り、朝一で龍之介を署に連行して尋問した。別件逮捕である。その間に家宅捜索を行ったところ、龍之介の部屋から撮影機器とＤＶＤ

が見付かった。

「とても正視できないような代物ですよ」

中島が顔を顰める。そのＤＶＤには、脱法ドラッグで意識を朦朧《もうろう》とさせられた女子高校生と龍之介の痴態《ちたい》が収められていた。なぜ、女子高校生とわかるのかといえば、最初の画面に学生証が映し出されているからだ、と中島は言う。発見されたＤＶＤは七枚で、その中には自殺した蒲原好美と今泉淳子の痴態映像も含まれている。

「ＡＶオタクの中島が正視できないくらいだから、相当すごいってことだろうな」

高虎が言うと、

「ぼくも観たいなあ……。駄目かなあ」

樋村がつぶやくと、すかさず理沙子が樋村の額をぴしゃりと叩く。

「あとの五人も図書部員だそうです。神ノ宮が言うには、なかなか自分好みの子がいないから、奨学生制度を利用してかわいい子を入学させ、図書クラブに入るように仕向けたそうです」

古河が言う。

「顔で奨学生を選んだのか？　まるっきりの変態じゃねえか。奨学生として入学した四人は最初から変態に目をつけられてたのか。かわいそうに……」

高虎が溜息をつく。

「美咲さんの力を使って、蒲原さんたちを自殺に追い込んだ理由を白状しましたか？」

冬彦が訊く。

「死人に口なしというか、神ノ宮の話しか聞けないので本当かどうかわかりませんが……。神ノ宮が言うには、最初に死んだ蒲原好美さんは本当に自殺だったそうなんです。神ノ宮に騙されて肉体関係を持った後、一途《いちず》に神ノ宮に想いを寄せたというんです。そんな蒲原さんのことが鬱陶《うっとう》しくなって、神ノ宮は他の女子生徒に心を移し、それをはかなんで自殺したというんですがね。どこまで本当なのか……」

古河が首を振る。

「二番目に自殺した唐沢陽子さんですが、彼女に関して神ノ宮の悪事は未遂に終わったようで、だから、彼女のDVDはありません。神ノ宮が何をしているかを知った唐沢さんは神ノ宮を告発しようとしたそうです。正義感の強い女性だったんでしょうね。神ノ宮はびびって、唐沢さんの告発を止めるために妹の力を使ったということらしいです。唐沢さんに手を出そうとしていた頃には、同時進行で今泉さんにも手を出していて、今泉さんは魔の手に落ちてしまいました。ところが、蒲原さんに続いて唐沢さんも自殺したことで、今泉さんも神ノ宮の悪事に気がついたんでしょうね。唐沢さんと同じように神ノ宮を告発しようとして口封じされたようです」

「四人目の川崎さんはどうなんだ？　あの子もDVDには映ってなかったんだろう」

高虎が訊く。

「今泉さんが自殺した頃には図書クラブの中で噂が広がっていたらしいです。川崎さんは四人の奨学生の一人ですから、他の三人からいろいろ聞いていたらしいですね。それをばらされるのが怖かったんじゃないですか」

古河が答える。

「たった、それだけのことで殺したのか？」

「ええ、信じがたい話ですけどね」

「不謹慎な言い方だと思うけど、川崎さんが亡くなったことで警部殿は助かったようなもんですよね。そうでなければ、今頃、警部殿はどこかのマンションから飛び降りてたんじゃないですか」

「本当に不謹慎ですよ」

冬彦が渋い顔になる。

昨日、美咲と対峙したとき、冬彦は美咲の術中にはまって瞬間催眠術をかけられてしまった。どうにも抵抗しようがなく、高虎の言うように、冬彦は自殺に追い込まれていたかもしれない。

それを救ってくれたのが伊藤あぐりだ。

美咲を恐れて姿を隠していたあぐりだが、川崎恭子のことが心配で病院を訪ねた。

ところが、恭子は容態が急変して亡くなっていた。

恭子の死を知ったあぐりは、

（次は、わたしが殺される）

と震え上がったものの、元々が気弱な性格ではないから、

（ちくしょう、こうなったら、やられる前にやってやる）

と決意し、高校に向かった。理科室に忍び込んで硫酸を盗み出し、それをビーカーに入れて図書館に行った。冬彦と美咲が二人だけで向かい合っている姿を見つけ、そっと背後から忍び寄って、あぐりは美咲の顔に硫酸をぶちまけた。高虎の言うように、あぐりのおかげで冬彦が救われたのは確かだった。

「マネキンロボット、どうなるのかねえ。また整形手術をするのか？」

まったく同情していない口振りで高虎がつぶやく。

美咲は救急車で病院に搬送されたが、まともに硫酸を浴びたため、顔面がただれてしまい、最悪の場合、失明の危険すらあるという状態だ。

「しかし、今度は誰も助けてくれませんよ。兄の龍之介は刑務所に行くことになるでしょうから……」

古河が言う。

美咲が龍之介のために同級生を自殺に追い込むようなことをしたのはふたつの恩義があ

るためだ、と龍之介は取り調べで話した。

ひとつは、まだ美咲が自分の力をコントロールできなかった頃に実の母親を自殺に追いやったことである。母親は美咲の容姿を嘆《なげ》き悲しみ、いつも美咲に辛く当たった。

(お母さんなんか死んじゃえばいい)

そう強く願ったら、本当に母親が自殺してしまったのだという。それが美咲にとっての最初の「殺人」で、その秘密を知っているのは龍之介だけだ。

もうひとつは、整形手術を受けたときに龍之介に皮膚を提供してもらったことだ。難しい手術を何度も繰り返したため、美咲自身の皮膚を利用するだけでは足りず、龍之介から皮膚の提供を受けたのだ。

「たぶん、初めの頃は、つまり、お母さんを自殺に追いやった頃は、美咲さんも自分の力を制御できなかったんだと思います。誰かを憎むと、その気持ちをそのまま相手にぶつけてしまった」

「それで死ぬんじゃたまらねえな」

「そのうちに自分の力を制御できるようになったんでしょう。恐らく、整形手術で美しくなった頃からだと思います。その頃から美咲さんの同級生に罰が当たるようになったわけですから」

「もちろん、ひとつも立件できないわけだよね?」

「無理でしょうね」

「殺人兵器を野放しにしてるようなもんじゃねえか。おっかねえなあ……」

「入院したばかりだから何とも言えませんが、視力がどこまで回復するのか、容貌が元通りになるのか、以前と同じ力を使うことができるのかどうか……。硫酸をまともに浴びてしまったから、どうなるかわからないと思いますよ」

「立件できないと……つまり、マネキンロボットが人殺しだってことを証明できないと、伊藤あぐりさんはどうなるんですかね？」

「心神耗弱《こうじやく》を主張するしかないと思います」

「命を狙われて、精神的に追い詰められていたんだから当然だよ。おれたちも証言してやりましょう」

「できることは何でもしてあげるつもりです」

一四

八月三一日（月曜日）
朝礼の後、冬彦と高虎は唐沢陽子の母・繁子に会いに出かけた。脱法ドラッグを利用して神ノ宮龍之介が図書部員の女子生徒たちに悪事を働き、それを知った唐沢陽子が悪事を告発しようとしたものの、告発する前に死に追いやられてしまった……そういう事情を冬彦が説明する。

「友達の悩みを聞いているうちに自分が何とかしなければ、と思ったようです」

「副理事長が陽子を殺したんですか？」

涙を拭いながら繁子が訊く。

「直に手を下したわけではないようですが、副理事長が陽子さんの死に関わっているのは間違いないでしょう。これからの裁判で明らかになっていくでしょうが……」

まさか美咲の特殊な能力に操られて飛び降りてしまったとは口にできないので、どうしても奥歯にモノの挟まった曖昧な言い方になってしまう。

「相談してくれればよかったのに……わたしなんかじゃ頼りにならないと思っていたのか……」

「そんなことはありませんよ。以前、遺書を読ませていただきましたが、そこに書いてあったように、陽子さんは身の危険が迫っていることを感じて、お母さまを巻き込みたくないと考えたのだと思います。お母さまを愛していたからこそ相談できなかったんじゃないでしょうか。もっと時間があれば、お母さまや警察にも相談しただろうと思いますが、その時間がなかったんじゃないか、とぼくは思います」

「……」

陽子の遺影を見つめながら、繁子は静かに泣き続ける。

「裁判になったところで副理事長が殺人で裁かれることはないわけですよね。唐沢さん、気落ちするだろうな。誰が娘さんを殺したか、はっきりしないわけだから……」

署に向かって車を走らせながら、高虎がつぶやく。

「今の法律で美咲さんを罪に問うことは難しいですからね」

「伊藤あぐりさんが天罰を下したってことですかね。天に代わって鬼退治……ってところですか」

「寺田さん」

「わかってますよ。不謹慎だってことは百も承知で言ってるんだ。おっ」

高虎が急ブレーキをかけ、車を路肩に寄せる。

「どうしたんですか、急に？」

「あのばあさんだ」

高虎が顎をしゃくる。富永千代子がキャッチセールスらしき男にしつこく付きまとわれている。

「助けてきます」

高虎が車から降りようとする。

「放っておきましょう」

冬彦が高虎の腕をつかむ。

えっ、という怪訝な顔で高虎が冬彦を見る。

「どういうことです?」

「あれが富永さんの楽しみなんですよ」

「楽しみ?　何を言ってるんですか」

「初めて富永さんに会ったのは、宗教っぽいキャッチにぼくがつかまったときでした。そこに富永さんもいたんですよ。ぼくが助けたんですけど、あまり感謝もされないし、何となく不満めいた顔をしていたのが変だなとは思ったんです。一〇日ほど前、沢田邦枝さんとさやかちゃんを車で家に送る途中、富永さんに会ったでしょう。覚えてませんか?　沢田さんと富永さんは公民館の敬老会仲間だと話していたじゃないですか」

「何となく覚えてます」

「あのとき、ぼくはふたつのことに気がつきました。ひとつは、富永さんの家が駅から、そう遠くないということ。もうひとつは、あまり警察が好きではないということです。ぼくたちが警察官だと知った途端に顔色が変わりましたからね」

「そうだったかなあ……」

「先週の月曜、駅前のロータリーでばったり会ったとき、寺田さんは二〇〇〇円貸してあげましたよね。財布を落として困っていたって。交通費に一〇〇〇円、通院と買い物に一〇〇〇円、合わせて二〇〇〇円」

「よく覚えてますねえ。そう言われると、そうだった気がする」

「駅から歩いて帰れるくらいのところに住んでいるのに交通費に一〇〇〇円かかるのは変だなと思って、あの日の夜、沢田さんに電話してそれとなく話を聞いてみたんです。富永さん、敬老会でもいろいろな人からお金を借りてトラブルになり、それが原因で公民館にも出入りしなくなったらしいんです」

「それって、寸借詐欺《すんしやく》の常習犯ってことですか?」

高虎が驚く。

「そこまで悪質ではないみたいなんですよ。沢田さんが言うには、富永さんはさびしがり屋なんだそうです。ずっと一人暮らしをしていて、誰も話し相手がいないみたいなんですよね。それで公民館にも足繁く通っていたそうなんですが、人付き合いが上手ではないので、なかなか周りに溶《と》け込めなかったようなんです。人にお金を借りるようになったのは、ここ一年くらいのことみたいなんですが、沢田さんによると、誰かにお金を借りると、その人と話ができるようになる、だから、お金に困っているわけでもないのにお金を借りて、わざと返さないんじゃないかと言うんですよね」

「本当なんですかね?」

「さびしいのは本当だと思います。だから、相手がキャッチセールスだとわかっていても、ついつい後について行ってしまうんだと思います。話し相手になってくれるから。でも、お金に困っていないというのは、ちょっと違う気がしますね。富永さんの姿を見ると、美容院にもずって行ってないみたいだし、着ているものもいつも同じです。サンダルも踵《かかと》がすっかりすり減ってますからね」

「なるほどなあ……」

「その次の日にも寺田さん、二〇〇〇円貸してあげたでしょう？」

「そうだよ、おれに二〇〇〇円を返すために駅前に出てきたと話していた。だけど財布を忘れてきたなんて泣くから、また二〇〇〇円貸したんだよ」

「失礼ですが、そのときの富永さんの説明、滅茶苦茶ですよ。あんな話を真に受ける人はいません。その場しのぎの作り話だとわかるはずです」

「信じたおれが馬鹿だったのか……」

くそっ、と吐き捨てながら高虎がドアを開ける。

「駄目ですよ、寺田さん。腹が立つのはわかりますが、暴力はいけません」

「何を言ってるんだ。キャッチから助けるんだよ」

「え？」

「いくら話し相手がほしいからって、キャッチなんか相手にしてたら、そのうちに痛い目に遭うことになる。やめさせないとな」

車を降りると、高虎が富永千代子の方に走っていき、しつこく付きまとうキャッチセールスの男を怒鳴りつける。その姿を見ながら、

「ふうん、案外、いい人なんだなあ。お人好しと言うべきか……」

冬彦が感心したようにうなずく。

エピローグ

九月四日（金曜日）

朝、冬彦は荻窪駅で降りる。丸ノ内線に乗り換えて杉並中央署の最寄り駅である南阿佐ケ谷に向かうのだ。ホームの階段に向かって歩いていると、

「すいません」

背後から肩を叩かれる。振り返ると、二〇歳前後の若い女性が立っている。

「あなた……」

人の顔を覚えるのが得意な冬彦はすぐに思い出した。時々、電車の中で見かける女性だ。二週間ほど前に会ったときは、ひどい顔をしていた。何かに悩んでいるのは明らかで、しかも、深刻なストレスを抱えているようだった。それが気になり、冬彦は荻窪駅で降りなかった。その女性が中野駅で降りると、後を追いかけ、女性の手に名刺を押しつけながら、投げやりな気持ちになったら電話してくれ、と話した。その女性が自殺でもしかねない、と冬彦は思ったのだ。それから電車で見かけなくなったので、冬彦に会うのを避けるために電車の時間をずらしているのかな、と考えた。

「ありがとうございました」

いきなり頭を下げる。

「何のことですか?」

「名刺をいただいていたので電話しようかと思ったんですが、直接、お礼を言いたくて……」

その女性は上田明美《うえだあけみ》と名乗り、冬彦のおかげで再就職先が決まった、と微笑んだ。

冬彦に名刺をもらった二週間ほど前は、勤務している証券会社のパワーハラスメントに悩み、会社に行くくらいなら死んでしまいたい、とまで思い詰めていたのだという。

しかし、冬彦に声をかけられて気が変わり、思い切って会社を辞めて転職先を探したら、大学の先輩が立ち上げたベンチャー企業に誘ってもらえたのだという。小さな会社で給料も以前より下がったが、とてもやり甲斐のある仕事だし、パワハラやセクハラとは無縁なので、毎日がとても楽しい、と言う。

「小早川さんのおかげです。命の恩人です。本当にありがとうございました」

上田明美は両手で冬彦の右手を包み込むと、また深々と頭を下げる。人の多い駅のホームで若くてきれいな女性に手を握られて、冬彦の顔は真っ赤になった。

しかし、悪い気はしなかった。

九月一二日（土曜日）

「寺田さん、そんなに怖がらなくても大丈夫ですよ。ヤマトは噛んだりしませんから」

「そ、そうですかね……」

馬はゆっくり歩いているだけだ。常歩《なみあし》というのだと、さっきインストラクターの熊沢さんに教わったばかりだ。

しかし、歩くたびに馬の背が大きく上下して、高虎は今にも馬の背から滑《すべ》り落ちるのではないか、とびびっている。端から見ると、馬に跨《また》がるくらい、どうってことはなさそうに思えるが、実際には、かなりの高さに感じる。踏み台を使って、鞍《くら》に跨がったとき、思わず、

「おお、高いな」

と声を発してしまったほどだ。

「今日は最初ですから、常歩に慣れて下さい。あとから少しだけ速歩《はやあし》の練習をしましょう」

「はやあし？」

「もう少しだけ速くなります。寺田さん、緊張しなくていいんですよ。緊張すると、それが馬にも伝わってヤマトも緊張しますから」

「そうなんですか？」

「ええ、馬はものすごく敏感な動物なんです。乗り手の感情がストレートに伝わります。

寺田さんと同じようにヤマトも乗馬に関しては初心者なんです。だから、寺田さんが安心させてあげて下さい」

「牧場から来たばかりっていうことですか？」

「いいえ、ヤマトは船橋《ふなばし》競馬場で競走馬として走ってたんですよ。そこそこ走る馬だったみたいですけど、のんびりしてるというか、あまり闘争心がなかったみたいで成績が伸び悩み、乗馬用の馬として第二の人生を送ることになったんです」

「確か八歳でしたよね。八歳で第二の人生か……」

「寺田さん、愛撫《あいぶ》してあげて下さい」

「愛撫？」

「手でぽんぽんと叩いて、よくがんばってるねと誉めてあげればいいんです」

「ふうん……」

言われたように、首筋を手でぽんぽんと叩いてやるとヤマトが首を上下に振って反応する。

「喜んでますよ」

「そうかなあ」

自然に笑みがこぼれる。

「癒されませんか？」

「え？」

「ここにいらしたとき、すごく怖そうな顔をしてらっしゃいましたけど、今はすごく穏やかというか、優しそうな表情になってますよ」

「そうかもしれないなあ……」

肩の力を抜いてリラックスすると、馬の体温や体の柔らかさがふくらはぎから伝わってくる。首筋を愛撫してやると、すぐに反応してくれる。自分とヤマトがひとつになったような錯覚を覚える。怖いことは怖いが、ずっと乗っていたいという気もする。

高虎には悩みごとがあり、いつもそれが頭の片隅にあって大きなストレスになっているが、不思議なことにレッスンが始まってからは余計なことに思い煩《わずら》わされてはいない。

「癒されるなあ」

ヤマトを愛撫しながら、高虎が幸せそうに笑う。

（この作品『生活安全課0係　ヘッドゲーム』は、『小説NON』（小社刊）二〇一四年一月号から十二月号に連載され、著者が刊行に際し加筆・修正したものです。また本書はフィクションであり、登場する人物、および団体名は、実在するものといっさい関係ありません）

一〇〇字書評

切り取り線

購買動機（新聞、雑誌名を記入するか、あるいは○をつけてください）	
□（　　　　）の広告を見て	
□（　　　　）の書評を見て	
□ 知人のすすめで	□ タイトルに惹かれて
□ カバーが良かったから	□ 内容が面白そうだから
□ 好きな作家だから	□ 好きな分野の本だから

・最近、最も感銘を受けた作品名をお書き下さい

・あなたのお好きな作家名をお書き下さい

・その他、ご要望がありましたらお書き下さい

住所	〒				
氏名		職業		年齢	
Eメール	※携帯には配信できません	新刊情報等のメール配信を 希望する・しない			

この本の感想を、編集部までお寄せいただけたらありがたく存じます。今後の企画の参考にさせていただきます。Eメールでも結構です。

いただいた「一〇〇字書評」は、新聞・雑誌等に紹介させていただくことがあります。その場合はお礼として特製図書カードを差し上げます。

前ページの原稿用紙に書評をお書きの上、切り取り、左記までお送り下さい。宛先の住所は不要です。

なお、ご記入いただいたお名前、ご住所等は、書評紹介の事前了解、謝礼のお届けのためだけに利用し、そのほかの目的のために利用することはありません。

〒一〇一-八七〇一
祥伝社文庫編集長　坂口芳和
電話　〇三（三二六五）二〇八〇

祥伝社ホームページの「ブックレビュー」からも、書き込めます。
http://www.shodensha.co.jp/bookreview/

祥伝社文庫

生活安全《せいかつあんぜん》課《か》0係《ゼロがかり》　ヘッドゲーム

平成28年1月20日　初版第1刷発行

著　者　富樫倫太郎《とがしりんたろう》
発行者　辻浩明
発行所　祥伝社《しょうでんしゃ》
東京都千代田区神田神保町3-3
〒101-8701
電話　03（3265）2081（販売部）
電話　03（3265）2080（編集部）
電話　03（3265）3622（業務部）
http://www.shodensha.co.jp/

印刷所　堀内印刷
製本所　ナショナル製本
カバーフォーマットデザイン　芥 陽子

 ISBN978-4-396-34174-9 C0193

祥伝社文庫の好評既刊

渡辺裕之　**傭兵代理店**

「映像化されたら、必ず出演したい。比類なきアクション大作である」——同姓同名の俳優・渡辺裕之氏も激賞！

渡辺裕之　**悪魔の旅団《デビルズブリゲード》**　傭兵代理店

大戦下、ドイツ軍を恐怖に陥れたという伝説の軍団再来か？　孤高の傭兵・藤堂浩志《こうじ》が立ち向かう！

渡辺裕之　**復讐者たち**　傭兵代理店

イラク戦争で生まれた狂気が日本を襲う！　藤堂浩志率いる傭兵部隊が米陸軍最強部隊を迎え撃つ。

渡辺裕之　**継承者の印**　傭兵代理店

ミャンマー軍、国際犯罪組織が関わるかつてない規模の戦いに、藤堂率いる傭兵部隊が挑む！

渡辺裕之　**謀略の海域**　傭兵代理店

海賊対策としてソマリアに派遣された藤堂。渦中のソマリアを舞台に、大国の謀略が錯綜する！

渡辺裕之　**死線の魔物**　傭兵代理店

「死線の魔物を止めてくれ」。悉く殺される関係者。近づく韓国大統領の訪日。死線の魔物の狙いとは!?

祥伝社文庫の好評既刊

渡辺裕之

万死の追跡

傭兵代理店

米の最高軍事機密である最新鋭戦闘機を巡り、ミャンマーから中国奥地へと、緊迫の争奪戦が始まる！

渡辺裕之

聖域の亡者

傭兵代理店

チベット自治区で解放の狼煙《のろし》を上げる反政府組織に、藤堂の影が!? そしてチベットを巡る謀略が明らかに！

渡辺裕之

殺戮の残香

傭兵代理店

最愛の女性を守るため。最強の傭兵・藤堂浩志が、ロシア・アメリカの謀略機関と壮絶な市街地戦を繰り広げる！

渡辺裕之

滅びの終曲

傭兵代理店

暗殺集団〝ヴォールグ〟を殲滅させるべく、モスクワへ！ 襲いくる〝処刑人〟。藤堂の命運は!?

渡辺裕之

傭兵の岐路

傭兵代理店外伝

〝リベンジャーズ〟が解散し、藤堂が姿を消した後、平和な街で過ごす戦士たちに新たな事件が……。その後の傭兵たちを描く外伝。

渡辺裕之

新・傭兵代理店

復活の進撃

最強の男が還ってきた！ 砂漠に消えた人質。途方に暮れる日本政府の前にあの男が……。待望の２ｎｄシーズン！

祥伝社文庫の好評既刊

柴田哲孝
冬蛾　私立探偵 神山健介
神山健介を訪ねてきた和服姿の美女。彼女の依頼は雪に閉ざされた会津の寒村で起きた、ある事故の調査だった。

柴田哲孝
秋霧の街　私立探偵 神山健介
奴らを、叩きのめせ——新潟で猟奇的殺人事件を追う神山の前に現われた謎の美女、そして背後に蠢く港町の闇。

南　英男
特捜指令
警務局局長が殺された。摘発されたことへの復讐か？　暴走する巨悪に、腐れ縁のキャリアコンビが立ち向かう！

南　英男
特捜指令　動機不明
悪人には容赦は無用。キャリア刑事のコンビが、未解決の有名人一家殺人事件の真実に迫る！

南　英男
特捜指令　射殺回路
対照的な二人のキャリア刑事が受けた特命、人権派弁護士射殺事件の背後には……。超法規捜査、始動！

南　英男
手錠
弟をやくざに殺された須賀《すが》警部は、志願してマル暴に移る。鮮やかな手口、容赦なき口封じ。恐るべき犯行に挑む！

祥伝社文庫の好評既刊

内田康夫

他殺の効用

現場は完全な密室。警察は自殺と断定した……。驚きのラスト揃いの内田ミステリー短編傑作集、初の文庫化！

内田康夫

鬼首《おにこうべ》殺人事件

老人が不審な死を遂げた。警察の不可解な動きに疑惑を抱く浅見に、想像を超えた巨大な闇が迫る……。

内田康夫

龍神の女《ひと》

内田康夫と5人の名探偵

「龍神さまに連れられて遠い国へ」——妖しい旋律が山間《やまあい》にこだまするとき、事件が発生！

内田康夫

還《かえ》らざる道

インテリア会社会長殺人事件発生。〈もう帰らないと、決めていたが……〉最後の手紙が語るものとは——？

内田康夫

金沢殺人事件

新装版

都内と金沢・兼六園《けんろくえん》の側《そば》で惨劇が発生。北陸の古都へ飛んだ浅見は「紬《つむぎ》の里」で事件解決の糸口を摑むが……。

内田康夫

志摩半島殺人事件

新装版

英虞《あご》湾に浮かんだ男の他殺体。美少女海女《あま》の取材で当地を訪れていた浅見は事件の調査を始めるが、第二の殺人が！

祥伝社文庫の好評既刊

西村京太郎
生死を分ける転車台
天竜浜名湖鉄道の殺意

鉄道模型の第一人者が刺殺された！カギは遺されたジオラマに？　十津川が犯人に仕掛けた罠とは？

西村京太郎
展望車殺人事件

大井川鉄道で消えた美人乗客――。大胆なトリックに十津川警部が挑むトラベル・ミステリーの会心作！

西村京太郎
SL「貴婦人号」の犯罪
十津川警部捜査行

東京―山口―鎌倉―京都。消えた〝鉄道マニア〟を追え。犯行声明はSL模型!?

西村京太郎
九州新幹線マイナス1

放火殺人、少女消失事件、銀行強盗、トレインジャック！　十津川を翻弄する重大犯罪の連鎖――。

西村京太郎
夜の脅迫者

脅迫者の影が迫ってくる――。悪意はあなたのすぐ隣りに……。ひと味違うサスペンス短編集。

西村京太郎
完全殺人

〈最もすぐれた殺人方法を示した者に大金をやる〉――空別荘《あき》に集められた四人に男は提案した。その真意とは？